消失的父亲

纪静蓉 著

贵州出版集团
贵州人民出版社

家暴发生的原因

第一，他认为打你无代价

第二，他打得过你

仅此而已

所以，为了阻止家暴

第一，我要让他付出惨痛代价

第二，我必须打赢他

目录

▶ 上部

▶ 下部

第一部

第一章

厄运加速

这样一对神仙似的母女站在校园里，谁见了都忍不住在心中暗暗喝彩。

两人都是一头油亮黑长直发，皮肤白皙，声音柔柔细细的，举手投足间透着娴雅气息。大大的眼睛有点近视似的，看谁都不怎么聚焦，林黛玉的"似喜非喜含情目"可能就是这样。

事实上，母亲王雅妍的确近视三百多度，但她平时不戴眼镜，只有上课时才戴。戴了眼镜她只是个才女，不戴眼镜她才是女神。眼镜就是对女人魅力最严重的折损，就像一个"男人免近"的牌子，明确地告诉男人，这是个有知识会读书的女人，是会让男人望而却步的。

如果细看，女儿张楚然那如梦似幻的眼神，可以理解为是对世界的冷淡。十三岁正是青春期孩子对世界开始有看法的岁数，仿佛世界就那么回事，哪一处都不值得她聚焦。

三十七岁的语文老师王雅妍个子不高，将将一米六，不过一双高跟鞋衬得身形纤细的她看起来倒有一米六五。当她穿着白色丝质衬衫加驼色长裤，抱着语文教案，身姿挺拔地走在校园的一排梧桐树下时，所有人都暗暗惋惜，她在这个贫瘠之地的镇中学这么美丽出尘，这么气质高雅，实在是用力过猛，太浪费了。而张楚然看上去就是小一号的王雅妍，尖下巴，小嘴一点点，楚楚可怜，像个大号的洋娃娃。

她们都该是琼瑶笔下的人物，这样满身诗情画意，在这小镇上太不相宜了。

但有人会立刻反驳，人家王雅妍父母都是县一中老师，雅妍还有个妹妹叫诗妍，姐妹俩的名字都是父母翻遍了诗词歌赋取出来的。虽然雅妍父母只是镇上的人，祖上都是农民，可镇上就不配有书香门第吗？人家打一出娘胎就浑身书卷气，大学考上省师范大学，毕业后分配到镇中学教书，二十四岁就嫁了同样吃公家饭的镇邮电所职工张荣华。日子不说大富大贵，殷实稳定是有的。这样的条件，母女自然可以一路风花雪月下去。

这两天是张荣华、王雅妍的乔迁之喜，张家位于镇东头的祖宅翻新完毕，他们终于可以从教职工宿舍搬出去了。不过雅妍母女俩也并没有显出特别高兴的样子，还是一副淡淡的表情。这母女俩总是这样，情绪稳定，举止轻易不失措，似乎人间没有任何事可以令她们心中起波澜。

这座三层小楼此前是荣华的父母和爷爷奶奶在住。荣华父亲十年前去世，母亲吴芳一直侍候着荣华的爷爷奶奶。两个老人都大小便不能自理，老宅里一直气味难闻，荣华很是嫌弃，故一家三口一直住在学校两室一厅的六十平方米教职工宿舍里。去年两个老人去世了，荣华拿出两口子的积蓄，加上吴芳的老本儿，把三层小楼翻新了一遍。后装修的总是好的，装修材料和家具家电都是最新的，现在看上去这小楼是整个镇上最气派的。

周五放了学，学校语文组的同事们来吃乔迁酒，一进门都觉得这房相当"王雅妍"：白色大理石地砖让客厅显得亮堂，全套深褐色牛皮沙发，墙上挂了淡雅的山水画，每个卧室都装了栗色木地板。大家暗暗羡慕，只有雅妍才配过、也才维持得起这样纤尘不染的生活。

吃完饭走出门已是晚上十点多了，夜风一吹，大家抬头环视，却又觉出这小楼的缺憾。本县多山，小镇被连绵起伏的小山簇拥着，这楼在镇东头，孤零零的一栋，和谁都不挨着。左边是粮站大院，废弃好些年了，镇里也不说收拾出来干点什么，就一直那样撂着；右边是镇上胡家的一溜老平房，胡家常年在市里做生意，这房破旧不堪，院墙也倒了一半，院子里的泥地上长了稀稀拉拉的草；再往右边，就是一大片山了，阴森森的。不远处的山脚下是条河，在黑暗中隐隐传来哗哗的水声，水汽随着晚风送来阵阵潮湿。

人间烟火到了粮站大院就该止步了，但张家凭空又在黑暗处硬延绵出一块。这情景就像《聊斋》里写的荒郊野外突然拔地而起一座灯火通明的小楼那样，透着诡异。大家互视，羡慕之情减退不少。还不如住学校里呢，人气旺。住这里一到晚上怪凄凉的，人毕竟还是活在人群中踏实。

人都散了，桌上杯盘狼藉。雅妍收拾完，到厨房去洗碗。荣华喝了不少酒，晕乎乎坐在客厅沙发上，看着对面厨房里妻子洗碗的身影，打了个酒嗝，一阵怒火随着酒气蹿上头。

她真没必要这样纤瘦，美丽。一根皮筋把她的长发松松扎起，这就是罪证。扎就要扎紧一点，扎得松松的，一张脸在乌黑的头发里显得格外精致，像古画里的仕女图，散发着妩媚之气。这就是在勾引人呢！

荣华脚步微晃，起身走到厨房。雅妍刚把刷好的擀面杖用抹布擦干水，靠到墙角，接着刷碗。雅妍厨艺好，荣华最爱吃她做的鸡汤手擀面，面非常筋道，根根分明地浸润在鲜美的蘑菇鸡汤中，真是一绝。听到有人进来，雅妍转过脸，还没说话，他一抬手，啪的一声，狠狠扇了她一耳光。这一耳光力道太大，她站立不稳，趔趄一下，手中正在洗的瓷盘掉到地上，咣当一声打碎了。

她捂着脸，并没有抬眼愕然怒视着他。

结婚十三年，他打了她十三年，她已经习惯这样的猝不及防了，其实防也防不了。痛还是痛的，耻辱感虽然随着他的殴打一次次减轻，但还残留了一些。感知到这痛、这耻辱，于事无补，徒增烦恼罢了。最好的办法就是迅速忘却这痛、这耻辱——她已经很擅长了。

正在自己屋准备上床睡觉的楚然听到声音，打了个激灵，浑身都绷紧了：又开始了。

雅妍正准备蹲下身去收拾瓷盘碎片，荣华左手一把抓住她的长发，把她往客厅拖。女人真的太蠢，太蠢了！这样长的头发，就像上好的把柄，白白给人拿，天生的痛点，只等人来抓。荣华左手只稍一用力，就能轻松拖动体重仅八十八斤的雅妍。这么轻的人，怎么可能在他心中有分量？他胸腔中盈满暴戾的狂喜和轻蔑。她节食，隔三岔五地称量体重，纤腰只有一尺八。一个三十七岁的已婚妇女，十三岁女孩的妈妈，谁也没有她这样不盈一握、飘然出尘。她这么刻意地修饰自己，就是有大问题！

雅妍挣扎着，她感到恐惧，因为终于搬到这里来了，他打起她来会肆无忌惮。但同时又有一种欣慰，他打她这一事实仍然不会被外人发现，而她也可以稍微大声一点呻吟和哭泣了。她说不清恐惧和欣慰哪个比重更大。

荣华把雅妍拖到客厅沙发处，一抬头，见女儿穿着睡衣，站在楼梯上，两只手紧紧抓着扶手，看着这一幕。

雅妍倒在地上，挣扎着要起身。荣华坐在沙发上，一脚踩在她胸上，稍一用力，她就又躺了回去。

荣华喘着粗气问："知道我为什么打她吗？"

楚然流着泪，他根本不需要她的回答。事实上也从来没有答案，所有的答案都不是答案。

"你问问她，为什么请范文良来？"

范文良是雅妍的同事，语文组组长，已婚。刚才来随了礼，送了套餐具，连茶都没喝就走了。

雅妍木然道："语文组所有同事我都请了，单不请他，先不说同事们会不会议论，你会不会又疑心我和他有问题？"

荣华暴跳起来，抓住雅妍的领口，把她整个人提溜起来。他身高一米八三，体重一百八十斤，这一身充沛的力量感，婚前多么让她倾心。

隔户杨柳弱袅袅，恰似十五女儿腰；澹澹衫儿薄薄罗；人比黄花瘦；燕燕轻盈，莺莺娇软；泪光点点，娇喘微微；瘦影自临春水照，卿须怜我我怜卿……两千五百年的中国文学就在身为语文老师的父亲满墙的书籍里，是雅妍从小读惯了的。每一个字都在告诉她：窈窕淑女，君子好逑。百度也说了，"窈窕"指文静而美好，"淑女"指有品行的女人。女人的品行，自然娴静文弱为第一要务，强势女必然品行败坏、惹人生厌。同样是语文老师的母亲也对她从小谆谆叮嘱：只要你举止娴雅柔美，男人就会喜欢你，你就可以把百炼钢化为绕指柔。书是要读的，好工作也必须有，那是上好的嫁妆，但得到男人的喜爱是重中之重。母亲当然不会那么赤裸地说出来，但会说你这样嫁不出去，你那样嫁不出去，你这样以后到了婆家怎么办，你那样公婆不会喜欢你。润物细无声，字字是关爱。

所以雅妍节食，体重从成年起就保持在九十斤左右，毕竟好女不过百，须得瘦出嶙峋线条，锁骨处才能形成深深颈窝，立住口红；她精心护理皮肤，一年四季，只要有太阳的时候，她要么打伞，要么走在树荫下，绝对避免任何一丝阳光直射到脸上，因为紫外线会令皮肤迅速老化、起皱，养儿不能防老，防晒才能防老，这是大家都知道的；一头齐腰长发每次洗完都要用护发素涂抹，再用热毛巾包裹十五分钟，以令护发素充分浸润，滋养到每一根发丝，哪怕每次洗头要一个小时以上都不嫌麻烦；走路步态袅袅婷婷，坐下时绝不跷二郎腿，两腿并拢，非常端庄。

父亲给她和妹妹取名雅妍、诗妍。雅者，高尚也，《诗经·小雅·鼓钟》曰："以雅以南，以籥不僭"；妍者，丽也，李渔的《闲情偶寄·种植部》曰："日高日上，日上日妍"。到了雅妍这里，她给女儿取名"楚然"。楚者，楚楚可怜，楚楚动人。《诗经·曹风·蜉蝣》有云："蜉蝣之羽，衣裳楚楚。"男人用阳刚征服世界，女人用柔美征服男人，不也等于变相地征服了世界吗？而且又有一种浪漫的美感，哪里有错？丈夫为什么要打她呢？

要一直活到五十多岁，雅妍才会醒悟过来。人找人，都是闻着味儿找的。荣华看上雅妍，不是因为她美，知书达理，是因为这样的她好拿捏。她们不会撕破脸硬碰硬，在她们这里，忍气吞声叫"优雅"，忍辱负重叫"包容"，叫"雅量"，全部是美德。这美德对荣华来说，太实惠了。

要一直活到五十多岁，雅妍才明白，温良恭俭让是给礼义廉耻勇之辈的。可惜这是个弱肉强食的世界，到处都是像荣华这样的寡廉鲜耻之徒。两千五百年的文学到了荣华这里，连当厕纸他都嫌不够绵软。

荣华的酒气喷到她脸上，硕大的拳头举起来，逼到雅妍眼前。她叫了一声，比被打还要激动："不要再打脸了！说过了，打哪里都可以，只要不打脸。"

他感谢她的提醒。就是因为总打在暗处，她走出去时看着完好无损，他才可以伪装这么多年。身上的痛可以忍，内心的苦可以咽，但如果脸上总是有伤，世人就会看穿他俩的把戏。

他的拳头往下移，重重击打在她的胸口上。她闷哼了一声，整个人摔了出去，碰倒了花架，绿萝掉下来，砸在她身上。

荣华大步走到她面前，暴喝道："你和范文良睡过几次？说！"

他抄起她身上的绿萝盆，高高举起，砸到地上。搬到这里真好，终于可以这样大张旗鼓地伸张欲望了。啪的一下，泥土和泥盆碎片四下飞溅，溅到楚然脸上。她抖了一下，并没有逃开，而是一步步挪动着僵硬的身子，从楼梯上走下来，走到荣华面前，轻声说："爸爸，不要再打妈妈了，你会把她打死的。"

荣华喘着气，余怒未息，倒是对女儿的一腔孤勇生出一丝赞许。不愧是自己的种，比她母亲那种绵绵腻腻的性格清爽，有血性。

楚然仰着头，泪水在脸上肆意纵横。看着高大威猛的爸爸，她不知道爸爸的拳脚会不会落到她身上，爸爸是没有打过她，但爸爸几年前打妈妈也没有打得这么凶。这样高大威猛的爸爸，他拥有随时更换心意的权力。

他果然有这权力。

荣华手一扬，六十斤的楚然摔了出去，摔在满地的泥上。泥盆的碎片扎伤了她的手臂，血流了出来，她痛得大叫。

雅妍挣扎着，爬到楚然身边，抱起她。楚然哭叫道："妈妈，你吐血了。"

雅妍这才觉得口中一股铁锈味儿，她一擦嘴角，手掌上满是殷红的血，说不清是刚才那一巴掌打伤了嘴，还是那一拳打伤了内脏。胸腔痛得让她快要呼吸不过来了，但她要护住女儿。她半张着手臂，挡在楚然面前，刚要开口让荣华别过来，一张嘴，又一口血呕了出来，她拿手去挡，血从指缝中不断流出。

荣华的满腹戾气已发泄完毕，看着眼前这一幕，整个人突然像被扎破的皮球一样泄了气，心头感到万分空虚。像是顽童不知该把心爱的布娃娃怎么样才好，突然狂性发作，撕碎她的衣服，扯断她的手脚和头颅，又蓦然醒悟过来，看着扔了一地的残躯和断肢，感到后怕。酒意一阵阵涌上头，荣华觉得疲惫，跟跄着瘫软在沙发上。总是这样，妻子总是惹他生气，叫他下狠手，事后叫他内疚。这模式循环了十三年，他自己也无法挣脱。他心底有个永远的黑洞，怎么也绕不过，填不满。

荣华打了个哈欠，眼泪流了下来，心里非常难过，嘟囔着："你们为什么要惹我生气……"透过泪光，他看着地上瑟瑟发抖的母女俩，后悔莫及，又一次搞砸了，下回再也不喝酒了。但同时他又有一种恨，到底为什么，要把他逼成这种反面角色？在她们惊恐的眼神里他看到了一个可怖的自己。他抽泣着，昏昏沉沉，不知不觉睡着了。

荣华被叫醒时，已是半夜十二点。他睁开眼，发现小姨子王诗妍和她丈夫陈浩然已在他家里。浩然正在收拾客厅地面，泥盆的碎片已被扫净。雅妍母女俩坐在沙发那头，诗妍一边用毛巾给母女俩擦拭着身上的血迹和泥渍，一边怒视着他。

荣华坐起身，揉揉脸，口中焦渴，感到阵阵心虚。这个小姨子非常泼辣，和雅妍是两个性子。

诗妍道："先上医院验伤，然后报警吧。"

雅妍已痛得脸色煞白，却一声不吭。

浩然收拾完，叉着腰站到他们面前。

诗妍道："浩然，过来搭把手。我姐这回肯定是受重伤了。"

浩然把王雅妍搀起来，诗妍看着她惨不忍睹的样子，又恨又气。

"姐，你这次要给我个准话，报不报警？"

雅妍不说话。

诗妍道："如果还是不报警，你的事我从此再也管不了了。"

她作势欲走。此时荣华起身，腿一软，直直向雅妍跪下。这一跪，像是松开了某个闸门，一晚上都没怎么大声喊叫的雅妍突然号啕大哭起来，所有委屈喷薄而出。搬到这里真好，她终于可以痛痛快快地哭了。

荣华看着她那副可怜样，心如刀割，左右开弓，猛扇自己的脸，边扇边哭骂着自己："我不是人，我是禽兽，王八蛋，死变态！我该死！"

荣华一边扇着，一边把雅妍的手掌贴到自己脸上。雅妍只是哭着，说不出话来。诗妍冷笑一声，拉着浩然就走，刚走到门口，觉得自己的衣服被什么东西拉住了，回头一看，是楚然死死地拽着她的衣角。

楚然小声说："小姨，不要走，帮帮我妈妈。"她一撇嘴，眼泪又哗哗流下来。

诗妍鼻子一酸，低头搂住楚然瘦得浑身都是骨头的小小的身子。她是姐姐对付自己的最佳武器，没一次失去准头。

诗妍夫妻连夜把雅妍送到县医院，拍了 X 光片，诊断是断了两根肋骨。医生要给她上肋骨固定带，需要她脱掉上衣，但她死活不脱衣服。医生以为她害羞，诗妍却猜出几分，狠狠骂了她一顿，她才勉强脱下衣服。一脱下来之后医生惊呆了，雅妍的前胸、后背有好几处淤青，有的是新伤，有的是旧痕。新伤青紫，旧痕泛黄，胳膊上还有一些划痕，看上去像是用某种小小的钝器划伤的。

医生皱眉道："你被家暴了吧？我们要帮你报警吗？"

雅妍折腾了大半夜，加上剧痛，已近乎虚脱，昏昏沉沉不说话。诗妍对着医生微摆手，意思是不要再追问了。雅妍绑了绷带，吃了药，睡着了。诗妍夫妻俩在病房外的长椅上呆坐着，一时说不出话来。

诗妍道："我姐必须和那个禽兽离婚。再这样下去，她会被活活打死的。"

浩然道："问题是离不掉。"

王雅妍因为搬了家，对屋里地形不熟，半夜不慎从楼梯上摔了下来，摔断了两根肋骨。同事们都去县医院看她。夫妻真是恩爱啊，他们回来传着，说张荣华请了一周假，寸步不离地守着妻子，端屎端尿。大家羡慕不已，只有语文组组长范文良暗暗地叹了口气。

他那套餐具本可以在学校教研室送给雅妍，之所以跟着同事们去到张家小楼，就是不放心，想去看一看她的新环境。走到张家小楼门口，范文良左右张望了下，叹了口气，知道雅妍未来的日子将会是十八层地狱。他不理解雅妍为何自投罗网，明明住学校相对安全。

荣华温存照顾，雅妍并不受用。通常，她被暴打一顿后，荣华会因为强烈的负罪感而对她有短暂的嘘寒问暖，有时到了卑躬屈膝的地步。

头些年雅妍会受宠若惊，尤其暴打之后的第二天晚上，往往荣华会求欢。做爱过程中荣华的索取让雅妍觉得自己无比强大。男人太脆弱了，原谅他吧。他的暴戾也是无法控制自己的表现，而不能自控是一种可怜的缺陷，他本人也不想的。雅妍抚着瘫软在自己身上的荣华，生出博大的母性与怜悯，并因增进了对人性、对男女关系深刻的理解而自得：别人能有她这样的极致遭遇，从而更能品尝悲喜交集、甜苦各半的滋味，更知晓活着的真义吗？第二天夫妻俩会手拉手去镇上的馆子吃饭，点上几个好菜，喝上两杯米酒。酒后两人脸都红扑扑的，容光焕发，看在外人眼里真是神仙眷侣。一次家暴，前调是血的铁锈味，中调是体液的石楠花味，后调是米酒的甘醇又略带刺激的味道，以酒精的升华画下句号。一次升华，可以抵消十次被暴打。

但是这两年，雅妍被打得太厉害了，这套精神滋养渐渐失效。毕竟，真的太痛，太痛了。痛，不好受。这不好受，可是结结实实，每分每秒都存在的，连第二天的犒赏也无法弥补了。

雅妍父母来医院探望，看到她脸色蜡黄，嘴唇枯白，上身绑着绷带，明白了几分。虽然因为她执意要嫁给荣华，这些年来父母与她总是淡淡的，来往很少，但她与荣华之间的事，他们还是多少知道一些。此时母亲流下泪，父亲似笑非笑地看着她。挨打这整桩事里，父亲这表情才是雅妍最害怕的惩罚。

男人还是会买一点男人的账的，哪怕他是个手无缚鸡之力的老头，仿佛也比女人在男人心中有分量。荣华看到岳父，起身，想说点什么，又有点心虚。父亲看到他这模样，道："你什么都不用说了，我不恨你，只恨她。"

他背着手，扬扬下巴，指着雅妍，笑容里带着愤恨："我好米好油好肉辛苦养大她，培养她读完本科，她却把自己变成一块死肉，送给人家打。我王鹏程一辈子要强，老了因为她，变成了个窝囊废。要不我讨厌生女儿呢，哭哭啼啼，叽叽歪歪，长他人志气，灭自己威风。"

雅妍勉强笑道："爸，没那么严重，两口子打打闹闹……很正常的。多少人一辈子，就……就这样过来的。"

父亲点点头，一扬眉，笑道："知道了，不打不是亲夫妻，床头打架床尾和。我今天就是来看看，你被打死了没有。你放心，你死了我也不会哭，也不会替你收尸，也不会替你养孩子，你女儿可以进福利院。"

雅妍绷不住了，一下子哭了，边哭边道："爸，我真的没事……你别说得那么……"

父亲连连点头："知道知道，你没事。你千万别死，死了怪麻烦的。"

他一转身走了，母亲暗暗叹了口气，也走了。

一周后雅妍出院，荣华把她接回家。他默默做饭，把饭给她端到床边，每天为她擦洗。她看着他那样，心里发毛。十三年来，这是他打她打得最严重的一次。空间大了，又远离人群，他终于可以有大作为了，所以此刻他这样的平静，只会让她更加害怕。起跑线上蓄力待发的人，都有这样内敛而坚毅的表情。

这时手机响了，是范文良打来的。雅妍抖了一下，荣华示意她接。范文良问她伤情怎么样了，还需要多久才能返校，他好安排老师调课。雅妍说还需要三周左右才能正常行动。两人说完，挂了电话。雅妍偷瞄荣华脸色，见他一脸深思。她在心中把刚才的对话一字字排布，检视了一遍，没发现有什么不对劲。

荣华问："这次你住院，范文良怎么一直没来看你？"

雅妍愣住了。

荣华若有所思："他是语文组组长，照理说不是应该代表学校来看你才对吗？"

雅妍还在琢磨他这话什么意思，他已抄起她手机，一条条看她拨出去的电话，看到入院的第二天雅妍给范文良打了个电话，他的眉头皱了起来。雅妍心知不妙，说："是我让他别来的，你不是不想看到他吗？"

荣华道："奇怪了，你心里没鬼，为什么让他别来？"

雅妍道："那乔迁那天他来家里，你为什么生气？"

荣华道："我为什么生气，你心里没数吗？"

他的声音高了起来，雅妍打了个冷战。荣华瞪起眼睛，雅妍颤声道："我和他真的没有什么关系，你为什么总是不相信我呢？"

荣华逼近她，她受不了他这样的逼视，垂下眼帘。范文良的确对她有着不一般的关照，但那绝非男女之情。这关照只在两人心底，她该怎样去向荣华说清这份来自男人的而又不带半分性意味的情感？说给谁都不会信的，甚至有时候她自己都会混淆。

楚然已经睡下了，突然听到隔壁父母卧室传来母亲低低的哭泣和呻吟声。她的耳朵竖了起来，整个人在被窝里浑身紧绷，想了想，下了地，悄悄推门，蹑手蹑脚地走到他们卧室门口。

只听里面母亲在颤声呻吟求饶："我的伤口还没好，你这样打我，我真的会死……哎哟，求求你……哎哟，好疼啊……"

跟着又是一声啪的打耳光声，父亲咬牙狠声道："你让我不打你……你就要做好一点啊……你个骚货，成天装个骚样给谁看……"

楚然知道父亲打母亲这件事会水过无痕。因为他非常懂"惩恶"于密室，且"惩恶"于深夜，而母亲也很配合。那样密闭的空间，那样漆黑的夜，衣物掩盖之下的伤痕，无论深浅新旧，世界都是看不见的。

每次挨打，母亲都死了，楚然绝对相信。她有过不小心磕到头或腿的经历，那种痛真是叫人瞬间心跳漏了一拍。剧痛过后，缓慢的钝痛一波波冲击，丝丝抽痛牵动着神经，各种层次的痛一点点延绵混杂，非要叫你把这痛悉数品尝，一滴不许剩。而母亲，被父亲啪的一巴掌扇在脸上，粗壮的腿踢到纤细的小腿上，坚硬的拳头猛地击打在薄薄的肩胛骨和胸膛上，大掌一把抓起来狠狠摔在地上，重重叠叠的痛密密麻麻交织，如网般铺天盖地把她困住，让她逃无可逃。那不就和凌迟差不多？

这夜，这世上大大小小的密闭的屋子里，是否都在进行着这样悄声低语的慢吞吞的虐杀？

有一天楚然放学走在路上，见一个大人突然狠狠踢了一条土狗一脚。那条毛发脏乱的小狗短促而凄厉地嚎了一声，径直飞了出去，摔在不远处。楚然的心脏像被狠狠抓了一把一样，母亲在父亲的脚底下，和这条狗也没两样。母亲的哀号也是这般短促，因为怕被人发现，更因为痛到发不出声。

母亲是个多么出众的人啊：柔软的黑发垂在温婉的脸庞两侧，多少男教职工偷偷向她投来爱慕的眼神，甚至有高中的学生给她写求爱信；课讲得好，所有老师中数她的普通话最字正腔圆，声线柔和又清晰。到底为什么，这样美好的母亲，在父亲的拳脚下，卑贱得像条狗？

可是每一夜的虐杀之后，母亲又会顽强地活过来。那条被踢飞的狗趴在地上挣扎了一会儿之后，站起来，四脚打滑地走着，走着走着，居然又开始小跑了起来。没错，天一亮，母亲就像那条狗一样复原。睡眠就是一次格式化，抹去那些屈辱和险些死去的惊恐。解决了情绪，肉体还不好对付？被打烂的五脏六腑愈合归位，长衣长裤掩住了身体的淤青，长发披散下来，脖子处如果有伤，也遮住了。被扇过耳光的脸消了红肿，枯白的嘴唇擦上口红。新生的母亲走出教职工宿舍楼，人淡如菊，岁月静好。

十三岁的楚然回到屋里，关上门，反锁，躺到床上，盖上被子，拳头攥紧，从窗帘缝隙间看到一线黑沉沉的夜空。这夜为什么这么长？这样的重复究竟要到什么时候才能结束？如果此刻天空突然燃起熊熊火焰，地面疯狂摇晃，现出峡谷般的大裂缝，火山通红滚烫的岩浆咆哮着奔涌席卷，整个世界天塌地陷，那会是她的天堂。

第二章

因为被家暴，她成了父亲的仇人

十四年前雅妍嫁荣华时，整个家族的人都反对。理由是雅妍是省立师范本科生，而荣华的学历只是市立两年制邮政学校专科，除了他，全家都是农民，并且大家都在说是一个在邮政系统当官的远亲帮着暗箱操作，他才能从县职高考上大专。最重要的是荣华的脾气不好，镇上人传说，有人亲眼看到他在小卖部门口活活摔死了一只猫，仅仅是因为那只猫挠破了他的手背。

但雅妍执意要嫁他。荣华浓眉大眼，身材高壮挺拔，肩宽腰细，浑身充满阳刚之气。雅妍父母都是语文老师，自己读的是文科，常年浸泡在一帮咬文嚼字的男生中，实在对书生型男性审美疲劳。荣华一出现，学校那帮文弱的男老师立刻黯然失色。他在邮电所负责报刊订阅，在二十世纪九十年代中期那算是一份不错的工作，雅妍正是因为经常去邮局寄投稿信才认识他的。至于摔死猫这件事，毕竟只是传说，雅妍又没亲眼看见。再说了，血气方刚的青壮年男性，偶有失控之举不是很正常吗？

荣华对雅妍追得很紧，恋爱时期百依百顺。两人谈了八个月恋爱，结婚了。

雅妍父亲对这桩婚事非常不看好，荣华每次登门，父亲对他都很冷淡。雅妍知道，父亲对她从小到大都带了点淡淡的嫌弃。母亲怀孕时，人人都说肚子那么尖，保管是个儿子，父亲兴兴头头地盼到婴儿降生，却是个女儿，兴致一下子没了。倒不是不爱她，自己的孩子还是爱的，不过那爱不免打了折扣。如果自己是个男孩，父亲保管肝脑涂地地爱，一揽子兜底，死之前必要安排好生老病死。看看左邻右舍，对儿子和对女儿的态度，不都是这样天差地别？哪怕父亲两个孩子都是女儿，哪怕他是个饱读诗书的高中语文老师，也不妨碍他天天"嫁出去的女儿泼出去的水"地嚷嚷。

父亲对雅妍抱有的最大希望，就是她的婚姻。他原来的计划是，雅妍先分配到镇中学教书，等过两年，他暗地里活动活动，把她调去县一中。没想到雅妍居然半道上被荣华给截走了，这让他大为恼火。父亲一直期待她能嫁个有一官半职的公务员，最好是文化口的或与本系统沾边的，比如教育局、宣传部那类单位。长女有了体面女婿的加持，他才能勉强弥补无儿的缺憾。女婿半子嘛，女儿半个人，女婿半个人，加起来正好一个人，他也算没在人间这场仗里吃亏。女儿本来就不成人，女婿再不像个人，他里外里吃血亏倒大霉？为此父亲对雅妍的培养加倍严厉。他负责将中国文学灌输进她脑子里，母亲负责修正她的言谈举止，务必使雅妍内外兼修，成为最优质的妻子人选，进入县城体制内那帮青年才俊的视线。

但雅妍偏偏拒绝父亲的安排，并暗暗轻蔑于他的功利。原来父亲看似清高，骨子里也庸俗不堪。父女俩一度闹得很僵，父母的阻力增加了这份爱的分量，雅妍越爱荣华，就越觉得父亲可鄙。这样的父亲，又有什么资格总是因为她是个女儿而淡淡嫌弃？她终于可以报复式地也鄙夷他一回了。

她不动声色，一反叛就来个大的，她感到自豪。父亲以为生了她，就可以控制她一辈子？他可没想到，爱情在雅妍的人生路上等着呢。爱情就像荣华有力的臂膀，在父亲一直不放开魔爪的时候一把抱起雅妍远走高飞，飞向幸福的彼岸。再说了，父亲自己不也是农民出身？脚上的泥才洗干净，转过脸来就开始看不起农民了？可耻。

父女闹得很僵。雅妍那时住在学校的单身教师宿舍，领证之前的晚上，父亲特地把她叫回家，当着母亲和妹妹诗妍的面说："儿女婚姻照理说父母不该干涉，之所以要插手，是因为一旦你们的婚姻有任何不测，都会连累到我们。成年人对自己的选择负责，你一定要嫁他，那么，嫁出去的女儿泼出去的水，我们不沾你的光，你有事也不要回家麻烦我们。"

母亲嫌他话说得难听，捅了捅他，但雅妍仍然读懂了她的表情，母亲其实也是这个意思。别看母亲是她那个岁数的人里少有的大专学历，但胆识超不过大字不识的家庭主妇，夫唱妇随是她牢不可破的信念。看着旁边妹妹吃惊而同情的神色，雅妍一边心酸，一边发狠，铿锵有力地答道："以后我生死自负，绝不来麻烦你们。"她心里冷笑，看看以后谁活得更好吧。

父母要是见过荣华和她相处时的情景，就会对这桩婚姻有信心了。他们手拉手去散步，男的高大挺拔，女的纤丽娇小，看着非常登对。看到农民戴着斗笠挑着一担菜走在山脚下，雅妍随口吟出"荷笠带斜阳，青山独归远"；晚上去县城看电影，吃完消夜，在公园散步消食，春夜的风徐徐拂在脸上，月光倾泻在一树梨花上，她又吟"梨花院落溶溶月，柳絮池塘淡淡风"。吟罢她收回眼神，见荣华一脸神魂颠倒，她微微一笑，知道月光下花树旁长发飘飘的自己，在他眼中就是女神一样的存在。她并不是存心做作，是这繁花月色迷倒了她。自小熟读唐诗宋词元曲的她是真心迷醉在这诗情画意里，又因这迷醉而使他迷醉。他何曾见过活得这么不食人间烟火的女子？感觉新鲜至极。

很久以后，雅妍才意识到，她不喜欢书生，大概是因为不喜欢一身酸腐的父亲。父亲瘦小、清高、强硬，同时自大、虚荣、懦弱。百无一用是书生，她要走得远远的，走到和父亲遥遥相对的那一头，那里站着的就是荣华。

荣华就是她要的男人，质朴、豪爽、铁血，文化底子刚好到可以勉强听懂她、仰望她的地步。如果找个同为文科生的男人，他就会跟她抢舞台。她刚怅然念"三更月，中庭恰照梨花雪"，他就会比她更忧伤地紧接"不似秋光，只与离人照断肠"。她自己还缺观众呢，给人家捧场？看吧，她要把这彪形大汉收拾得服服帖帖的，他会崇拜她的。

中间雅妍也不是没有犹豫过，有一次他们在路上走着，一辆自行车从旁边掠过，差点带倒雅妍。荣华的脸噌的一下就红了，是怒火来得太快、太旺所致。他几步追上去，一把将那人薅倒在地，一拳打在他脸上。雅妍大吃一惊，拉住荣华。那人吓得一骨碌站起来，骑上自行车飞快地跑掉了，也没敢和荣华理论。荣华还在气得浑身颤抖，对着虚空挥舞拳头，骂出一大堆脏话。雅妍被震慑住了，但荣华的气很快就消失了，又向雅妍道歉。

雅妍事后琢磨，觉得荣华的脾气有点可怕，也不是什么要紧的事，可他愤怒得简直像要杀了那人一般；但又体谅他是因为保护自己才生气，反又喜悦。后来又过有几次类似的事，雅妍的摇摆渐渐大了起来，可就在此时她发现自己怀孕了。孩子就像颗定心丸一样，让她有点飘忽的心彻底沉下来，决定和荣华结婚。

他们结婚不久，诗妍也发现姐夫暴脾气的一面。有天她去姐姐家，荣华要给她开黄桃罐头吃，但铁盖儿非常紧，他怎么也打不开。他着急，手心出汗，越发打滑，更打不开，他的神色便有些不好看。雅妍刚说了句"不行用个什么东西撬一下吧"，荣华立刻瞪起眼睛喝令她闭嘴，跟着噔噔几步走到水池边，啪的一声，把罐头摔到水池里，然后叫雅妍拿个盘子来，把混在糖汁儿和玻璃碎片里的黄桃一块块挑出来。亲眼见到这一幕的诗妍倒吸了一口凉气。雅妍端着那盘黄桃请她吃，她看着那黄桃，真怕自己不小心把玻璃碎片咽到肚子里去，勉强咬了一口后，便放回盘里了。

诗妍嘀咕，一个罐头打不开，多小的事情，为什么会愤怒成这样？雅妍和妹妹解释：丈夫脾气来得非常急，就像哮喘病人发病时必须马上喷药，否则会死一样，他的脾气必须立刻发作出来。发作出来后他几秒钟就好了，像夏天的阵雨，来得猛去得快，地上一片泛滥，天空却晴朗无云，让人疑心那不过是一场梦。如同下过雨后的天空格外明净，发过脾气后的荣华也会较之前温和，甚至会过分殷勤体贴，叫人反而不好指责他之前的暴戾。

所以，他在气头上时不要和他争，顺着他。如同小船行驶在河流上总会遇到暗礁一样，小心躲过，之后仍然会一帆风顺。过日子不就这样吗？

如果那脾气不立刻发作出来会怎么样？毕竟也不是哮喘，不及时医治马上会死，难道一口气不出，荣华就会倒地暴毙吗？姐姐没解释，诗妍私下不以为然。因为有一次她路过邮电所，见所长正在训荣华，口气很冲，面色难看，但荣华一声不吭，乖乖听着，也并没有攥起粗壮的拳头往所长脑袋上招呼啊。不过这话她没有和姐姐说，说了也没用。

很快，荣华由摔东西变成打雅妍了，全然不顾她已是孕期。一开始不严重，只是推她。她瘦，他伸手一扒拉，经常能把她像小孩一样扒拉个跌跌撞撞。后来是扇耳光，再到后来就是拳脚相加了。雅妍又和妹妹解释，他打她的频率并不高，一个月一两次吧，主要是她唠叨他。唠叨的最主要原因是她爱干净，而荣华不拘小节。比如她分的教师宿舍在山坡上，本地多雨，门口的小道常有泥。雅妍要荣华在门外换鞋，别把泥带进屋，但荣华记不住，经常进了门再换鞋。比如他坐在沙发上，烟灰并不弹在面前茶几上的烟灰缸里，而是随手乱弹在沙发扶手一侧，坐哪侧，弹哪侧。说几次后他火了，就会揍她。

雅妍第一次挨打，就是因为弹烟灰这件小事。那个晚上，她随口说了一句"这儿不是有烟灰缸吗"，跟着把烟灰缸往荣华面前推了一下。没想到他突然站起身，一抬手，啪，就给了她一耳光。她捂着脸惊呆了，而他若无其事地坐回沙发上，仍抽着烟，随手往地上弹落烟灰。她脸上热辣辣地疼，耳朵嗡嗡响，一时不知该有什么反应，哭好像也不太合适，总之就是特别尴尬，竟像是自己错了一样，讪讪地回屋，坐在床头生闷气。

也就只是生生闷气，还能怎么样呢？睡到后半夜，荣华迷迷糊糊把手搭过来抱着她，头靠着她脖子和耳朵，气息温热地呼出来，激起她阵阵战栗，那两处是她的敏感带。荣华这么大高个儿，睡相倒像是个孩子，总喜欢黏着她，依恋又懵懂。他需要她，这证明她有价值。她的气消了，这件事就这么翻篇了。

每次荣华打雅妍，她就会和诗妍诉苦。婚前她不知道他脾气暴躁又不尊重人吗？雅妍被妹妹这样问时，要么就说婚前他并不这样，要么就说这又不是大事。每次哭诉完后她又会加一句"打得不严重"或"我也有错"。这样的事情，重复到楚然呱呱坠地，牙牙学语，蹒跚学步，渐通人事，重复到诗妍结婚生子。

终于，诗妍劝姐姐离婚，但她坚决不离。

"不可能离的。"雅妍第一次听到妹妹这么劝时，大吃一惊，"扇一耳光，踢一脚，又不是什么特别大的事。"

诗妍道："既然不是大事，为什么你总是忍不住诉苦？"

雅妍愣了下，闭嘴不说话。看着她那沮丧的模样，诗妍心疼，又给出主意："打回去呀！"雅妍冷笑："他一只手就能提起我扔出去，拿什么打回去？"诗妍说："暗算呀，趁他睡着，把他绑起来拿麻绳抽，饭里给他下点泻药，实在不行半夜蹲他床边磨菜刀吓唬他。"总之，如果是她，有的是办法，不可能白白挨打。

雅妍吓得瞠目结舌，半天脸气得涨红，说诗妍教唆犯罪，又说诗妍痴人说梦。绑他他不就醒了？下药不也药到全家？难道其他人不吃饭吗？磨刀把他惹火了，他把自己砍死了，岂不是白死？人家正当防卫呀！她口若悬河、滔滔不绝地分析，义愤填膺、气势如虹地质问着诗妍。诗妍只好承认自己心肠歹毒，闭嘴了。

两人沉默，空气一时有点尴尬，半响，雅妍讪讪加一句"荣华除了脾气急之外，也没有其他的毛病"。是呀，抽点烟，喝点酒，烟灰乱弹，不看孩子，不做家务，这大大小小的乡镇，男人们不都这样吗？没去嫖和赌已经是好男人了。他不看孩子不做家务，婆婆代劳，不也补过了？至于推搡，扇个耳光，那也不算什么特别严重的事吧？不能因为你读了几本唐诗宋词，就让你幸免了。

雅妍又谆谆叮嘱，她挨打的事千万别告诉父母。她叮嘱得太急切、太严厉，诗妍便在父母面前闭口不提。反正雅妍和荣华平时在外人眼中，也是很正常的一对夫妻，她说得太多，倒有挑事之嫌。

第七年，一个晚上，雅妍被荣华踹倒在地，下身流出大量的血。荣华慌了手脚，给诗妍打电话。两人把她送到镇医院，才知道雅妍已经怀孕，但流产了。那次雅妍和荣华当然又以"不小心摔倒"为由对外界搪塞过去，但诗妍太气愤了，终于忍不住和父母说了，他们这才知道雅妍结婚后一直被荣华家暴。

母亲要父亲出面干涉，但父亲坚决不肯。他不但不肯，还暴跳如雷，同时又有一种"不幸被我言中"的愤恨的自得。他要雅妍最好去自杀，当年不让她嫁，她非要嫁，现在好了吧，这回被打爽了吧？父亲的暴跳如雷是以幸灾乐祸的口吻表达出来的，他甚至说出了"报应不爽"这样奇怪的话。

后来诗妍琢磨出来父亲的心态，这也是许多父母在孩子被欺负时普遍会有的心态："他怎么不打别人，就打你呀？一定是你有问题。不管是你太弱，还是你不对，总之都是你的错。"

只有弱者才会吃亏，吃亏了就是弱者。而父亲从小教雅妍读书上进，就是为了让她当个强者。他信奉知识改变命运，雅妍读书人家出身，堂堂正正的本科生，受人尊敬的人民教师，她应该是个强者，结果成了个弱者，这就是对他教育理念最严重的背叛。而她的背叛，他一开始已经阻止了，可她执意要起义，那她就是他的敌人。

再说了，新时代男女平等，女人要自强自立。都是爹生妈养的，遇到了问题，你要自己去解决呀。为什么人家荣华就不需要父母出头，而你雅妍却需要娘家人齐上阵呢？可见女儿，不行。一个不行的女儿，让他如此心烦意乱，绝对是敌人。

没错，他那被女婿打得遍体鳞伤、浑身青紫、流了一地血的女儿，是他此生不共戴天的敌人。女婿的每一拳每一脚，都打在了他"父"的尊严上，而他无可奈何。是因为她，他才沦为小丑的。

雅妍自此更加不敢回娘家。

因为父亲比讨厌荣华还要讨厌雅妍。

第三章

范文良

雅妍流产后，荣华发誓改过自新，跪在母亲吴芳和雅妍面前，要用菜刀砍掉自己一根小拇指以明志。吴芳眼疾手快，抢下菜刀，要他从此改掉暴脾气，否则她要用菜刀砍掉自己的一根指头。雅妍还能怎么办？只能哭一场了事。

荣华打雅妍，从来不打脸，又只在晚上打，所以外人从来不知道雅妍一直在被家暴。流产一事雅妍又说是自己不小心摔倒的，也就糊弄过去了，吴芳和雅妍娘家人也闭口不提。在众人眼中，这对夫妻像所有人一样正常，但秘密却被一个人发现了：范文良。

学校的语文教研室里，所有语文老师都在这里办公，雅妍的办公桌在最里面的墙角，组长范文良的办公桌在她旁边。有天雅妍桌上的一张卷子飘到地上，她弯腰去捡。当时正是夏天，她穿的衬衫与西裤都太过合体，一弯腰便难免露出一小段腰。范文良无意中一瞥，见那腰间有一大片青紫，他怔了下。学校的每一间办公室都大，办公桌并不紧挨着，所以雅妍没有发现范文良的眼神。范文良迅速扭过头，心里犯起了嘀咕。

又过几天，大家搬资料，一摞摞地往楼里搬。雅妍走在楼梯上，范文良路过，看到她的手臂打战，便要她分一些给自己搬。雅妍抱歉地笑着，把卷子放地上，一边分一些放到他已堆得高高的卷子上，一边笑话自己没力气，这么点东西居然搬不动。说话间范文良看到她的衬衫袖子上隐约渗出了血迹，便关切地告诉她。雅妍不知为什么，神情突然变得慌乱，解释说手臂是因为昨晚不小心磕破了，所以才使不上劲儿的，说完抱起地上的卷子，匆匆离去。范文良心中再次狐疑，隐约觉得她的伤并不是那么简单。

这以后范文良就格外留意雅妍，留意之下，他就发现雅妍的不对劲了。有一次同事搬盆绿植，一转身不小心碰到了她的肩，明明只是蹭到，力度并不大，她却痛得脸都皱了，又赶紧强颜欢笑，也许那肩上也有伤。有时她累得不行，稍往椅背上靠一下又会立刻直起腰，轻微地吸着气，也许背上有伤？

范文良和妻子有个女儿，夫妻俩十分恩爱。有天晚上睡觉的时候他聊起了此事，妻子沉思了半晌，道："难道是他家暴了雅妍？可为什么从来没听说？"

范文良也觉得奇怪，平时大家都在学校的教职工宿舍楼里住着，要是家暴，肯定会传出来怒骂、殴打、哭喊声才对，可雅妍那个两室一厅的家里，从来都安安静静的，不曾传出半点异响。妻子又说，这年头，门一关，大家各过各自的，谁会把家丑外扬？

雅妍小产了，在家休养，范文良代表语文组去看她。荣华上班，楚然还没放学，家里只有她一个人，她开了门让范文良进去。范文良把同事们慰问她的水果放到茶几上，雅妍道谢。范文良见她脸色苍白，形容憔悴，看着非常可怜，不禁唏嘘。平时雅妍与人相处有距离，一是她对人总是淡淡的，二是她课讲得好，人长得美，家世在这小镇上算不错的，看着是个佼佼者，人们不太敢接近。不过现在她这狼狈样子，倒是让范文良生出几分亲近感。

"雅妍，你……要是有什么难处，可以和我说说。教研组解决不了的，也可以看看学校能不能帮上什么忙。"范文良斟酌着措辞。

雅妍一怔，抬眼看着范文良，他意味深长地点了点头。

人如果心里有了某种怀疑，就会往那个方向去联想。雅妍此刻的神色看在范文良眼里，就是极度无助和绝望，像个哑巴被绑住了手脚，放在熊熊燃烧的火堆旁。烈火炙烤着皮肤，而她只能无声地呼号，又因知道自己走投无路而满脸认命。她的眼睛里慢慢蒙上一层水雾，眼圈泛红，瘦长的手指紧紧攥着衣角。她分明有巨大的伤痛，大到承受不住，为何如此隐忍？

漫长的沉默中，范文良看见雅妍在一直吞咽着。那巨大伤痛硬生生被她一点点咽了回去，眼中的水雾也消散了。她干咳了几声，轻声道："谢谢范老师，我现在除了身体不太好，其他的没有什么事。身体不好你们也帮不上忙，只能我自己努力了。"她生硬地开着玩笑，扯扯嘴角。

范文良见状也不好再问，又闲聊了几句起身告辞。雅妍送他出门，手扶在门框上，宽大的衣袖滑落到手臂，瘦瘦的手臂上隐有淤青，她迅速放下手，垂下袖子。范文良一瞥，心里又确定了几分。

荣华下班回家，远远地看见范文良从自己家走出来。他走到家门口，掏出钥匙打开门，见雅妍惊慌地从卧室走出来，满面泪痕，心里先不自在了几分。

雅妍因为范文良来问，触动了心事，强撑到他走，已耗尽全身力气，躲进卧室大哭了一场，直到听到丈夫用钥匙开门的声音，才知道他回来了。

她走出来，荣华沉着脸坐到沙发上，问："范老师来过？"

雅妍点头。

"你当他面哭？说我坏话？"

雅妍忙说没有。荣华的怒气却已噌地上来了，咬牙道："我不是已经道过歉了吗？就是一时冲动，以后再也不会那样了，你为什么还是要哭哭啼啼的？反正我俩超生都要开除，也不可能要这个孩子。"

"那样"，是指荣华一时火气上头，一脚踹在雅妍肚子上。他最习惯的动作，就是推她，扇她耳光，拿拳头捶她，用脚踹她。平时踹还好，但这次雅妍怀孕了，就踹出人命来了。

　　雅妍不知该说什么了，她是语文老师，能言善辩，这些年来，她也多次在荣华心平气和时和他谈过总是动手打她这个问题，但她从来绕不过荣华的逻辑。他的话总结如下：一、你不惹我生气，我就不会打你，你错在先；二、我的气来得快，消得也快，你让我打一下，我就好了；三、我生气的时候，你尽量躲开我，因为我控制不了自己；四、我气消了，道歉之后，你就不能再生气，不能做出一副死人脸，更不能以哭来控诉，要息事宁人，因为家和万事兴，否则我还会再生气。

　　这套死循环没完没了。

　　因为雅妍不知道什么事情会惹他生气。比如有次他洗完澡出来吃饭，他一身清爽，而刚刚炖的鸡汤薄薄一层油，非常烫，让他喝得浑身大汗。他喝着喝着，勃然大怒，端起汤锅一股脑儿摔在厨房水盆里，她顺便挨了一耳光。

　　她也无法及时躲开他的气头，除非两人不在一个空间里，否则她无论躲到哪里，荣华都会一把薅住她打；甚至大多数时候，要打她了，荣华会先把门关上，堵住门，带着即将施暴的狂喜。这种时刻，他还能让她跑了？而被打难免会委屈，雅妍哪怕在笑，那笑容的底色也可怜兮兮，令他不悦。长此以往，雅妍在家只有两种情绪，要么战战兢兢，要么哀伤低落。家里的气氛总是很压抑，荣华也不喜欢回家。

　　荣华也苦恼，婚前像天仙一样的雅妍，为什么在婚后日益显出蠢相来，什么都令他不顺眼。比如别人都有亲友往来，串个门，送个东西，说说笑笑，热热闹闹，而她生性淡漠，闲下来就在家看书或者写一些蠢透了的、永远没可能发表的散文和诗。没朋友不说，连亲戚也很少上门，只有小姨子诗妍偶尔会来。岳父岳母从不登门，年节他们去了，老两口也很冷淡，后来他们再也不去了。他们看不起他，当然是雅妍的错。

比如雅妍一味要求保持家里整洁，抽个烟啦，他脱下了袜子没放到洗衣机里而是扔在地上啦，哥们儿来喝个酒划个拳稍晚点走啦，鸡毛蒜皮的事，她总会唠叨个没完。和她一起生活就像活在死人堆里一样，没劲透了。

当初就不该娶个仙女。仙女，自然是仙气冷冽，没有人间烟火的温度。真不如农村那些热辣辣的女人好相处，她们即使被暴打一顿，也不会怎么样，要么大声哭着和他对打，要么很快就忘了这件事，还是兴兴头头地活下去，不会像雅妍这么不经打，一年比一年萎靡。而且说实话，他打老婆的力度，比他的父亲差远了。

父亲是怎么打家人的？会抄起木棍猛殴母亲、妹妹和他，打到他们跪地不起，打到棍子断掉。母亲和妹妹的头发都被父亲抓掉过一大把。而父亲的父亲打人，那又是更胜一筹。父亲有个哥哥，小时候被祖父用棍子抽坏了脊柱，成了个残疾人，被村里人笑话，只能打光棍，四十几岁得了场病就死了。

人生嘛，就是这样，谁都要在风雨中历练成长的。推一把，扇一耳光，踢两脚，这算什么"打"？打完就让这事过去得了呗。雅妍这种温室里的花朵，把整桩婚姻搞得很败兴，连带着她生的楚然，荣华也不喜欢，弱不禁风，鸡崽似的小小一只。众人赞她像个洋娃娃，荣华知道她们母女在世人眼里是美的，可爱的，一面得意，一面遗憾。他多想有个高大、敦实的儿子，像他一样，抬头挺胸，浑身的热血在血管里奔涌，走起路来地面都要颤三颤，多么有做人的质感。生活在这弱肉强食的世上，就必须拼武力值。一个强壮的男人，整个世界都是他的舞台。

就像他的父亲，在他十八岁之后再也没有打过他，而是开始跟他讲做人的道理，叽里呱啦。难道是突然间良心发现吗？不，是因为终于打不过儿子了。那天父亲照例抄起棍子要打他，他一抬手抢过棍子，对着父亲反手就是一棍。父亲号了一声，捧着手臂蹲了下去。父亲就是于这一瞬间在他心中老去的，旧世界崩塌，新世界诞生。

父亲的手臂被他打骨折了，那之后一直到死，再也没有打过他。而母亲和妹妹荣丽呢？照样挨打，因为根本打不过父亲。有时荣华替她们感到可惜，其实母女一起上，是可以打过父亲的，但她们从来没有想过可以这样做，总是在父亲的拳脚下瑟瑟发抖。毕竟女人打男人，反了天了，光想，就吓破了胆。

总之女的不行，女儿不行。

但他俩都是公职，不可能超生，这辈子他是没有儿子的命了。这也是荣华生命中一大遗憾，每念及此，他心中都一阵火烧火燎地痛。他这样顶天立地一大堆肉，加上雅妍，竟只繁衍出小巧玲珑的楚然吗？吃大亏啦。雅妍因为这个遗憾，将生生世世欠他的情。既然欠他情，挨揍也是应该的。

雅妍第一次提离婚，荣华却又不愿意。

和雅妍生活，的确没意思。可荣华也明白，和谁日子过久了，都没意思。农村女人固然活色生香，但没有收入，仅靠他一个人的工资，日子不可能过得像现在这样滋润。何况雅妍在外界眼中，那是有档次的老婆。雅妍提完离婚后，他突然觉得雅妍非常好，非常顺眼。这么好的女人，是他的，谁也不能抢走她，她也不能擅自离开。

雅妍提了很多次离婚："这些年你也看出来了，咱们俩不合适，当初就不该在一起。放过我，你也去找个自己喜欢的女人，不好吗？"

荣华笑道："我喜欢你呀，我就是因为喜欢你才娶你的。你忘了咱们谈恋爱时多恩爱？"

雅妍道："你喜欢我，为什么像打狗一样打我？"

荣华收起笑容，不快地说："我不是说过了吗？以后再也不会打你了。"

雅妍绝望地笑了。

深夜，雅妍躺在床上，听着身边荣华的鼾声，久久无法入眠。她真羡慕他，心中坦荡的人，才会有这样熟透了的睡眠。雅妍瞪着天花板，内心有一条河流在黑暗狭窄的河道中惊涛拍岸，澎湃汹涌，突然一个拐弯，找到了出口，她豁然开朗：不离婚也是好事啊。

首先，丈夫是她铁齿钢牙铿锵认定的人。真要离了，不就证明她当初的眼光错了吗？何必向世人亲口承认自己错了呢？人人都在犯错，人人死不认错，大家看上去日子不也过得挺好？

再一个，她娘家那边每个人的婚姻都比较美满，至少看上去是这样的。尤其是妹妹诗妍，嫁了县里教育局的公务员陈浩然，两人感情很好，很快生了个儿子，一下弥补了雅妍父母的人生两大痛点。陈浩然虽然不是招赘，但买的新房紧挨着雅妍父母在县城的家，三天两头提着东西去，让老两口更加喜笑颜开。人人的日子都圆圆满满，独她雅妍的残破不堪，这让她怎么抬得起头来？反正她的婚姻目前在不知情的外人眼里，也是美满的，这就可以了。人说到底，就是活给不相干的人看的。

再一个，荣华再怎么着，每月也能分摊家里的开支。两份铁饭碗供一个孩子，这在镇上可是大家都很羡慕的经济模式呢。

再一个，离了婚，重新找一个男人也是一样的。她还这么年轻，难道从此单身吗？家家户户都有个丈夫，只有她和楚然相依为命？父母又不喜欢她，说好要帮她调到县一中的事早就黄了，楚然迟早是要上大学成家单过的，难道下半生就剩她一个人在这小镇上丢人现眼？这种缺憾和被家暴比哪个更大，不好说吧。

再一个，荣华进入中年了。中年之后，男人渐渐退去愣头青的火气，性子就会柔和一点，也许慢慢就不打她了呢？好多家庭不都这样？丈夫打了妻子一辈子，或者年轻时频繁撩骚出轨嫖娼，老了，荷尔蒙消退，打不动也玩不动，需要妻子照顾了，他们突然就变成了慈眉善目的老头，通晓各种道德规范，和老太太恩恩爱爱，定做各式情侣装，上影楼拍银婚金婚钻石婚的合影。老两口端坐中间，神情庄严仪态端庄，白发苍苍催人泪下，每一条皱纹都德高望重。人人见了那合影，都夸他们白头偕老善始善终。等着瞧吧，再过十年，荣华还是会崇拜她的，像当初谈恋爱时那样，她也会有拍那种照片的时候的。

雅妍眼前浮现出父亲那幸灾乐祸的笑脸，舒了口气。不离婚好，不离了。她闭上眼，睡着了。白天，她依然平静地上课，下课。能驾驭这么深重的苦难也算是生活的强者了，她想。她不动声色，耐心地活着，深信终有一天自己能熬成赢家。

可是有一天，十岁的女儿楚然也跟雅妍说："妈妈，你和爸爸离婚吧。"

雅妍吃一惊，问为什么。楚然说一回到家就害怕，总提心吊胆的，怕妈妈挨打。雅妍凄然道："可是离婚后你肯定是要跟妈妈的，就没爸爸了。你不怕同学笑话你吗？"

楚然想象了下没有爸爸的样子，爸爸回镇里的老宅和奶奶住，学校这两室一厅只有她和妈妈，虽然冷清，但简直舒心。

但雅妍抱住她道："别傻了，妈妈就是因为你才不离婚的。为了你，妈妈一定不能离婚。"雅妍的眼泪流了下来。

楚然搞不清为什么是为了自己，妈妈才不离婚的。但听上去又很正当，家家户户的小孩子都有爸爸，有妈妈，不是吗？她只好不再提离婚这件事。

雅妍觉得范文良可能知道自己长期被家暴的事了，范文良也觉得她可能知道他知道了。这以后，两人的眼神中就有了一种默契。有时讲完课，可以放学了，但雅妍坐在办公桌前，久久不愿起身，不愿迈进那个令她胆战心惊的家。偶尔她一扭头，触碰到范文良的眼神，他微一点头，笑了笑。虽然什么也没说，她却能感受到一种关切和无言的问候，不由得悸动了一下。

荣华因为那次范文良探望后雅妍大哭，而对范文良格外忌讳。他学习不好，工作做得一般，在其他方面都迟钝，唯独在这方面，有着恶棍敏锐的直觉。他在雅妍对范文良生出莫名情愫之前，就捕捉到了这种可能。

又或者，荣华把范文良当敌人，是需要为自己长期殴打妻子多找一些心理支点。他不是纯粹的恶棍，良心尚存一息，所以每次打完妻子后他都会后悔，会有强烈的负罪感，会痛哭着道歉。再这么打下去，他也跟自己交代不过去了。而且他近来打妻子打得有点上头，暴力渐渐升级，更迫切需要一个理由：之所以打妻子打得越来越厉害，是因为她出轨了，或者她即将出轨！毕竟一个无助的美人，会激发男人本能的保护欲，何况范文良与雅妍朝夕相处，办公桌只隔三米。

荣华在这方面颇有天分，和他的家暴狂同类们心有灵犀，不点即通。他们最擅长的招数，就是诬陷妻子出轨。因为这个理由一出，全世界都会由一开始谴责他们施暴，转为同情他们戴绿帽子。搁过去，族长会亲自动手，在整族人的喝彩声中，将淫妇沉到猪笼里，把她抛到池塘，看着她一点一点溺毙。

从此，走在路上，看到范文良，荣华会一直盯着他，直到他意识到有股又冷又热的目光在撕咬着自己。范文良一扭头撞见荣华的视线，荣华也不笑，瞪着他。荣华对于自己想搞定的猎物，向来蛮横。事实上，这世界上除了警察和邮政所所长，荣华还没怕过谁呢。何况范文良身高一米七出头，体重目测也就一百二十斤，戴着眼镜，妥妥的手无缚鸡之力的读书人。

范文良一开始觉得莫名其妙，几次之后警惕起来，隐约猜到荣华是因为自己知晓了他家暴雅妍的秘密而仇视自己。他有点恼火，明明自己什么也没干，凭什么受到荣华过重的眼神指控？他想冲上去质问：荣华你瞪个屁啊，你是不是长期家暴老婆？信不信我把你的丑事揭出来？只要雅妍脱下长衣长裤，你令人发指的罪行就会大白于天下。

怀着这样的心情，范文良下次再遇到荣华，就会用更加凶猛的眼神瞪视着他。两人的目光在空中激烈厮杀，少顷方各自悻悻退去。荣华于是更坐实了对范文良的怀疑，他如果是纯粹的路人，为什么看自己的表情带着敌意和警告？他果然就是想趁雅妍无助之时发展和她的奸情——不，他们已经有奸情了。

荣华彻底恨上了范文良。

第四章

第一次报警

荣华的妹妹荣丽嫁到市里去了，公婆在市里的小吃街有个卖牛肉面和烤串的店面，荣丽和丈夫在店里干活，非常忙。母亲吴芳隔段时间会去住一阵，帮女儿打打下手，照顾一下外孙女。

房子装修完两天，吴芳就去荣丽家了，半个月之后才回来，回来后就知道荣华又把雅妍打住院了。这件事吴芳不知道该怎么评判，她嫁给荣华父亲之后也是这样挨打。照她看，荣华打雅妍并不严重，两次把雅妍打住院那纯属失手。何况荣华是她的儿子，叫她怎么说呢？

晚上楚然和奶奶睡，她搂着奶奶，摆出一副准备辩论的架势问："奶奶，老师都说打人不对，那爸爸一直打我妈，是不是不对？"

吴芳沉吟，从道理上来讲，打人是不对的。从实际上来讲，两口子一起生活，勺子哪有不碰锅沿的呢？气头上踢一脚，扇一耳光，如果都要计较起来，这天下的夫妻有几对能到头呢？

楚然用手臂支着头，看着吴芳，眼睛在黑暗中发着光："你说气头上踢一脚、扇一耳光很正常，为什么总是女的被男的踢一脚、扇一耳光呢？我就没见过我妈打我爸。"

吴芳支吾道："也有女的打男的啦。"

"你见过吗？"

吴芳只好承认:"我确实没见过,只是听说过。唉,毕竟男的比女的高,比女的有力气。"

楚然一惊:"你是说一个人因为比别人高,比别人有力气,就可以打人?"

吴芳沉默。人们当然不会这么说,但会这么做。

楚然道:"不管是男的打女的,还是女的打男的,都不对呀。"

吴芳想起丈夫,丈夫其实没高她太多,但力气大得惊人。小女孩们哪里知道,女人的力气和男人的力气根本没法比。

楚然躺回去,想着这些道理。这分明没有道理,怎么人间竟奉行这种道理?她出神地盯着天花板,慢慢说道:"奶奶,一个人打了另一个人,不可能白打的,你就记住这句话吧。电视里都演了,坏人都没有好下场,会有报应的。"

吴芳笑了,孙女用细细的嗓音和萌萌的面孔,说着恶狠狠的话,看着太可爱了。这七个不服八个不忿的劲儿,和儿子真是有几分像呢。楚然从出生那一刻起就在她的怀里,是她最亲的心肝宝贝。吴芳抱着她小小的身子,亲了一口她的脸,道:"你这孩子,怎么能这么说你爸呢?他好歹是你爸。"

楚然为奶奶的避而不谈感到生气,赌气地挣扎了下。就那么巧,母亲被父亲两次打出血、打住院的时候,奶奶都在姑姑家。如果奶奶看到母亲在血泊里抽搐挣扎的情景,还会说这样的话吗?那可是生她养她的母亲的血,红得刺眼,淡淡腥味儿叫人汗毛倒竖,那种震撼真是无法言喻。

她见过菜市场上摊主是怎么杀鸡的,每只鸡都被快速地在脖子上抹一刀,血汩汩流到下面的小碗里。血接得差不多了,鸡就会被丢到地上,他再去杀下一只。地上洒了很多暗红色的鸡血,鸡没完全死透,两只被反剪扭在一起的翅膀一颤一颤的。鸡爪子在地上徒劳地一伸一伸,把那些凝结但还没干透的血块儿一点点涂抹开，晕成大片大片鲜红的血污。被父亲打倒在地的母亲，和被抹了脖子的鸡也没什么区别。

楚然怆然，美丽温柔的母亲，为什么在她心目中总是如鸡如狗？父亲为什么待母亲如鸡如狗？而母亲为什么不离开这样的父亲？她心中有不祥的预感：母亲迟早死在父亲的手中。

打断的肋骨愈合了，雅妍回去上班，感觉同事们眼神有点异样。她很快就知道了，荣华长期家暴她的事已经扩散开来，也许是从医院流传出来的。她脱下衣服之后的那一幕太惊心，医生不说，护士也会说。这是个小小的县，保不齐谁的亲戚就在县医院上班，传出闲话来。

在同事们的眼中，一向处于优越地位的雅妍就像被戳了一针的充气假人一样，慢慢泄了气，走了样。她平日里的淡漠此时就成了六神无主、失魂落魄，她必是因为日子煎熬，才有这么苗条的身材。心宽体胖，心不宽，自然瘦。

本来工作是雅妍最好的寄托，婚姻如此失败，幸好有学校这一方宁静可以供她逃避。可现在办公室成了她最害怕的地方，同事们还是很有教养的，没有人当着她的面议论此事，没人追问，但光是那种同情的眼神，已让雅妍受不了了。截至此事暴露之前，她都是人生赢家。其实人人都只活个壳，也不独她一个人这样。现在把这个壳剥掉，露出最嫩的部分，面对人间的风刀霜剑，谁受得了啊，这不就等于赤身裸体走在人群中吗？何况现在女儿也在本校读初二，还要加上她的无地自容。两个人的无地自容，全让雅妍一个人承受，她快担不住了。

雅妍魂不守舍了一阵子，有天范文良趁办公室没人，又把那年她小产后他去看她的那话说了一遍。这回他说得直接多了，如果荣华真的长期家暴她，学校工会可以帮她出面。

"以单位的名义警告他一下，实在不行，找到他单位去。"

雅妍眼睛失神地看着范文良，笑了笑："然后呢？"

范文良道："然后，相信他能收敛。"

雅妍摇摇头，他们不了解荣华。她和荣华没有任何矛盾，他只是非常纯粹地把她当出气筒、人肉垫，仅此而已。他打她，像呼吸一样自然，你要怎么样叫一个人不要呼吸？有什么可调解的？和荣华一起过日子的人是她，他们调解了半天，拍拍屁股走了，她和荣华仍然是这样一个锅里吃饭，一个被窝里睡觉，荣华的脾气还是要这样猝不及防且惊天动地发作出来，不发作是绝不可能的。江山易改，本性难移。除非把他关在牢里，或者他死了。

"不然，下次他打你的时候，你记得取证，然后报警。打人是犯法的，你不要忍气吞声。他不怕我们，至少也会怕法律。"

雅妍的头又痛了起来，她正好来月经，每次来月经她都会痛经，肚子痛连带着偏头痛。痛这件事她已习惯，问题是现在她非常心烦，只想逃离学校这些无处不在的怜悯眼神，逃离对这个难题的讨论。

"范老师，明天上午的大扫除我能请个假吗？这两天正好是……那个来了，身体非常不舒服。"雅妍道。范文良叹了口气，知道她不愿谈自己的事，同意了她的请求。

第二天上午，雅妍病恹恹地歪在沙发上。荣华问她不用上班吗，雅妍说自己来月经了，很不舒服，和领导请了假。

荣华本来在镜子前穿衣服，听到这句话，转身问道："你是和范文良请的假吗？"

雅妍不明白这句话有什么问题。

"你和他熟到可以讨论月经的程度了？"荣华似笑非笑。

吴芳正收拾着桌上早餐的盘子，不安地看着他们。

雅妍正痛得厉害，那股气流在小腹里横冲直撞，又往胯骨处猛烈冲击。人人都说痛经的女人生完孩子就好了，为什么她每次来月经还是要痛得死去活来？她实在心力交瘁，有气无力道："我只是说自己不舒服。"

　　荣华还没发作，吴芳指指墙上的钟道："你再不走，上班就迟到了。"他看了看钟，哼了一声，暂时饶过妻子，推门而出。

　　上班时，荣华听着领导训话，早上那股发作未遂的无名火又一拱一拱地冒头，渐渐壮大。这两年邮政系统改革动作大，业务频繁整合，考核标准也一直在变，能力不怎么样的荣华班上得很不愉快。他本来就是一个性子极为暴躁的人，可得罪谁都不能得罪两种人，一是领导，二是警察。前者给他饭碗，后者可以收拾他，他心里清楚，所以上班对他来说也是非常煎熬的一件事。

　　开完会，干一会儿活儿，就到了中午。荣华吃着食堂的午饭，米饭太硬，肉片有腥臭味，紫菜蛋花汤太凉，样样不顺心，他的火气急需找到一个出口。

　　范文良和同事们在食堂吃完午饭，正往办公室走，荣华突然出现在眼前，截住他，问为什么给雅妍准假。范文良觉得他莫名其妙，生硬地回答："她不舒服，我准她假，有什么不对？"

　　荣华道："你知道她是因为来月经痛经吗？"

　　范文良没好气道："知道，怎么了？痛经犯法是吗？"

　　荣华见这帮老师看着他眼带鄙夷，不由得暴怒。他平时根本没有把这帮书呆子放在眼里。他指着范文良道："你一个大男人，和别人老婆讨论月经，要脸吗？"

　　范文良和同事们面面相觑，实在不知道该怎么继续这荒谬的对话。一个同事示意他不要再争论，大家绕过荣华往前走。荣华挥出一拳，范文良的眼镜一下被打飞出去，人踉跄着，差点摔倒。大家惊呼一声，赶紧架住他。荣华还要再打，几个男老师七手八脚制住他。荣华暴跳如雷，大叫着："你们几个人打一个，不公平！"

　　范文良擦掉被打出来的鼻血，让他们把荣华放开。荣华手臂刚得自由，立刻又挥着拳扑向范文良。范文良一个躲闪，让过这拳，跟着一拳稳稳打在荣华的后颈上。荣华眼前一黑，摔倒在地，回过神来之后，范文良已经骑到他身上，一手掐着他的脖子，另一手一拳一拳地狠狠砸在他的脸上，一边打一边吼道："你觉得你比我高，比我壮，就可以打我是吗？你个垃圾人，今天叫你死在我手里！"

荣华只觉得天旋地转，脸上像一块又一块巨石砸下来一样，巨大的疼痛如海浪把他吞没。他在痛的旋涡里挣扎着，想喊救命，但每个字都被范文良的拳头捶回腹中。这范文良看着瘦弱，没想到力气这么大，战斗力这么强。

同事们看范文良已经失控，再打就出人命了，赶紧一哄而上，把他从荣华身上拉开。范文良仍乱打乱踢，咆哮道："你打女人，畜生，垃圾！你不配当男人，我要揍死你个变态！"

除了父亲，荣华从未在别人手底下吃过皮肉苦，也从没想到温文尔雅的语文老师范文良会有这样可怕的神情——他的眼睛全红了，头发竖着，全身都在抖。如果不是旁边的老师们抓着，荣华相信自己真的会死在他手里。荣华鼻青脸肿，嘴角和鼻子淌着血，趔趄着，装腔作势地用手指头点着他，假装威胁，转身快步跑开了。

雅妍又挨揍了，这回满腔怒火的荣华痛下杀手，把在范文良那里吃的痛加倍施还到雅妍身上。雅妍本来就大伤刚愈，加上痛经，又被打倒在地，要不是吴芳拦着，这回估计要打出个好歹来。

荣华打完雅妍，气消了大半，坐到沙发上休息。吴芳一边哭着大骂儿子是禽兽，一边给雅妍擦血，哀声要她原谅儿子，又一边骂打儿子的人犯法，要报警把他抓起来。这时突然有人敲门，吴芳拉开门，见是两个警察，一个姓周，一个姓陈，不由得吓了一大跳，荣华也惊住了。他们都生活在这小镇上，彼此虽然不熟，但也都认识。

周警官说接到家暴报警了，严厉训斥了荣华之后，要两人去派出所做笔录，让雅妍去验伤。

雅妍问："如果验出伤来会怎么样？"

陈警官道："达到轻伤二级及以上，会依法追究刑事责任的。"

雅妍问："轻伤是怎么个伤法？"

周警官不耐烦了："王老师，家暴违法，依法维权是你的权利。现在两人都和我们去所里一趟，当然如果你想放弃维权，那也是你的自由。"

雅妍犯难了，吴芳赶紧道："两口子拌嘴是常有的事，不用去，我们自己解决就行。"她用眼神示意着雅妍，雅妍一扭头，看到楚然站在楼梯处瞪着她。除了女儿，还会有谁报警？可是去做笔录，去验伤，没验出伤，回来后荣华必然又是一顿打；验出来伤，难道真的把荣华抓起来坐牢？雅妍能接受的最大解放和对荣华的最大惩罚，是离婚。让荣华坐牢，想想就觉得可怕。一个妻子亲手把自己的丈夫、女儿的父亲送去坐牢，这得是什么样的深仇大恨才能做到呢？没到这个程度，不可能走这条路。

雅妍说："不用了，没什么事，我们自己解决吧。"

两个警察看着雅妍半边被打得青肿的脸，互视了一眼。在这乡镇上，因为家暴报警的确是少见。她的脸被打肿了不假，但她站在那里，神色平静地和他们说话，也没看出受到什么严重的伤害，于是点点头，转身走了。

警察出了门，荣华几步冲到楼梯处想去揍楚然。吴芳抢先几步，挡在他面前，嘶喊道："你要打她，先打死我！"

楚然躲在奶奶身后瑟瑟发抖，但并不妨碍她的眼睛迸出愤恨的光，射向父亲。荣华本该愤怒的，但他打过雅妍，气已消了大半，警察上门也令他后怕，仅有的气消耗殆尽。每次都是这样，火气消了之后，他都感到非常疲惫。暴力像一剂鸦片，吸食完他飘飘然通体舒坦，甚至想哭一场，对被伤害的人真诚道歉，然后找个地方躺着眯一觉。他绕过祖孙俩，步履沉重地上了楼，进了卧室，倒在床上，心有余悸。这个范文良太可怕了，而在心目中一直很可怕的警察反倒没什么，搞定老婆，就能搞定警察……他想着，睡着了。

祖孙睡觉时，吴芳骂楚然不该报警，楚然问："难道就该眼睁睁看着我妈被打死吗！"

"不会打死啦，我被你爷爷打了一辈子，也没死。"吴芳道。

楚然这一刻感到奶奶非常可恨，心中起了一些暴躁的情绪。她毕竟是荣华的孩子，遗传了他的基因。不过奶奶好就好在，性格像雅妍，绵绵软软，看到楚然面露凶相，也没有生气呵斥她。

"奶奶，你记得我说过的话吗？一个人打人，不可能这样白白地打，他迟早是要遭报应的。电视里演过了，书里也说了，恶有恶报。"楚然说。看着她恶狠狠的小脸，这一次，吴芳不觉得她可爱了。

半夜荣华醒来，感觉到雅妍在旁边散发着热气。他莫名骚动了起来，把她扒光，痛快淋漓地做了一回爱。就么回事，活着就是这么回事。他一边动着一边想，你打我，我打你，打得头破血流，鼻青脸肿，但是睡一觉，恩怨全一笔勾销。大家都是这样的，一代代都是这样。他和妹妹就是这样被生下来的，父亲和母亲也是这样被他们的父母生下来的。因为雅妍，范文良打了他，让他受到今生所没受过的奇耻大辱——被自己的父亲打到十八岁，算报恩，不算受辱——这对狗男女的仇，肯定要慢慢报。但雅妍此刻是他的妻，不妨碍他把最亲密的动作进行到底。要不人人都想要个妻呢？太实惠了。

全校都传开了，全镇也都传开了，范老师因为雅妍和她的丈夫荣华打了一架，连警察都上门了。校长找两人谈了话，范文良拉着同事做证，说荣华先动手他才还手的，又说荣华长期家暴雅妍，他是打抱不平才起了冲突的。

雅妍感到难堪，但听说范文良狠狠揍了荣华，又觉得很意外。在她心目中，没有人敢打荣华。在南方男人中，荣华罕有地高大健壮。雅妍有时光是靠近荣华，都能感觉到一股带着热度的力量扑面而来。一个瘦弱的女人在高大的男人面前总是本能地感到敬畏，二十四岁时雅妍把这种敬畏认为是性吸引力，后来渐渐醒悟过来，那也是人被体格远高壮于自己的事物震慑时的一种恐惧感，类似在野外遇到黑熊或老虎，知道对方举手投足间就可以毁灭你时的感受。

　　雅妍问范文良怎么居然敢还手打荣华，范文良说他是当了兵退伍之后才考的大学，在军营训练过三年，根本不怕肢体对抗。雅妍看着他瘦瘦的身子想，他脱了衣服估计身上也不会有多少肉，没想到倒是一身力气。她想着想着，突然脸烧了起来，把脸扭开。

第五章

逃

雅妍原来把被家暴的丑闻曝光的后果想得很严重，不过随着时间流逝，她渐渐习惯了。她成了全校的笑柄，男人们看她的眼神不再带着爱慕，而带了点同情，同情有时和轻蔑也没什么两样。在大家的眼里，她很可疑，以至于可鄙起来。隔三岔五被老公揍，却一点办法也没有，也不离婚，天生贱骨头。

雅妍麻木地想，他们倒是觉得这件事轻巧。世间没有人天生贱，她实在是无路可走。能想过的办法她都想了，这件事就是解决不了。比如说报警吧，后来因为荣华家暴，楚然又报了两回警，雅妍自己报了一回警。三次，荣华都被抓起来了。因为雅妍受的全是皮肉伤，所以都只能以《治安管理处罚法》惩罚他。第一次关了三天，罚了二百元；第二次关了七天；第三次关了十五天，罚了五百元，并被出示了训诫书。但是又怎么样呢？

还不如不罚呢，罚的难道不也是雅妍的钱？

皮肉伤难道不痛？脸上、身上、腿上大片大片淤青，脸部被拳头重击，半边口腔黏膜破损，眼底出血，脖颈处一道道血痕，整个人痛到灵魂出窍，居然只是"轻微伤"？

第一次被警察带走时，荣华怒吼着出来要好好教训雅妍。警察喝令他老实点，他很快收声。在拘留所里他非常警惕，等待传说中的重罚降临，但发现并没有什么可怕的事情发生。"警察"曾经是人间他最怕的人之一，如今交过手，感觉也没什么嘛。走出拘留所的那一天，荣华抬头挺胸，眯眼看着蔚蓝的天空，感觉自己又强大了几分，因为他终于打败"害怕警察"这个心魔了。回到家，他抬手就给了雅妍一耳光，顺便踢了楚然一脚，把她踢翻在地。雅妍捂着脸想，再次报警，再关他三天？然后呢，放出来打她打得更凶？

雅妍曾数次到派出所哭诉，所长也很崩溃。荣华的确把她的脸扇肿了，胸膛也捶乌青了，但验伤，这些全部没达到足以刑拘的标准，只能行政拘留荣华。他们按法律上的要求，做了笔录，给了受案回执单，拘留施暴者，给出了训诫书。能做的警方都做了，还能怎么办？

荣华良心发现时，也曾在打过她之后下跪，写保证书，赌咒发誓再也不打她了。那些保证书都在雅妍的书柜上收着，有一次荣华醉酒后，笑嘻嘻一张张拿下来念。念完后他一巴掌扇在她脸上——这些东西看过就算了呗，留着它们干吗？想要挟我？他一把将它们撕得粉碎。

雅妍想过另一种办法，索性脸不要了，脱下衣服，坐到镇子最繁华的地带，让所有人来看看她伤痕累累的身体，让父老乡亲的舆论压力压死荣华。

但她立刻又否定了这个想法：第一，父老乡亲们自己就打老婆；第二，袒露自己被践踏的伤口，最可能的后果并不是收获帮助，而是成为异类。是的，会得到几声同情的窃窃私语，但更多的人会觉得可笑或者感觉不安，步履匆匆地绕道而行。

学校也不是没帮雅妍出头，校长派工会主席到邮电所找过荣华的领导。结果更糟，这些年邮电所一直在改革，正愁不知道怎么安置冗余人员，荣华的工作业绩一直不达标，索性把他辞退了。本来的确很难开掉一个有铁饭碗的人，但荣华因为进了拘留所三次，三次长时间旷工，加上口碑实在太糟糕了，犯了众怒，辞退他天经地义。

失业当夜，荣华痛快淋漓地揍了雅妍。

吴芳也把儿媳妇一顿埋怨，怨她作，把儿子的工作给作没了。吴芳对于儿子打儿媳妇这事历来觉得歉疚，儿子打完后她都会哭着帮儿媳妇敷药，替他道歉，所以雅妍心中还好受一点。这回婆婆一埋怨，雅妍受不了了，仿佛之前挨的打全部白挨了。这些年来她默默地忍着，忍给婆婆看，因为婆婆理解她，婆婆也曾长年挨公公的打，她以为她们之间同病相怜。可能她还怀了一种隐秘的报复，每次用鼻青脸肿来控诉婆婆的教子无方，每次婆婆的内疚都能给她一点安慰。她不能把荣华怎么样，但控诉他的母亲她还是做得到的。可现在连这一点点的控诉也被驳回了。

第二天，雅妍肿着脸上班，同事们都避免与她眼神对视。

一个总挨揍的雅妍，是个让人非常难受的存在，眼中钉一般。因为眼睁睁看着她挨打，想象着她在一点点受苦，自己却束手无策，这令人沮丧。

中午，大家去吃饭，教研室只剩范文良和雅妍两个人。范文良实在忍不住了，问她为什么不离婚。雅妍悲愤地笑了，大家都觉得不离婚是她犯贱。"为什么不离婚"六个字问出来，简直要叫她发狂。

"他一直不肯啊。"雅妍说。

范文良说："你要起诉啊，你不起诉，让法院怎么管？"

雅妍沉默，她的确从未想过走司法途径。一想到要打官司，那么麻烦，她就发怵。而且，有天她仅仅提了句"法院见"，就被荣华打得半死，她实在是太怕他了。另外，离了婚她也没有地方住。

装修张家老宅，买家具家电，把她全部的积蓄都花光了。这几年荣华的钱也不怎么往家拿了，她的工资都拿来撑着家用，几乎月月光。她此时又恍然觉出自己的一项错误：当初不该退了公房，换成每月四百的补贴。无论如何，人要有自己名下的住处。现在这样，如果离了婚，她就无家可归，一无所有。难道让女儿跟着自己露宿街头吗？那大理石地砖铺就的宽敞客厅，铺着木地板的洁净温馨的卧室，雅致的家具，全都和母女俩没有关系了。她从来都是在认真地经营着小日子，结果竟是一场空？

范文良也为难，这两年学校的教职工宿舍很紧张。雅妍是老职工，照理说有她的，但这房当初是她自己不要的，现在再申请就困难了。

"你不能请你父母帮帮忙吗？"

这话问到雅妍的最痛处。其实父母在县城的房子有一百五十平方米，四室两厅，两间卧室都空着，但不可能请她和女儿去住的。这些年她和父亲几乎断了往来，母亲偶尔会来家里看看她。但家暴丑闻宣扬开来之后，母亲怨她糊涂，遇人不淑，也不怎么来了。

雅妍有一天哭着问母亲：难道人不许有看走眼的时候？是，年轻的时候她识人不明，没听父母劝，的确是大错特错。可他们是她的亲生父母啊，为什么就不肯原谅她，帮助她？

母亲反问她怎么帮。雅妍道："你们俩，还有妹妹妹夫，加起来四个人，怎么就打不过张荣华？"她乞求，"你们帮帮我，帮帮我，把他绑起来打一顿，让他以后不要再打我了啊。"

母亲大吃一惊，就像当初诗妍叫雅妍还手时雅妍的反应，脸涨红了，骂雅妍得了失心疯。有话好好说，怎么能打人？他们可都是读书人。

雅妍道："他打我呀，妈，他快把我打死了。"

母亲含泪道："那我们也不能打人，那不成聚众斗殴？犯法啦。"

雅妍五内俱焚，要不世人会洒热泪赞颂被伤害后自杀或者原谅对方的女人呢。不这样做，又能怎么样？

母亲又问雅妍："他打你，你还手了吗？"雅妍哑然，她一次也没还手，她不敢。

"我哪里打得过？"她低声说。

母亲怒了："那我们就打得过了？你自己不还手，叫别人替你出头？要脸吗？"雅妍无语。母亲越发怨雅妍，身为女性，本来就没有任性的资本，不能犯错，一犯错就死无葬身之地。所以一开始为什么一定要嫁荣华？为什么不识时务？这次之后，连母亲也不怎么理她了。

范文良也替雅妍为难，又问，不是和妹妹关系不错吗，去她家借住不行吗？

雅妍又沉默了。从前诗妍是管的，她被打，只要一打电话，诗妍就会上门来，聆听她的哭诉，再训斥荣华一顿。诗妍性格泼辣强硬，荣华是有点怵她的。有时她也会把楚然接去她家住上几天，所以楚然与小姨也很亲近。但后来诗妍被她的婚姻难题磨得实在是疲了，心慢慢冷了下来，妹夫浩然也由一开始对她的遭遇义愤填膺，到渐渐麻木——没有谁经得起长年累月地被当成情绪垃圾桶和救火队。雅妍抱歉地想，换成自己是妹妹妹夫，恐怕也是不行的。自己真是个灾星，走到哪里祸害到哪里，她已经讨厌自己很多年了。

范文良提醒雅妍，离婚是持久战，必须先解决住的问题，然后再开始分居。雅妍不能在镇上租房，因为荣华随时会去骚扰她。而出于这个原因，也没有几个房东愿意把房租给她，怕惹祸上身。想来想去，住学校最好。第一，是雅妍的单位，同事众多，他多少会忌惮一点；第二，学校大门口有保安，可以重点关照保安，不让荣华进来。晚上学校会关大门，虽说一堵墙不能完全挡住荣华，但至少他也要费一番功夫。楚然已经十七岁了，在学校读高二，可以一整月都不用踏出校门。

范文良带着雅妍向校长申请，雅妍把住房补贴退回去，给她先紧急解决住房。学校办公楼顶楼有间放教具的杂物间，图书馆有个小仓库，都可以先收拾出来让她暂时栖身。校长早就对雅妍被家暴一事头痛不已，立刻应允。

范文良帮雅妍把办公楼顶楼十五平方米的杂物间收拾得干干净净，把买来的几样二手家具和生活用品搬了进去。这天傍晚，东西大致归置完毕，雅妍看着这小小的屋子，心里感到安全。学校在小镇地势高处，这屋又是顶楼，风景尤佳。她俯瞰整个小镇，不胜感慨。她是有单位的人哪，哪怕栖身在这杂物间，也比在精装修却如地狱的张家小楼强一万倍啊！怎么早没想到这个办法呢？这些年莫不是被打傻了？

雅妍坐在木椅上，向坐在对面的范文良笑着，滔滔不绝地说起这些感受，笑容又喜悦又惶恐又凄凉。窗外的夕阳照到她脸上，这一刻她显得异常苍老。范文良的心软成一摊泥，雅妍的确有可能因为长年被家暴，对荣华产生了极大的心理恐惧，导致一想到逃离之类的事，思维就停滞了，甚至她有可能已经得抑郁症了，不过自己不知道而已。

这些年，雅妍的课越讲越差。她精神恍惚，注意力涣散，一下子就由当年全校最好的老师变成了最差的。而只要上她的课，学生也特别不安分，课堂纪律混乱。如此恶性循环，让她越来越差。这可真是麻绳偏向细处断，一个不能保护自己的弱者，在孩子们眼中，就是弱者中的极品，一点不值得尊重。孩子本来就是赤裸的丛林法则的奉行者，最天真也最残忍。

雅妍看着范文良，他逆光而坐，窗外的夕阳是他的背景，看在她的眼中，就变成他周身发着金灿灿的光。黑框眼镜挡住了他的小眼睛和塌鼻子，赋予他书卷气。他穿着白衬衫黑西裤，因为刚才帮她搬东西出了汗，白衬衫贴在背上，让这一身再普通不过的打扮显得荷尔蒙爆棚。范文良这样的人真好啊，当他的老婆肯定很幸福。曾经他在哪里呢？为什么她就碰不上这样的人？他知道她已经默默地爱了他好几年吗？

其实如果年轻时相识，雅妍是绝对看不上身高一米七、溜肩、塌鼻子小眼睛还戴了副眼镜的范文良的。他就是她身边那些面目模糊的读书人，他们是抽象的存在，由于与她太过相像而自动隐化为她周围的环境，像树、道路、空气一样。她看着他们所有人，就像在看一个人，无论长得多么不同，都一副面孔、一个标签——书生。太熟悉了，都是咬文嚼字，多愁善感，随时抒情。雅妍自己就多愁善感，喜欢婉约派，李后主，李商隐。"寂寞梧桐深院锁清秋""此情可待成追忆"，每一个字念完都余香满口，不能释怀。但真要和同样喜欢这一套的书生相恋，就像和自己谈恋爱一样，非常怪异。

雅妍深深遗憾，年轻时自己真的太肤浅了。每个人都是独立的个体，他们不会因为同属一个群体，而自动变成一种人格、一种性格，给人贴标签是不对的。四十一岁的范文良，三十三岁时从别的学校调过来，在本校高中部当语文老师。他是校长最爱的骨干老师，知识渊博，出口成章，来了一年就成为语文组组长。他不但业务出色，还是个贤夫良父，在家做家务，给女儿辅导功课，与在镇政府当公务员的妻子感情美满，众人无不称羡。这也就算了，他居然还战斗力无敌，把荣华打得满地找牙。是啊，谁说血性与读书不兼容？岳飞、辛弃疾、秋瑾，哪个不是文能提笔作诗，武能操刀杀人？

雅妍哭了，为人生的大错特错，为一切的一切。范文良不知所措，找了半天，也没有纸巾可以给她擦泪。其实擦泪并不重要，不过是借这个动作调整一下场面的节奏，把自己从尴尬中解救出来而已。他想了想，伸出手去拍雅妍的背，以示安慰。雅妍却突然抓住他的手，把脸埋在他手里，呜呜哭着。范文良整个人僵住，不知该作何反应。

有人推门进来，是诗妍。她来送被褥衣物，看到这一幕非常尴尬，干咳一声。雅妍意识到有人来，松开了范文良的手。范文良窘迫地点点头，匆匆离去。诗妍帮雅妍把被子铺到双人床上，被子是她新买的，被套她洗过晒过，簇新，散发着太阳晒过的淡淡香味。有这一床被子，小屋就有了家的味道。

一会儿陈浩然提着更多东西上来了。原来为了不惊动荣华起冲突，雅妍暂时不敢回家取东西，两口子便帮她现买了一些。两人帮着把塑料简易衣柜搭起来，把一些简单的衣物挂进去。住的问题解决了，吃可以在食堂吃，也可以用电磁炉简单煮点速冻饺子或者方便面。买日常用品，学校有小卖部。只要没有其他要求，雅妍可以连续几个月不出校门。

弄完之后，等着楚然放学，几个人去食堂吃饭。三人坐着，一时无话，半响，诗妍问雅妍和范文良怎么回事。外面把两人的关系传得很不堪，她本是不信的，但刚才那一幕雅妍得有个说法。

"什么事也没有，人家范老师和老婆恩爱着呢，学校的人可以做证。荣华就是往我身上泼脏水。"

"那你和他拉拉扯扯的？"诗妍很不满，"张荣华正愁抓不到你把柄，你可别把刀柄自动往他手里递。"

雅妍心里一阵绞痛，她就是太孤独、太无助了，连这一点点失控的权利、仅存的一点温暖也要被剥夺了吗？想起刚才范文良掌心的温热，她的眼泪又流了下来。如果此时可以从窗口往下跳，该有多好。活在这世上的每一分每一秒都是煎熬，怎么就还是不想死呢？要是死了，父母会不会因为没有帮自己而后悔……

雅妍这两年来唯一的情感释放就是哭，什么事情都能触发她的眼泪，甚至有人一句善意的问候也会让她哭起来，像是心中的悲伤已经满到随时随地可以溢出来，这让人们更加远离她。

见她那模样，诗妍不忍再指责。一会儿楚然走进来，母亲已经告诉她暂时栖身在此，所以她放了学就直接来到这里。雅妍和诗妍两口子商量着离婚计划：第一步，雅妍母女先从家里搬走，造成分居的既成事实；第二步，由诗妍、浩然代表她出面，去和荣华谈离婚。总之一个原则，就是尽量让雅妍与荣华少碰面。法律上，分居满两年能作为夫妻感情破裂的标准之一。雅妍这些年被荣华家暴，全镇人都知道，派出所也有报案记录,有验伤报告,只要起诉,是一定能判离婚的。荣华下岗后,吴芳求在县城工业园区开罐头公司的远亲给了他一份销售的工作。他开始出差,这也是雅妍能逃离的有利条件之一。

但在离婚过程中,荣华肯定不会善罢甘休,所以雅妍一定要撑住。诗妍说着,雅妍偶尔点头。楚然坐在一旁听着,感觉像是一场大战即将打响,但她心中并没有战前的激动,只有麻木。从小到大,她已经对这一切麻木了,即使能离掉,父亲也会在余生不停地骚扰她们,她几乎可以断定。

吴芳发现母女俩突然不回家了,感到奇怪,打了电话问雅妍,雅妍跟她说要和荣华离婚。吴芳慌了神,第二天课间跑来见雅妍。

雅妍道:"妈,这么多年,你都看在眼里。我再不离开,你和楚然就等着给我收尸吧。"

吴芳喃喃道:"我知道荣华不是人,我养的儿子我清楚……"

雅妍道:"明年楚然就十八岁了,我和荣华也不存在争抚养权的问题。他想生儿子可以再娶,离婚对我们各自都好,不是吗?"

吴芳哭了起来,雅妍也哭了。雅妍也恨婆婆,可她也知道公公活着的时候,打婆婆有多厉害。两代女人,都落到张家男人的手里。明智的女人都躲着他们张开的血盆大口走,只有她和婆婆不幸中招。所以雅妍和她同病相怜,这种情感抵销了大半恨意。

楚然下课,在操场手插着兜散步。她是个外冷内热的性子,交朋友本就慢热。前些年因为母亲是本校老师,同学们对她有点敬而远之,她没有几个朋友。这几年因为母亲被家暴的丑闻传得沸沸扬扬,母女俩一下成为全校的笑柄,仅有的一个要好的女同学也渐渐疏远她了。不过楚然并不在意,这学校,这重重山脉包围的小镇,早就令她窒息。她学习很好,一直是年级前几名。虽然只是一个镇的中学,年级前几名也无非考个普通大学,但这就足够助她远远地离开这愚昧、封闭、落后的小镇，头也不回了。一个想走的人，没必要交朋友。

上课铃响了，走回班级时，楚然看到学校的山坡下奶奶和妈妈哭着分别。楚然这两年很少哭了，因此她对眼泪感到厌烦。奶奶和妈妈一样，心里的悲伤也满得随时要溢出来——不，她的悲伤比妈妈还要多。她找了暴力狂丈夫，生了暴力狂儿子。她为自己替这罪孽续命而抱歉，所以她的泪更多，更沉。

奶奶无数次哭着跟楚然说，是她没有教育好荣华，她该死。但是她会立刻说，你爸也很可怜，从小被爷爷打到大，楚然你要原谅你爸。楚然曾经也因此无数次原谅爸爸，但后来渐渐不了。

因为被爷爷打，所以爸爸就要打妈妈和她吗？爸爸童年的冤屈无处伸，所以成年后到妻女身上找说法来了，这是什么转移疗法？楚然问奶奶，问天，问地，没有得到答案。

随着岁月推移，年龄增长，楚然突然醒悟了，去分析主动施暴者为什么施暴，是特别荒唐的一件事。而且对于被害者来说又是一次伤害，好像了解了原因，她们的痛苦就会减轻些一样。不会的，拳头落在肉上，血流出来，痛还是那么痛。奶奶热衷于向别人解释儿子为何作恶，那是因为她是他妈。而别人不是他的妈，没有义务理解他。

比如谁会去分析希特勒为什么要屠杀六百万犹太人呢？谁管他婴儿期的某个晚上是否受过什么惊吓，童年是不是受过什么创痛，从而形成"犹太人就是该死"这种偏执的认知？知道了又怎么样？

而且那些原因，也不尽准确。比如奶奶说父亲打她们母女，是因为父亲从小被爷爷打习惯了，他觉得用暴力交流是一件自然的事情。那怎么没见他打身高一米六五的邮电所所长呢？警察要给他戴手铐时，他怎么没打警察呢？父亲因童年不幸而养成的暴戾是富有弹性、察言观色的暴戾。见到比他有权有势、有体力优势的，他心平气和，知道正常交流；面对身高不到一米六的妻女，他的暴戾就突然不可遏止了。

奶奶的哭声、絮絮叨叨的解释像牛毛细雨打在铁皮屋顶一样，打在楚然坚硬起来的心上，半点都进不去。哭管什么用呢？瞧奶奶，哭了一辈子，哭出什么结果了吗？妈妈还要像奶奶这样继续哭下去吗？这样红着眼、肿着脸走进教室，带着哭腔给学生讲《孔乙己》，讲《陈涉世家》《再别康桥》？

楚然扭过头，两手插兜，走进教室，手在兜里握成拳。

第六章

哪里逃？！

荣华回到家，母亲告诉他雅妍的决定。他愕然，没想到雅妍居然有这么大的主意。晚上，诗妍和浩然来家里，跟他说了雅妍的意思。荣华不作声听着，听完说不离，不可能离。

诗妍循循善诱："你不是一直想要个儿子？你今年四十一岁，再不抓紧年纪就太大了。"

荣华道："谁说我想要个儿子？你们生了儿子，就贬低我们生女儿的，不要脸。你自己还是个女的呢，我看不起你。"

诗妍涨红了脸。这些年荣华一直嚷嚷雅妍害他绝后，现在突然换了套话术，切换得非常丝滑，可见平时低估了他的智商。

浩然道："无论生儿生女，反正我姐不想跟你过了。你这十几年打她也打够本了，法律讲婚姻自由，这些年你在派出所留了不少证据，她一起诉，你不离也得离。"

荣华长出了口气，盯着诗妍，不说话，盯得她心里发毛。

诗妍道："怎么了？"

荣华道："诗妍，这些年，你没少在你姐面前说我坏话，我都知道，她都告诉我了。"

诗妍两口子心里一寒，雅妍这种糊涂人完全有可能做出来这种事。

荣华道："我知道你脾气特别硬，和你姐不同。你不怕我，你老公也不怕我，但你儿子未见得不怕我。我反正不用坐班，有的是时间和你们耗。县一中，初一（3）班，陈云翔。我们公司离他学校挺近，我这个大姨父是不是得多去看看他呢？"

吴芳在一旁捅捅荣华，荣华横了她一眼，举拳欲打，她畏缩了下。

浩然阴沉着脸："你动我儿子，我不会放过你的。"

荣华笑了："我进了三次局子，不也没什么事儿？分寸我会把握得很好的，管叫你儿子非常酸爽。"

两口子面面相觑，荣华察言观色，道："我劝你们不要管我们的事。再怎么是姐姐，说到底不也是两个家庭吗？宁拆十座庙，不毁一桩婚，我们两口子的事自己解决。再说了，你又怎么知道我们在床上有多爽？不爽她怎么十几年到现在才分居？"他厚颜无耻地哈哈大笑了起来。

路上，浩然开着车，气得腿发抖。诗妍骂着荣华，看着丈夫的脸色，知道关于帮姐姐离婚一事，他心中打了退堂鼓。不怕贼偷，就怕贼惦记。荣华是恶贼，在作恶方面有耐心，有毅力。小到精神恐吓，大到肉体打击，各种层次的恶，他都信手拈来。铁饭碗没了，更失去了可以约束他的重要外部力量。而姐姐这摊烂事磨了十几年，已叫丈夫的耐心到了极限。

荣华去学校找雅妍，一到门口就被保安拦下了。他在学校住了十几年，这几个保安他都认识。保安之类的人他一向是看不起的，以为穿了个跟警察差不多的衣服，就能震慑住他了吗？就连警察他现在都没太放在眼里呢。

一个保安道："张荣华，别费劲了。我们都接到学校通知了，你以后一步都踏不进校门。"

荣华怒了，硬要往里闯。几个保安吆喝一声，直接把他架住，踹了出去。荣华趴在地上，半天才翻过身来，一抬头，见校长背着手站在他身边，一脸厌恶地看着他。

雅妍和楚然听说此事，既后怕又庆幸。有学校的大门，有保安和校长、老师们的保护，这个十五平方米的小屋就像处在城堡的最高点一样安全。夜晚，母女俩躺在床上，搂在一起，这些年来头一次感到心头宁静，一股因为放松而滋生的暖洋洋的气流从脚底涌向周身，幸福得想笑又想哭。雅妍谈到她已经在重新排队申请教职工宿舍了，假以时日，她们母女俩还是可以住上当年那种两室一厅的房子。女人一定要有自己名下的房子，当年太傻了，居然因为觉得这是老破小公房，而放弃这里选择张家老宅。房分到手之后，雅妍会把它好好布置一番。一套在山坡上沐浴着阳光和草木清香，又处在熙熙攘攘烟火气中的理想房子，将是母女俩的天堂。

楚然则谈起她宏伟的人生计划，她要考到省里去，读完本科读研究生，毕业之后努力工作，在省城买房，把母亲接过去。周六日母女俩去逛商场，吃馆子。长假出国旅游，坐邮轮，热气球探险……总之要把网上说的现代城市女性在过的那种生活都尝一尝。无论是学校的房，还是未来她要买的房，只要没有父亲，就是天堂。

雅妍给诗妍打电话，问和荣华谈判的结果如何。诗妍说荣华叫她自己谈，雅妍说："我不可能和他见面的，只要见面，他肯定会打我，一打我，许多话就又说不清楚了。"诗妍有点不耐烦，说："不行你就开始走诉讼流程吧。人生有些仗外人是不可能帮你打的，你得自己去硬碰硬一回。我先在县城帮你找律师。"

雅妍拿到诗妍给的律师的手机号，通完话之后，踌躇着。楚然问怎么了，雅妍说原来诉讼离婚这么麻烦，得准备诉讼所需的证据：从前若干次的报警材料，县医院就诊记录，过往被打留下的照片等。雅妍自己并没有留多少照片，她没有这个心眼儿，反而觉得被打丢脸，巴不得赶紧翻篇呢，怎么还会想到留照片？楚然说自己留了一些，她上了高中后，小姨给她买了个比较好的手机，像素很高，母亲挨打后她会拍照，虽然雅妍总是要她删掉，怪丢人的，但楚然会偷留几张。

楚然并不觉得这些事情麻烦，再麻烦，能有每天胆战心惊不知什么时候挨揍麻烦？但她明白母亲的心态，母亲一想到要和父亲正面对决就发怵，而且听别人说折腾几个月，花一笔律师费，也不一定能离掉，又觉得绝望。她希望什么也不用干，法院就自动判决离婚——不，最好不要上法院，两人去民政局领个离婚证就行——甚至都不要去民政局，最好把离婚证邮寄给她。

楚然叫母亲还是勇敢一回吧，懦弱十几年了，可有好结果？雅妍头又开始痛了起来。她一个与世无争的人，只想种种花，读读诗，教教书，写写散文，最安分守己了，怎么会摊上这么复杂的人生呢？

想来想去没有结果，身上和头皮刺痒起来了。雅妍收拾了东西去澡堂洗澡，到了地方却发现贴着告示说锅炉坏了，没办法，提着东西又回到小屋，只能用电磁炉烧水对付着洗一洗了。她连烧了三壶开水，倒在大桶里，提到厕所去。这顶楼很少有人上来，厕所外门可以关上，就当是个沐浴间了。她先去洗头，楚然在屋里帮着继续烧水。

雅妍先洗头，她用塑料杯把第一遍的洗发水泡沫冲掉，接着用护发素仔细地涂抹在发丝上，轻揉着。住这里条件实在简陋，如果是住在张家小楼里，浴室的热水随便用，洗头洗澡无比畅快，她特地买的焗油的大浴帽和厚实的莫代尔毛巾都没能拿来，只能先凑合洗洗，焗不了油了。她一只手用杯子舀着水冲向头发，一只手珍惜地顺着水流摩挲着柔滑的发丝，自怜自艾，一会儿为自己花在张家老宅的毕生积蓄心痛，一会儿又为自己能逃离感到庆幸。

突然一声巨响，门被人硬生生踹开了。雅妍吓得打了个激灵，歪着头一看，看到荣华的脸。这真是比见到鬼还要恐怖，她毛骨悚然，凄厉地尖叫了起来。荣华一把抓住她的头发，用力一揪，她站立不稳，啪的一声摔在地上。

荣华蹲下，嘟囔道："你非得住这儿，不回家，我怎么和你谈？只能来找你了。"

荣华从大门进不了学校，只能从山后面翻墙进来。墙挺高，但一架梯子就把他轻松送进来了。往下跳时他摔了一跤，手臂擦伤，更让他怒火熊熊。他在学校打听着雅妍的住处，说自己是她的亲戚，手机一时联系不上，找她有急事。因为他不住学校已经四年，四年里新来了不少老师。这些年轻老师虽然知道雅妍被丈夫家暴，却不知道他叫什么，长什么样，因此说漏了雅妍住在办公楼。不过他们也没去过，不知道雅妍住哪个房间。荣华道谢，来到办公楼，一个屋一个屋找过去。每找一个屋落空，他的火气就旺一点。最后他只有一个念头，找到雅妍，杀了她。

荣华拖着雅妍的长发，一路拖出厕所，拖向走廊。楚然已经听到那声尖叫，跑出来一看，见母亲只穿着胸罩和内裤，像条死狗一样被父亲拖着。出现过无数次的噩梦般的场面，在她以为可以逃脱的时候，又重现了。

楚然小跑到父亲身边，跪下，哆嗦着："爸，你放过我妈妈吧。我求求你了，我给你跪下，我给你磕头。"

荣华一抬脚，把楚然踹倒，并不言语，仍拖着雅妍。雅妍身体直挺挺的，不叫也不动，就任由他拖。十几年了，她现在对荣华已有了应激反应，只要遇到他开始施暴，就会身体木僵，大脑空白，无法动弹。要到后来楚然开始当专门救助家暴受害者的志愿者，对这一领域的诸多现象有一定认识后，才会明白，这就是医学上的"感官剥离现象"：当事人的身体在承受着超过感官极限的痛苦，已无力做出任何反应。

那一脚踹到楚然的腹股沟处，一阵剧痛，楚然倒地。她挣扎着爬起来，见荣华已经把雅妍拖到楼梯处，她飞快地跑起来，超过他们，一路跑出楼。

荣华把雅妍从六楼拖到三楼，实在拖不动了，想了想，把她拖到厕所，关上门，又着腰喝令她坐起来。雅妍牙关紧咬，荣华把她抱起来，啪啪给了她两耳光，才把她从木僵状态里打醒。

荣华问道："你为什么不回家？"

雅妍又冷又怕，抖得牙齿咯咯响，好不容易才勉强说出两个字："离婚。"

荣华啪的一声，又一耳光，喝道："你害我下了岗，丢了铁饭碗，就这样一走了之？想都别想！"

雅妍号啕大哭起来："你到底为什么不放过我？"

她跪向荣华，神经质地磕着头："我求求你放过我，放过我，放过我……"

荣华还没来得及说话，范文良一脚踢开厕所门，一手抓起他的后脖领，一手摁着他的头，使劲撞到厕所墙上。荣华没反应过来，连撞了好几次，撞得昏天黑地。范文良把他扯过来，一拳打倒在地，跟着又像上次一样，骑到他身上，劈头盖脸地捶了起来。楚然冲进来，把母亲从地上扶了起来，给她披上毯子。是楚然把范文良找来的。

警察把雅妍、荣华、范文良三人带到了派出所，处理结果是荣华被拘留十五天，罚五百，范文良被拘留三天。因为范文良虽然是见义勇为，但行为过当，把荣华的鼻骨打骨折了，构成轻微伤。

范文良放出来之后，校长找他谈了话，要他以后遇到这样的事，绝对不要动手，要第一时间叫保安，报警。校长也很难办，范文良知道。雅妍曾经是他最得力的教师骨干，又是个弱女子，于情于理于法，校长都该保护她。可是这么多年，校长能使的劲儿都使了，愣是没办法，因为荣华和雅妍是夫妻。太厉害了，一纸薄薄的结婚证，竟赋予了荣华这等神圣的权力。

妻子也和范文良郑重谈了话，要他从此不要再管王雅妍的事，学校的人把两人的关系说得不堪入耳。范文良摇头苦笑，他和雅妍什么关系也没有。在他眼中，雅妍是一个非常可怜的人，但他不会爱上她，那种因怜生爱的老套戏码不会发生在他身上。因为她身上带着一种死亡的气息，看着很不祥，甚至令他有点畏惧。他当过兵，部队教他们做一名军人要有责任有担当，要匡扶正义。他只是出于人道主义精神，不能接受一个活生生的人在眼前一点一点死去，仅此而已。有好几次，他都看到雅妍站在教研室的窗边，眼神发直，表情非常可怕，他相信那一刻她想跳楼自杀。

范文良握着妻子的双手，流泪了。为什么这个世间会有这么残忍的男人，会把一个原本那么美好的女人折磨成这样？而他们，社会的正常人，眼睁睁地看着悲剧就发生在自己身边，但就是没办法。如同在餐桌上看见食客吃活猴脑，看着一条活生生的生命在剧痛中挣扎呼号，这对于旁观者而言也是很残忍的折磨。

妻子很了解范文良是什么样的人，他一腔热血，特别有正义感。但事态严重化了，那张荣华是个偏执狂，卷入太深会引火烧身的。关心帮助别人应该在保护好自己的情况下，范文良帮人帮到被拘留，已仁至义尽。

荣华被放了出来，他虽是个烂人，干销售却是一把好手。因为他胆子大，敢吹牛，会喝酒，在外人看来很豪爽，很好打交道。罐头公司的老板是吴芳的远亲，又因荣华这个优点，继续用着他。

雅妍母女俩战战兢兢地在顶楼住了半个月，荣华没再来，浩然却来了。原来荣华等在浩然儿子的学校门口，倒是没对孩子怎么样，领着他吃了顿大餐。浩然接孩子晚了五分钟，找到孩子之后发现他正和荣华美滋滋在烤肉店吃烤肉呢。浩然面上不动声色，把儿子带回家后出了一身冷汗，训了他一顿。儿子委屈地说："姨父说是你让他带我去烤肉店的，说我俩先吃，你一会儿就到。"浩然和诗妍给荣华打电话，荣华理直气壮："我带外甥吃顿饭，你俩没夸我就算了，还怪我？"

荣华最后说："你们劝雅妍回家，打消和我离婚的念头，否则我不但会继续请外甥吃饭，还要加上你俩和我岳父岳母，顺便带上楚然她们，咱们一大家子热热闹闹吃个团圆饭。"

浩然的脸色非常难看，说："姐，这些年我们为你的事跑前跑后，出了不少力。多少次大晚上就被你和楚然一个电话叫过去，要么劝架，要么送你上医院，要么把楚然接到我家住。手足亲情，这是本分，我不能有怨言，那么你今天也体谅体谅我们，我们这么大岁数了，只有这么一个孩子。如果云翔有个三长两短，我们俩肯定是活不下去了。"

他带着哭腔："姐，我求你搬回去。你一天不搬回去，我一天睡不着觉。从昨晚到现在，我吃了三颗救心丸，你看在我俩帮了你这么多年的情分上，帮帮我们。"

浩然走了，雅妍和楚然说她要搬回张家住，但楚然可以留在这里。明年就高考了，回到那个家会严重影响学习。楚然说不，要和她一起回，万一有个好歹，自己可以帮着母亲报警。雅妍说别傻了，报警又有什么用？

她没有把浩然那句"顺便带上楚然她们"告诉楚然。这些年社会上出了那么多因为闹离婚女方被男方灭门的新闻，雅妍完全相信，如果自己硬刚，荣华会杀了父母，杀了妹妹全家，杀了女儿。他和那些新闻里的丈夫，有着一张一模一样的面孔。

楚然根本不知道雅妍的担忧，勃然大怒："报警怎么没用？那些年你被他打得那么惨，要是你都报警验伤，我爸早坐牢了，婚早离了，你为什么不这样做？"

雅妍凄惨地笑了："那时我还没有这样的觉悟，后来他也学聪明了，怎么打都只是皮肉伤，达不到坐牢的地步。那年被拘留七天，他出来之后把我脸扇肿了，嘴里全破了，到了县医院一检查，全是软组织挫伤。我再报警，警察也没办法，还是让我走调解。我何必？"

楚然道："妈，我有时觉得，我爸就是你纵容出来的。他打你，你报警，他被抓进去，放出来之后再找你，你就再报警啊。看谁斗得过谁？"

雅妍摇头不语，他打她，她报警？她是有工作的呀，能长期纠缠于此？校长已经对她非常照顾了，她哪能三天两头地缺勤？婚姻不好，再没个工作，她还能活下去吗？可这些话没必要和正热血上头的女儿讲，讲了她也不懂。反正雅妍听出来了，女儿怨她。这也不稀奇，世人都怨她，仿佛这件事错在她一样。

"退一万步，警察真管不了他，我们就和他拼个你死我活！"

楚然紧紧攥着拳头，站起身来，这个十五平方米的小屋都不够她昂首阔步的。她抬头，叉着腰，远眺着窗外的景色，胸中似有无限盘算，脸上是革命者慷慨就义的悲壮。然而说到底她也不过是个身高一米五八、体重八十斤、长相软萌的小姑娘罢了。

荣华一米八三，雅妍一直觉得楚然怎么也该长到一米六五才对，结果她只有一米五八。她十七岁了，月经来三年了，基本不会再长了。雅妍觉得楚然是因为悲伤停止生长的，她太悲伤了，那些心事坠得她直不起腰来，哪个小孩在这样的环境里能健康长大？

雅妍心头涌起强烈的负罪感，抱住女儿，亲亲她的脸，道："那你还高考吗？大学还会要你吗？你要是这样做，我就自杀。我这辈子已经没有指望了，就希望你平平安安，考个好大学，离开，永远地离开，头也不回，替我把我的那份幸福活出来。"

楚然紧紧搂着母亲。母亲不幸福，孩子怎么能幸福？她怎么可能一个人远走高飞，单把母亲留在这地狱里？

下了班，黄昏，雅妍在夕阳下走向张家小楼。这小楼左右全是荒宅，遗世独立。这都不是暗喻了，是明示。明示她明明活在人间，却这么孤独，谁也帮不上她，连正义的法律都救不了她。抬头一看，婆婆正在胡家老宅旁边紧挨着山根儿的菜园里挥着小锄头种菜。婆婆是好人，勤快善良，只要没去小姑子家，家里吃的蔬菜几乎不用买。其实她周围好人不少，校长、工会主席、范文良尽心尽力，派出所所长和警察也帮她，只是这件事实在太难了。

雅妍步态谦卑而顺从地走到门口，推开门，看着这个她用尽心血经营的家，有一种迎接宿命的释然。回来是对的，与其住在办公楼顶层的小屋里，时刻提防着黑暗中荣华突然伸过来的手，不如直接一点拥抱死亡。她已经活得不耐烦了，迫不及待等着荣华下一次狠狠打她。要是能一次性打死她，那该有多好！

吴芳一手提着小锄头，一手提着满竹篮的青椒、菠菜、白萝卜，走到门口，刚要掏钥匙，却见门已开。她进屋张望着，见雅妍正在厨房淘米。雅妍微微一笑，吴芳嘴撇了撇，眼泪又流了下来。

半小时后，荣华下了班，骑着摩托车从县城回到家，推门进屋，闻到一阵熟悉的菜肴香味，那是雅妍最拿手的尖椒炒牛肉。他一愣，雅妍端着菜从厨房走出来，正要走向餐厅。荣华走到她面前，伸出手，雅妍身体僵住，屏息等待拳脚降临，但荣华紧紧抱着雅妍，道："以后我们好好过日子，我再也不打你了。"

他的声音哽住了，她刚才那僵硬和恐慌看着实在太可怜了。这一刻，他是真爱妻子，真恨自己啊。他不是天生的恶棍，良心尚存一息。而且因这一息，时常觉得自己这个人还蛮不错的，情感丰富，灵魂深刻。他抱着雅妍，闻着菜香，环视着这被母亲和妻子收拾得窗明几净的家，每一个毛孔都感到幸福。活在这人间，真是有滋有味呢。

第七章

剪掉长发，卸下枷锁

楚然不回家也好，吴芳赞成，只是担心她总吃食堂不好。孙女这样瘦瘦小小，满怀心事，到了高三学业会更重，怎么吃得消？周六，她拿白萝卜炖了自己养在菜园里的母鸡，炖出酽酽的汤，放在保温桶里，晚上提来小屋给楚然当夜宵。

楚然喝着汤，吴芳说："不回好，以后奶奶天天给你送饭。"

楚然问："你不去姑姑家了吗？"

吴芳说："先不去，我放心不下你们三口人。"

说完她眼泪汪汪。如果荣华不那样，一家三口加上她，在那漂亮的小楼里，过得该多幸福呢？她从前暗暗地盼，盼着老公死。老公死了，公婆却还没死，而且双双瘫痪。她端屎端尿十余年，终于把他们侍候走了，儿子却又这样。楚然皱眉，母亲和奶奶的爱总是伴随着眼泪，还不如不来呢。

楚然喝完汤，说自己要做作业了。吴芳怕耽误她学习，赶紧收拾了离开。楚然做着做着功课，不知为什么，也许是鸡汤太补，也许是心情烦闷，一股气血在胸口翻滚。学校就在镇中心，周末校门开放至十点，正好趁机到镇上散散步，买点小吃，已经很久没有走出校门了。

走到镇上，一些小店还没关，吃夜宵的食客不少。楚然走到一家甜品店，要了杯奶茶。这里聚了四个和她同龄的男孩女孩，打扮得非常时尚，一边抽烟，一边打闹说笑着，脏话连篇。楚然认出其中一男一女是初中毕业后没考上高中的校友，男孩叫阿超，女孩叫小媛。这帮人不上学了，便在本地学点手艺，或者有一搭没一搭地打零工，或者什么也不干，每日游手好闲。一会儿自卑，一会儿自傲，一会儿愤怒，一会儿茫然，实在不知道怎么处理这些混乱的情绪了，他们便去挑衅别人，打一架，让这些情绪短暂归零。

见楚然来了，他们全都把注意力集中到她身上。楚然母女在镇上是特殊的存在：又美，又高傲；又惨，名声又臭。他们沉默了半晌，一时不知该拿什么表情对待她。楚然的长发用一个带水钻的发箍箍了起来，露出白皙精巧的巴掌大小脸，穿了件白裙子。雅妍天生对美有敏锐度，随便为楚然买的衣服和发饰，再便宜，搭配起来都显得匠心独运。比如这带水钻的发箍，他们就只在韩剧里见女主角这样打扮过。两个女孩忌妒地看着楚然，两个男孩则认为楚然很美。

楚然等着店家做椰奶，阿超叫她："喂，张楚然，还记得我吗？"

楚然扭头，看着阿超。他和她同龄，曾经是初中隔壁班的，成绩全年级倒数。初中毕业后就不读书了，跟着开摩托车维修店的父亲学修车。

楚然漠然扭过头，继续玩着手机里的连连看，游戏发出的声音好像在嘲笑阿超。同伴们挤挤眼睛，哄笑着："哦，人家张楚然根本不认识你，自作多情。"

奶茶做好了，楚然接过奶茶喝着，身后传来阿超恼羞成怒的骂声："骚货。"

楚然转身瞪着他。

阿超继续："谁不知道你妈妈是个专门勾引男老师的骚货？骚货生的也是骚货。"他骂完，期待地看着她的反应。

楚然浑身都绷紧了，想要发作，但见这帮少男少女全都带着敌意看着她，怕是讨不了好，只得忍着气转身往前走。刚走了几步，她突然觉得后背传来一股热气，还有一股毛发烧焦的味道，原来长发居然被阿超用打火机点燃了。楚然惊慌失措，大叫了起来，把手中的奶茶扔掉，原地打着转，用手拍着火苗。他们在后面哄笑了起来，拍着手，乐不可支。火苗还在持续燃着，楚然来不及思考，就地一躺，不停地翻滚着。火灭了之后，她由于太惊恐了，还在胡乱滚着。四个人指着她那滑稽的模样，笑得直不起腰来。那个叫小媛的女孩掏出手机来拍着楚然，一边拍一边叫："快来看骚货的白内裤哟！"

楚然意识到火灭了，停下翻滚，从地上爬起来，才发现裙子已卷到腰间，露出了白色棉布内裤，她赶紧把裙子扯下去，喘息着，浑身发抖，羞怒交加，低着头匆匆离开。阿超看着她烧焦的发尾，心中一阵快意。看，无论多高傲，还不是只能吃个瘪灰溜溜逃掉？

阿超正在回味着，一抬头见楚然又走了回来，她快步走到他面前，一挥手，一个一升装的大玻璃杯狠狠打在了他的头和脸上。阿超眼前一黑，一阵剧痛，踉跄两步，摔倒在地。原来楚然刚才根本不是逃走，是去找家伙的。她走了几步，看到旁边烤串店客人刚喝完还没收拾走的喝生啤的大玻璃杯。只要能打倒对手，就是好武器。

这一击力道太大，阿超倒地的同时，玻璃杯也飞了出去，掉到地上，哐当一声摔得粉碎。

她是荣华的孩子，可能有一半他的暴戾性格。沉睡了十七年的性格随着这一击，这摔碎的一声响，瞬间全部苏醒。一股炽热的血流急速在血管里奔涌，如烟花爆炸。楚然全身都发着热，眼睛全红了，正四处看着，想再找件武器的时候，余下的三个人已一起上前，对着楚然拳打脚踢。楚然拼命反抗，明明满胸膛的杀气，恨不得把眼前的对手生吞活剥，怎奈力不从心，寡不敌众。尤其那一头长发，根本就是自动送到人家手中的把柄。小媛抓着她的长发狠命地揪，楚然痛得嗷嗷叫，拼命伸手去抠她的眼珠，抠她的嘴。小媛吃痛松手，楚然抓起桌上的烤串铁扦子，胡乱挥舞着，披头散发，号叫着，跟个疯子一样。几个人见状畏惧，躲闪着，攻击性已减弱。小吃店老板和几个成年人看到了，赶紧赶过来，才制止了这场斗殴。

老板威胁要报警，喝令他们散去。楚然把头发拢了拢，露出一张被打得鼻青脸肿淌血的脸，虽然浑身发着抖，却倔强地挺立着，嘿嘿冷笑着，看着很吓人。

楚然尽力克制住颤抖，把每个字都说清楚："刚才打我的，主要是阿超和小媛。你们俩，记住我的话，一个人平白无故地打了人，不可能就这样算了，我一定会报复的。"她的手指指着阿超，又移向小媛，仇恨地瞪了他们一眼，转身走了。

四人看着楚然一瘸一拐离开的背影，心中犯了嘀咕。这被打惨了的小个子女孩，平时大家眼中的乖乖女，吹口气都要倒了的洋娃娃，到底哪来的这样的狠劲儿？阿超捂着被大啤酒杯打破的头，痛得嘶嘶吸气。小媛的手臂被楚然咬了极深的牙印，钻心地痛。她抚着那牙印，感觉嘴里有东西，吐了口血沫，吐出一块碎屑，那是被楚然的指甲抠下来的口腔内壁的肉，她哭了。

楚然回到学校的顶楼小屋，才失声痛哭出来。她的长发被烧得参差不齐，一股焦味，全身上下火烧一样地痛，浑身筛糠似的站不稳，只好瘫靠着床腿瑟瑟发抖。她的眼睛被打肿了，视线模糊，也不知道伤得如何，将来会不会影响视力。她想给母亲打电话，又怕她担心，母亲原是比自己还要弱的人啊。想拨小姨的电话，又想起这两年他们两口子的态度已渐渐冷淡。算了，还是不要再麻烦别人了。

第二天上课，所有人都被楚然的惨状惊呆了。她的左眼青肿，两边嘴角破了，脸上全是伤痕，手背肿起老高；发尾焦黄，一看就是被火烧过的；走路都有点走不动，只能扶着桌子一步一步艰难地挪动着。楚然的班主任是范文良，他赶紧通知雅妍。雅妍赶了过来，送她上县医院，检查了一遍，幸好都是皮外伤。

雅妍带着楚然走出诊室，走到挂号大厅，楚然腿痛，走不动，母女俩坐在椅子上休息。雅妍看着女儿的惨状，又难过地哭了，骂楚然，女孩子家家，怎么能像个男人一样打架斗殴呢？楚然却肿着眼睛，龇牙咧嘴，吸着气笑了。

打了一架，她豁然开朗，原来用拳头是这个滋味。她固然被打惨了，但阿超头部被她抡了一杯子，伤势估计小不了；那个小媛的嘴被她抠破了，手被她用铁杆子划伤了。他们全部比她高，比她壮，但全被她打了。心里那从前以为不可逾越的一道坎，她迈过了。这满身的伤，就是荣誉的勋章，她迫不及待地要和母亲分享新生的快乐。

楚然说："妈，下回我爸打你的时候，你还手吧。"

雅妍拭泪，道："抽什么风？根本打不过。"

楚然道："只要你有反抗的勇气，是一定能打过的。"

她和母亲细细描述那一架。一开始的确打不过，她太瘦了，被人推一把就要摔出去。但她牢牢盯着小媛一个人打，像只螃蟹一样钳着对方，用牙咬她的手，四个手指头伸进她的嘴里狠命抠，把肉都抠下来了，又乱戳她的眼珠。对方只是一时兴起戏弄楚然，楚然却是用生命来捍卫尊严的拼命气势，所以他们全怕了。打架嘛，狠的怕愣的，愣的怕不要命的。

楚然亢奋地谈着肉搏时那些微妙的触感：指甲和牙齿派上用场，柔软遇到坚硬，无力地沦陷；玻璃杯狠狠击打在敌人脸上那一瞬间，手臂传来重物击在肉体上的震颤。要不是一时没拿稳，玻璃杯脱手了，她会用这杯子把其他人的脑袋也砸开花。要是拳头能练出重物、锐器般的打击力就好了。他用打火机烧她的头发，就活该被她用玻璃杯抡，真解气啊哈哈哈哈。父亲？父亲也一样，父亲十几年杀鸡打狗一样地对待母亲，母亲就该用生命捍卫尊严。

雅妍听完说："不可能，我不可能打得过，我也不会变成你这个样子。难道我几十年书白读了？"楚然满腹兴致冷了下去。

路过理发店，楚然要求剪头发。雅妍想她的发尾被烧得不成样，是该修一修了。进去之后，楚然却说全剪掉，能剪多短剪多短。雅妍不让她剪，女孩就得留长发才有女孩样，哪怕剪个齐肩发呢，哪怕剪个齐耳的童花头呢。但楚然坚持要剪短，理发师拿着剪子比画着，问多短。

楚然道："能不能剪个像男孩一样的发型？"

理发师迟疑："平头？"

楚然眼前一亮："可以。"

雅妍说："不行。"

楚然大声说："我就要。"

理发师翻着发型图册，翻着翻着，楚然指着一款极短的发型，果断地说："就是它了。"雅妍气急败坏，楚然无动于衷。理发师剪刀咔嚓咔嚓，推子嗡嗡，剪完一看，楚然满意极了。理发师手艺不错，照着图片里的发型稍微改良了一下，把她头发两侧和后脑勺都推平了，就剩下青青的发楂，只在顶上留了略长一层，而又削薄，打出层次，显得立体。额前挑出几绺刘海，剪碎，带出俏皮的活力。

那一年还是二〇一四年，而且是在小县城，这类发型从来都只在发廊的发型图册里作为某种供仰望的潮流先驱或者大逆不道存在，生活中无人敢剪。楚然洗完头，小工用毛巾给她一擦就干了，吹都不用吹。她照着镜子，左看看右看看，镜中的女孩不再是娇弱模样，而是像个英气勃发的男孩。她暗暗叫了声好，这就是她想要的。

雅妍颓丧地在沙发上坐着。但她对楚然一向因为怀着抱歉的心情所以很纵容，故她也没有责骂，只是认命地接受。雅妍对于别人要坚持的，一向顺从。

楚然看着雅妍长至腰间的长发，说："妈，你也应该剪掉头发。"

雅妍苦笑。

"真的，我不明白你为什么从小到大留这么长的头发，洗起来不方便，每天打理也麻烦，最主要的是打起架来太吃亏。"

雅妍起身，拉着她走出门，说道："我永远都不可能变成一个野人，你死心吧。"

楚然带了点怜悯，看着母亲庄重的脸。人们因为对"母亲"这个词天然有种信赖和仰望感，所以会认为一个女人，因为是母亲，就自动变得聪明勇敢，运筹帷幄。她的某种愚蠢行为也必定是在下一盘大棋，后面有厉害的招儿等着呢。从前楚然就是这样信赖母亲的，为什么要到今天才发现，母亲其实真的是愚蠢又懦弱？可她是母亲，能怎么样呢？

楚然这发型轰动全校，但校规里只说不让戴饰品，不让染发，却没说女生不可以留平头，所以学校也不能把她怎么样。同学有的嘲笑，有的羡慕，但无一例外地认为楚然不愧是雅妍的女儿，这对母女就是能作妖，总之她们不是寻常人。

中午去食堂吃饭，楚然发现有不少人凑在一起，边看着手机边窃窃私语，还不时地扭头看她。她还以为是在议论她的发型，可是无意中路过一桌，眼光瞥到他们手机里的视频画面，看到她在地上翻滚露出白色内裤的那一幕，立刻呆住了。她们母女在学校已成异类没错，但这一次打击还是太沉重了。

已升任教务处主任的范文良召开全校大会，严厉批评传看视频的同学，并报了警。但走在路上，楚然还是会听到有人怪声怪气地在背后大喊一声"白内裤"，紧跟着众人哄笑起来。雅妍已习惯成为众人嘲笑的对象，但这次轮到了女儿，不过她还是一样，除了默默淌泪和哀伤，没有任何办法。

这天下了课，楚然坐在座位上发呆，突然窗外有个男同学靠近，叫了一声"白内裤"，跟着做了个鬼脸，迅速跑开。楚然暴跳了起来，抓起旁边同学放在桌上的铁水壶，追了出去。

那男同学正蹦跳着往前走，楚然快步追了上去。这水壶，上部的盖子旋下来就是个喝水的小杯子，上细下宽，握着它稍细的上部，就像握着个铁棒一样，再称手不过了。楚然追到男孩身后，用力挥动着手中还剩半壶水的铁壶，当的一声，击打在他头上。他猝不及防，捂着头就蹲了下去。

所有人都目瞪口呆，楚然指着他道："叫啊，再叫啊？你他妈的再叫一遍？"

男同学松开手，见手上已经满是血了。他痛得差点哭出来，抬头看着楚然，只见她手里紧紧握着那凶器，偏着头，梗着脖子，龇着牙，神情似笑非笑，眼睛里眼白多，眼仁少，看着像是马上要犯精神病一样恐怖。

双方家长见面，在范文良的主持下接受了调解。楚然打人不对，但男同学手机里有楚然被霸凌的视频，以及言语挑衅在先，也有过错。雅妍赔了三千块钱医药费，此事翻篇。回到小屋，雅妍说楚然不该报复心那么重。楚然不相信自己的耳朵，追问了一遍，雅妍还是这么说。

楚然问："你被人欺负了，心里不难受吗？"

雅妍点点头："我难受。"

楚然道："那不就结了？难受，你就得想法子报复他们呀。报复完，你就不难受了。"

雅妍摇摇头，恨和报复是需要力气的，何况它们万一执行不当，还会伤到自己。她道："我从不记仇，心里一点怨恨也没有。恨不解决问题，宽容才最有力量。"楚然心中起了暴戾，想着原来父亲打母亲，也是有几分道理的，她放弃了对话欲望，走出门。

荣华向来不管女儿的事，只是听说她把男同学打了，有几分意外，赞了声"是我的种"也就作罢了。

再也没有人敢惹楚然了。有时同学窃窃私语，见她手插着兜进来之后，会本能地散开，说不定她兜里装了什么凶器呢，他们知道她敢下死手。楚然扔了全部的裙子，周六日也是一身运动衫。裙子和长发只会妨碍她行动，为什么要到今天才察觉到这一点？她模仿着男孩走路的样子，大步流星，两腿微微外八字，两只手插在兜里，懒洋洋地四处张望着。从背后看，她就是个初中男孩。

范文良找楚然谈话。楚然转变的心路历程，他不用细问就一清二楚。兔子急了也咬人，现在这小白兔开始咬人了，但社会要用规则来处理咬人的小白兔。

"你把别人打出个好歹来怎么办？"范文良问。

楚然道："没打伤就各走各的道，打伤了就我妈赔钱，再严重了就我去坐牢，该怎么办怎么办呗。"

范文良叹道："楚然，你这是何必呢？本来你是受害者，大家都同情你，道理都站你这一边。"

楚然哈哈两声："范老师，我和我妈当了那么多年受害者，道理都站我们这一边，然后呢？我们的日子过成什么样你最清楚。我再也不想当受害者了，从现在开始，谁欺负我，我打谁，加倍打！"

范文良道："楚然，你的成绩不错，明年就高考了，心里有多大的火，多少恨，都憋着。最后一哆嗦了，别功亏一篑，这个地方不值得你搭上前程。"

楚然满腔上膛的子弹一下子哑火了。范老师是好人，多少年被人指着脊梁骨泼脏水都毫不在乎，一如既往地帮她们。那次母亲在厕所被父亲殴打，楚然第一个想到的就是他。谁是靠得住的人，她一清二楚。目前在这个世界上，除了小姨，她和妈妈就只有范老师可以求助。但小姨不在身边，并且耐心一日短过一日，而范老师也许被母女俩这些破事消磨的时日尚短，他的耐心还有些余额。

范文良看到，楚然在这一刹那倔强冷傲的表情没有了，男孩模样的凌厉气势变得柔软。她抬手，用还带了点淤青的手背抹掉眼泪，带着小姑娘的软萌和稚气。她毕竟只有十七岁啊！他想起自己正在上初三的女儿，她何其幸运，不用像楚然这样，左冲右突，愣是找不到和世界相处的方式。抛开荣华不讲，雅妍这个母亲也是失职。一个软弱的母亲，不但不能保护女儿，还要置女儿于危险的境地。

这天，楚然去食堂打饭，路过两个高三女生的桌边，听到她们在说"有其母必有其女"。楚然停下脚步，想从背后把整盘饭扣到她们头上，又想起范文良的话，忍住气。可回到小屋，她完全没有心思做作业。

都怪那个该死的小媛，拍了霸凌视频，传得沸沸扬扬。小媛父母离异，父亲根本不管她的事。警察把小媛母女叫到派出所训了一顿，也就了事了。但这视频的余威在校园持续发酵，让楚然母女的处境雪上加霜。施害者手指一点，受害者就要生活在无尽的痛苦中，而施害者只需要轻飘飘一句道歉就完事了，世界上哪有这么便宜的事儿？

半个月以后的一个晚上，小媛回家的时候，在小巷子里遭了楚然背后一棍子。棍子是楚然在山上的树林里找了很久才找到的，大概六十厘米长，不粗不细，通体布满疤瘌眼儿，不那么直溜的一根杂树棍儿，相当称手。只一下，小媛就嗷的一声摔倒在地。楚然提着棍子，喝令小媛跪在自己面前。小媛身上被棍子打的地方火辣辣地痛，而楚然的气势又太吓人，她居然乖乖听话。

楚然问："小媛，在学校的时候，我没得罪过你吧？"

小媛摇摇头。

楚然困惑道："所以那个晚上你为什么要欺负我呢？就因为我比你瘦，比你小，你们人多，你觉得打得过我，打了也没事？"

小媛无言。是啊，打人的原因，不就是这样吗？

楚然道："你记得我说过的话吗？一个人平白无故打了人，不可能就这样算了。"她挥起手，棍子带着呼啸声猛烈击打在小媛肩上。小媛痛得哀号了一声，瘫倒在地上。楚然提着棍子，指着小媛，眼神带着警告，后退着，转身快速跑开。

小媛没有报警，也许是怕再次受报复，也许是自己心里有愧，总之这个事就这样过去了。

又过了半个月，一天晚上，阿超走在镇子的青石阶梯上，突然被人从背后猛推了一把，骨碌碌直接滚到下面的小广场上，摔得头破血流，一时爬不起来。阿超和别人赌咒发誓是张楚然推的，因为天旋地转间，他看到她扛着根棍子，站在阶梯上冷冷地看着他。

大家半信半疑，只有小媛无比相信。他们聚在一起，到处跟人说张楚然是条特别记仇的疯狗，而且专门暗算人，如果你得罪了她，她会在暗处默默盯着你，挑最适合的时间冲你下手，她很瘦小没错，但明枪易躲，暗箭难防，以后见着她得躲远点。

楚然听到传闻后很高兴，她和母亲端庄了十几年，并没有捞到任何好处。当条记仇的疯狗好啊，正面刚不过，就暗算。叫别人怕，胜过让别人同情一万倍。

现在她一个人在那高高的小屋睡觉，一点也不害怕。她的床头放着那根棍子，枕下放着一把折叠水果刀。有时写作业写累了，她会在屋里挥舞着棍子和水果刀。那一刻，她深深理解了父亲——原来掌握力量是这种感觉。

第八章

大雨滂沱之夜

楚然的头发总不能及时去修，因为这样的发型只有县城那家发廊才会修，而她学业繁忙，抽不出时间特地去一趟。于是她的发型就变成一种特别奇怪的形状，长短不一，发梢横七竖八地支棱着。她也不在乎，就那样公然地顶着一头像杂草堆一样的头发去上课、上操，去食堂打饭。无人敢惹她，她所到之处，同学会自动给她让出一大片空间。谣言传得越来越离谱，说张楚然随身带了把折叠刀，谁惹她，她就从背后捅谁，快如闪电，根本躲不过。楚然听到这种传闻，面无表情，心中轻蔑地笑了。她并不需要友情，也不需要认同，让谣言传得再猛烈一些吧！

周六日不用守校规，楚然戴顶棒球帽，穿着宽宽大大的运动裤在镇上招摇过市，口袋里真的装上那把折叠水果刀，去买甜品、吃烤串。传闻给了她灵感，镇子太小，随时会遇到小媛、阿超那些打过架的人。他们人多势众，她怕打不过。横竖是死，死前见血，不一定是谁的血。

偶尔在甜品店或者烤串摊儿前遇到小媛、阿超一行人，楚然的眼睛从压得低低的帽子下射出两道恶狠狠的光，瞪着他们，然后又掏出口袋里的折叠刀打开，在手里掂了掂。他们会吓一跳，回避着她的眼神，匆匆躲开，过后再议论说张楚然肯定是做变性手术了，一个女的怎么会这副模样呢？

楚然很少回家，一直住在顶楼的小屋里。荣华对楚然不回家住有意见，有次她回家取衣服，荣华要她搬回来住，说一家人就是要住在一起，你家就在镇上，走路回家十五分钟，为什么学别人当住宿生？楚然拒绝，荣华暴跳起来要打她，她反应迅速，一下子跑出门，过后再也不回家了。

　　荣华其实对楚然回不回家住并不是那么关心，他在意的，是楚然住的那个小屋，会不会成为雅妍和范文良偷情的地方。他认定两人正是为了偷情，才向学校申请了这个小房。范文良要不是和雅妍有私情，怎么会一而再，再而三地替她出头？而且楚然升了高中之后，范文良居然还是她的班主任，不是他用心良苦有意安排，谁信？荣华不相信一个男人仅仅是出于正义和公理而替一个女人出头，他的世界里容不下这样的逻辑。

　　楚然高三下学期，雅妍申请的那套公房终于下来了。为了这套房，荣华又暴打了她一顿。他勒令她把房退了：家里三层楼，好几个房间在养蚊子，你又申请一套山上的老破小干什么？换成四百块补助不好吗？雅妍没同意，范文良帮她跑前跑后，校长尽心尽力，把房再次安排给她，她再去退了，这说得过去吗？她已经让他们失望很多次了。雅妍说平时可以午休，课间也可以回去喝口茶，歇一歇。这话更圆不过来了，荣华脑海里勾勒出她和范文良趁课间跑到房里偷情的场景，怒火万丈，拳打脚踢。雅妍一边哭着求饶，一边坚决不同意。

　　雅妍回家住的这些日子，荣华打她的次数和从前相比少了一些，离雅妍想象的白头偕老又近了一步。一方面，他四十三岁了，荷尔蒙渐渐消退，这让他发火的时候有点力不从心了；另一方面，他偶尔也的确想改一下自己的脾气，试着在暴怒的关头停几秒，躲过怒潮的冲击，减少暴力，这是他和自己良心玩的情趣游戏。但最主要的是，他在当销售，一个月总有一两次出差，一出差就是三五天或者一周，减少了和雅妍的相处时间，自然也就减少了冲突。

但关于这个房，这次雅妍抵抗得这么坚定，这让荣华再次回到暴怒的模式里。吴芳去了市里女儿家，楚然也不在家，他打得畅快淋漓。

雅妍躺在地上，嘴角淌着血。荣华为范文良打她，其实不冤的。每晚睡觉，每次痛苦，每回挨打，雅妍眼一闭，就是范文良坐在小屋里，身后一片金光闪闪的场景。他是从天而降前来拯救她的英雄，这英雄她不能爱，这英雄也不爱她。她活成了个小丑，谁会爱小丑？这双重无望让他倍显神圣。无论是爱还是无望，都是好东西，放在她心里的好地方，她靠它们挨过漫漫苦役。

荣华打完后，气消了，把她抱到沙发上靠着，温和道："老婆，我有个想法，索性你辞职吧。"

雅妍麻木地听着。

荣华抽出茶几上的纸巾，细心给她擦着嘴角的血，道："这些年，范文良总夹在咱俩中间。为了他，咱俩吵了多少次？你想想，现在他还是楚然的班主任，我怎么能放心？你辞职，表达你的诚意，我下半辈子就再也不打你了。"

雅妍哑着嗓子道："我辞职，家里就少了一份收入，生活怎么办？"

荣华道："这两年，我每年都能挣十多万，生活不用愁。你辞职，可以和我妹妹学学怎么做牛肉面，把她老公家的秘方学来。等你学会了，我们把粮站的房租下来，收拾下，开个牛肉面馆，生意肯定好。"

这真是匪夷所思的要求，教了半辈子书，突然让她卖牛肉面？雅妍不知道荣华的偏执和猜忌已经到了病态的地步。事实上，她这些年急速地老去，瘦得只有一层皮挂在身上，神情总带着凄惶，整个人就像截枯藤般，根本不具备任何吸引力。但荣华就固执地认为她无时无刻不想勾引人，尤其是勾引范文良。或者荣华的这种固执只是一种假象，他要为自己的控制欲和暴力找到合理解释，而害怕妻子出轨，是最好的借口；

或者荣华的直觉真的太敏锐了，他就是能捕捉到雅妍对"范文良"这个符号抽象、隐秘的情愫。

雅妍道："荣华，你把我打死吧。我懒得去告你，懒得离婚，其实我都懒得活了。你心狠一点，把我打死吧，我自己下不了手。"

她摇摇晃晃起身，走到厨房，拿了一瓶荣华常喝的鸭溪窖酒特曲，坐回沙发上，咕咚咕咚灌了几口，边喝边哭，哭着，又笑着。酒液混合着鲜红的血，顺着她的嘴角流了下来，淋湿了白色的上衣前襟，看着触目惊心。荣华的气已经消了，看着她这样又难过，又有负罪感。他抢过酒瓶，也大口大口地灌了起来。

五月底，天气已经很热了。高三的学生在教室里上晚自习，高考在即，人人绷紧弦，埋头刷题或背书。此地夏季多雨，热风裹挟着水汽从窗外吹进来，头顶的吊扇搅动着这些湿热的风，让人加倍烦闷。楚然刷着题，心浮气躁，不知为什么，有种不安的感觉一直在心头挥之不去。

这两天，她见到母亲的嘴角又肿了。不用说，父亲肯定又打她了。父亲一般不打母亲的脸，他知道，只要不让母亲难堪，她就可以默默忍受，这对双方都有好处。"打人不打脸"这句话真是至理名言，留足面子，安静地死去，不惊动别人，不让人为难，利人利己。楚然知道，其实脱了母亲的衣服，她的全身上下都是伤。但眼不见为净，有时楚然也狠心地不过问。她只是个孩子，又有什么办法呢？

有那么多次，她看到母亲坐在地上绝望地哭泣，无助地四处张望，嘴唇无声地嚅动着，像是在问：有谁能救救我呀？救救我！

有那么多次，她只能坐在不远处，看着母亲，陪着她一起哭。母亲，对不起啊，我还只是个孩子，救不了你。

楚然眼睛直勾勾地盯着试卷，手心濡湿，想着这些事，脑海里一片混乱。母亲肿起来的嘴角一直在眼前，挥之不去。连脸都打了，身体被伤成什么样，可想而知了。

十点，下了晚自习。楚然想起来，父亲出差了，不如趁现在回家一趟，问问母亲。母亲这几天一直躲着她，放了学就匆匆走了，可能是怕她追问。走到校门口，保安不让她出去，说该关校门了，而且天气预报说今晚有大雨，不是一般大，红色预警级别。

楚然恳求："叔叔，我爸刚好不在家，我回去拿点东西。你也知道我们家……"

她顿了顿，保安面露同情之色。

她又说："如果下大雨，我就住家里，明天再回学校好了。"

保安挥挥手，让她去。楚然道谢，迅速往家的方向跑去。一路感觉吹在脸上的水汽越发重，抬头看天空，月亮仍清朗高悬，不像大雨即将来袭。

楚然跑到自家小楼，掏出钥匙打开门，刚一迈进去，就闻到极浓的酒味。走到客厅，她意外地发现父亲居然提前回来了。他坐在沙发上喝着白酒，已喝得有几分醉意，沙发旁放着他出差常用的黑色皮革行李包。

楚然脑中急速转着，父亲见了她就要打骂，要不要赶紧跑呢？她刚要转身，荣华暴喝一声："站住！"楚然不听，正要跑，却见雅妍从厨房走出来，手中端了一盘拌黄瓜，那是现做来给荣华下酒的。楚然见她的眼角青紫，伤痕是白天没有的，一看就是刚刚被打的，心里一沉，定在原地。

雅妍把黄瓜放到荣华面前的茶几上，递给他筷子。荣华接过筷子，指着楚然道："闺女，我的好闺女。"

他的笑容有点不成形："和爸说老实话，你是不是给范文良和你妈当眼线呢？"

楚然强忍着烦躁，道："全校那么多双眼睛盯着，我妈能和范老师有什么事呢？再说如果有事，为什么范老师和他老婆还是那么恩爱，校长还是那么器重他？"

荣华喝道："因为你们都是一伙儿的，联合起来欺负我！"

他突然把筷子往地上一摔："雅妍，你明天必须去学校把工作辞了，不然我杀了校长！"

楚然惊道："爸，你疯了吗？"

这句惹到了荣华，他站起来，扑向楚然，一拳就把她打倒。雅妍惊叫一声，护了过来。荣华抓住雅妍的衣领，左右开弓，狠狠打了她几巴掌，接着把她摁倒在地，骑了上去，掐她的脖子，捶打她的头和脸。

荣华出差去隔壁市收款，比原先计划的早了一天结束工作。原本可以在当地玩一天，可他福至心灵，突然觉得，女儿不在家，母亲也不在，雅妍说不定会约范文良来家里幽会。张家小楼远离人群，真是偷情的好地点。他被这个想象激怒了，怒到浑身颤抖，火急火燎往家赶。进了家门之后，发现只有雅妍一个人在家。他松了口气，但一拳落空的这股火不能无处去，于是他继续磨雅妍，一定要她去辞职。雅妍不肯，就又挨揍了。

荣华借着酒意，一拳一拳打着雅妍。她一动不动，也不出声，像个布娃娃般任由他打，眼睛睁着，眼神涣散，毫无生气。楚然被荣华一拳打倒，痛得半天站不起来，趴在地上看着母亲这副活死人的模样，毛骨悚然，尖叫道："别打了，你要把我妈打死了！"

荣华不听，还在一下一下打着雅妍，又抓着她的头发往大理石地砖上磕。正打得兴致勃勃，突然听到脑后一阵呼啸声，跟着一样硬物狠狠击打在脑后。一阵剧痛阻止了他的动作，他扭头，看见楚然双手握着擀面杖，叉着腿站在身后。在他的仰视中，一米五八的女儿竟然显得那么高大。他只来得及瞻仰她一秒钟，擀面杖带着呼啸声，砰的一下，又打在他半边头脸上。他应声而倒，一动不动。

楚然赶紧走到母亲身边，把她搀了起来。雅妍整个人如游魂，好像刚才被打的不是自己。楚然抽出纸巾给她擦鼻血和嘴角的血，纸巾触到的一瞬间，雅妍抖了下，这才回过魂来。

楚然哭着说："妈，你怎么样了，要不要紧？"

雅妍茫然看着她，还没说话，地上的荣华动了一下。楚然把擀面杖塞进雅妍手里，自己冲进厨房，操起菜刀，冲出来，警惕地看着荣华。

刚才那两下只是让荣华一时晕了过去，他用手臂支起身体，想坐起来，却觉得天旋地转，坐不稳，眼前阵阵发黑。他喘息了半晌，勉强坐直，又强撑着扶墙站起身，摇摇晃晃。楚然凌空挥着手中雪亮的菜刀，往前走了几步，又后退几步，声嘶力竭道："你敢过来，我一刀劈死你。"

她又对雅妍吼着，嗓子都劈了："妈，举起你的棍子，还手啊！"

雅妍梦游般地从沙发上起身，紧紧抓着擀面杖。这些年，她和婆婆一直用它给荣华擀面条，从来没有想过，它也可以是武器。此时它的顶端沾了一抹血，荣华的血。过去十八年，她只见过自己的血，只有她流血的份儿。原来荣华的血和她的血一样红吗？怎么他也会流血？

那两棍的威力开始发挥了，头上的痛排山倒海。荣华用手摸了下后脑勺，感觉湿湿的，把手拿到眼前一看，指头上沾了点鲜血。他跟跄两步，心中非常混乱。家里的格局怎么突然间天翻地覆了？荣华对于敢打自己的人一向有三分敬畏，手持菜刀、擀面杖的女儿和妻子令他感到陌生，一时不知该如何应对。他用手指头虚点着她们，如同上次被范文良打那样，口中说着"好啊，你们等着"，跟着一转身，走出了门。

他一出门，楚然立刻跑过去把门反锁，屋里一片死寂。母女对视，恍若隔世。这是第一次，荣华被打出这个屋子。楚然走到雅妍身边，母女俩紧紧拥抱在一起。

雅妍含泪道："你回来干什么？赶紧回去，马上要高考了。"

楚然道："你跟我回学校，不然待会儿他回来，你会被打得更惨。"

雅妍道："打就打，反正我也不想活了。"

楚然惨然道："妈，如果你被打死了，我是不可能活下去的，还谈什么高考？"

母女各自垂下头呜呜痛哭，楚然一边哭一边举起菜刀，说："我今晚就守在这里，他敢回来打你，我就这样一刀劈过去，你一棍打过去。我们正当防卫，怕什么？"

她把刀举到雅妍面前，要雅妍触摸那雪亮的刀刃："这么锋利的刀，我就不信他敢拿头来试。妈，做人不能太软弱了。"她苦口婆心，咬牙切齿。雅妍战战兢兢，将信将疑，把手指肚放在刀刃上，轻轻滑动。这冰冷利刃，真的有起死回生的能量？

荣华摇摇晃晃走过粮站荒弃小院，走过几户人家，往镇中心走去。夜深了，店铺都陆续打烊了。其实他也不知道自己想干吗，但头太痛，脑海中越来越混乱，没决定好从此要以怎样的态度对待雅妍母女，还不能回去。

路过小超市，老板大陈正在收拾东西，准备关门。荣华走到门口，那些混乱突然有了出口。

荣华道："大陈，拿瓶二锅头。"

大陈道："这么晚了还在外面喝酒啊？要下大雨了。"

他拿了瓶小二锅头，递给荣华，凑近时发现他的脸肿了，额头流着血，问怎么回事。荣华含糊其词："喝多了，摔了一跤。"

荣华拿了酒，摸摸口袋，发现自己忘了带钱出来，就说这点钱先赊着。大陈也没有再说什么，只是叮嘱他赶紧回家，要下大雨了。荣华没理，拧开盖，灌了一口。头痛还在持续，被打的两个部位如一万根钢针在不停地扎，耳朵里如同有一万只蜜蜂在有节奏地嗡鸣。每嗡一次，血管跳动一次，带出越来越强烈的肿胀感。楚然这小丫头，手劲儿居然这么大。他晃晃脑袋，脚步凌乱地走到一棵槐树下，坐在那儿的石凳上，一口一口灌着酒。他感到非常疲惫，昏昏欲睡。总是这样，暴行之后，戾气发泄了出去，他会非常疲惫，但这次更甚。

镇上巡逻的联防老杨路过，见黑暗的树下居然坐着一个人，走近一看，见荣华的身子前后摇晃着，浑身散发着浓浓的酒气。老杨赶紧扶住荣华，还没开口说话，荣华突然哇哇两声，吐出一大摊东西。老杨厌恶地皱眉，催荣华赶紧回家，马上大暴雨就要来了。荣华抬头，见天空中的月亮没了，乌云黑沉沉地压下来。他的视线忽而迷茫忽而清晰，不知是醉酒还是头痛所致。带土腥味儿的风刮了起来，一阵紧似一阵。风里那股热气儿下去了，取而代之的是夹杂着浓浓水汽的凉意，几滴雨打在他的脸上。

老杨强行把荣华搀起来，大声道："大雨快来了，你不能在树下待着。我送你回家。"

荣华甩开他的手，大着舌头："不用你……我自己回去……"他发现自己开始口齿不清了。老杨看着他跌跌撞撞地走向张家小楼，眼看也就几百米，才放心地转身。又一阵风刮过，豆大的雨滴落下，打得脸好痛，老杨快步跑开。

二楼，雅妍母女靠在楚然卧室的床上，抱在一起。卧室门已反锁，床头放着擀面杖和菜刀。母女俩屏息倾听，胆战心惊，等待着荣华不知何时闯进来。此时突然一声惊天动地的炸雷，吓得雅妍一哆嗦。楚然强装镇定，安慰她别怕。就像荣华瞬间爆发脾气后火气顿消那样，雷声滚滚远去，隐隐延绵至天边。狂风大作，呜呜呼啸着。卧室离山比较近，从窗户看过去，可以看到山上那些树在风中摇曳，如无数妖魔鬼怪在漆黑的大山中狂舞。母女俩害怕了，此时突然咔嚓一声，一棵树被劈倒，母女俩吓得紧紧搂在一起。楚然提议到楼下的客厅去，两人下了楼，坐到客厅的沙发上，这雨却迟迟没下，门外也没听到荣华的动静，越是这样就越叫人不安。

雨终于哗啦啦下了起来，窗外一片白茫茫。这雨不是下，是天地倾覆，海水从天上倒灌而来。楚然走到厨房，透过窗户看到道旁的一排大槐树在暴风雨中摇晃，枝杈折断掉落。一道闪电划过，更多的树在风雨中摇晃着倒下。这情景，像楚然祈祷过无数次的末日。

这场红色预警级别的雨足足下了一晚上。荣华，再也没有踏进家门半步。

楚然一夜乱梦，不断从浅眠里惊醒，又昏昏沉沉睡去。早晨她在沙发上醒来，耳畔仍传来哗哗的雨声，雨势较昨晚稍小了些。她迷迷糊糊睁开眼睛，见一个人背对着她坐着，眼睛盯着大门的方向，看身影应该是母亲，可那感觉说不出的陌生。楚然揉揉眼睛，看清眼前的景象，顿时感到毛骨悚然。

这个背影就是母亲，但她那一头油亮的黑长发变成了白发。没有到雪白的程度，而是花白，大面积的白中掺了星星点点的灰。花白头发如果烫成短短的卷发，会有一种优雅别致的美感，但如果是又长又多又直地披散着，就感觉异常恐怖，像女鬼。

母亲一夜白头。

楚然惊骇地叫了声："妈，你的头发！"

雅妍回头，看着楚然，凄然一笑，笑容里全是内疚。

第九章

父亲消失了

这场大暴雨让全县的交通瘫痪，大小河流泛滥，一些房屋倒塌。小镇发生小规模山体滑坡，张家小楼靠着山的房间玻璃窗全部破裂，山泥混着雨水涌进来，房间里一片狼藉，顶楼的房间塌了一角，好在主体结构无恙。右边胡家的塌房早在一年半前被胡家人推平，说马上要盖房，以备偶尔回来时可以住。但迟迟没行动，空地上又渐渐长满草。此刻则被滑坡的乱石、树木野草、山泥覆盖，形成了个小山丘。整个小镇处处泥泞，电线杆倒了一地，好多车辆被倒下来的树或电线杆砸坏。一些走读的学生无法到校，学校停课一天。

小雨又渐渐沥沥下了一整天。第三天，雨彻底停了，雅妍和楚然深一脚浅一脚来到派出所报案，说荣华喝完酒之后出门，一夜未归，过了一天也没回来。她们本来以为荣华是在哪个朋友家借宿，又或者回公司的宿舍了。可是公司说打他手机没打通，打了家里的座机，这才知道他没有回去。母女俩问了相熟的几户人家，都说荣华没来过，这才想到，难道他会酒后在雨中遇到不测吗？所以就赶紧来报警。

所长对雅妍已经很熟了，这次见她又是鼻青脸肿，楚然的左脸也略有淤青，知道这母女俩肯定又被打了。他一边唏嘘，一边觉得雅妍看起来有点怪，那头扎起来的长发黑得生涩，黑得触目惊心，显得她一张脸蜡黄，看起来像假人。

雅妍这么爱美，就是在天崩地裂的时候，也不忘出门前让楚然去给她买染发膏。镇上能有什么好的品牌？只能买到最普通的产品，染完后头发看起来僵硬干枯，像戴了顶便宜的假发，非常不自然。不过在雅妍看来，那也比披散着满头白发出门吓人强。

接待的周警官问了详细情况。雅妍说前晚荣华出差回家，家暴了她之后，怒气冲冲地出门，然后就一直没回来。她省略了楚然还手这一段，丈夫家暴妻女是老生常谈，但女儿拿棍子打父亲，说出去天理不容。子女挨父母打天经地义，多少人说起"棍棒底下出孝子"都一脸正气凛然，但子女如果还手把父母打了，无论打到什么程度，那都要天打五雷轰的。

周警官一边登记，一边偷偷和同事互视，撇嘴。他们都猜这家暴狂加酒鬼多半是在暴风雨中失足跌进河里，或者被树木石块砸到了，埋在某堆杂物里。但好端端一个大活人失踪了，无论他是跑到哪户人家里避雨，还是已经死了被埋在某堆杂物里，总要受理的。他记录完毕，要雅妍母女回家等着。

镇里组织各村和各单位救灾，雨水冲垮的小桥被修好，死掉的鸡狗、小动物尸体被清理掉，雨水冲刷出来的下水道垃圾和杂木乱枝、淤泥被铲除掉。镇上恢复了往日的秩序，道路通畅。荣华仍没下落。

派出所所长让周警官和陈警官一起调查这个事。两人在镇上走访，发现荣华消失得相当蹊跷。小超市老板大陈说大雨即将到来的前十五分钟，晚上十点四十，荣华来到他店里买了瓶小二锅头。联防老杨说看到荣华醉醺醺地坐在树下喝酒，好说歹说才把他劝回家，荣华从树底下走到自己家，最多三百米，正常人步速走五分钟，他喝多了，算七八分钟好了，怎么就出事了呢？大陈补充说："荣华绝不可能被劫财，因为他身上没带钱，买酒的钱还欠着呢。再说一个正常人随身能携带多少钱呢？"

一般来说，一个人失踪，头一个就是调查配偶。两个警察又来到张家，进了门之后见屋里一片狼藉。因为山体滑坡，被影响到的三个房间的东西全部搬到了客厅，堆得到处都是。泥浆被勉强清理干净，但雅妍要上班，楚然即将高考，根本没有时间细细归置。两人只是随便在客厅的沙发上收拾出一角，晚上回来睡个觉。

吴芳已经从女儿家回来了，知道儿子失踪，如晴天霹雳，正坐在沙发上垂泪。两人正在屋里转悠时，雅妍下班回来了。周警官看着雅妍，仅有的一点怀疑也消失了。眼前的女人最多只有八十斤，形销骨立，脸上带着苦相，神情恍惚。她才四十出头，可看上去像五十多岁的人，法令纹和眼角纹都很严重，眼眶和脸颊上还带着未消退的大片青肿。这些年他反复接到她被家暴的报案，对她真是打心眼儿里同情。

雅妍复述了一遍当晚的情况。大家沉思，荣华是干销售的，收了货款之后没有回公司，难道和钱有关？正怀疑间，雅妍走到里间，打开一个柜子，把荣华的黑色行李包提出来给警察，那里面的两万块钱现金一分不少。

"他不回家，我们也不知道这个东西该怎么办。我今天和罐头公司打电话了，他们的人一会儿会来取回去。"钱既然一分不少，便不是财杀。

两个警察在屋里各处细细查看，没看出任何异样。走出门，大家站在此地张望。不远处就是镇上那条河，岸边高高低低地长着茂密的芦苇和石菖蒲。这几天因为暴雨，河水大涨，哗哗流着。住附近的人知道荣华失踪了，都聚集过来看热闹。大陈又补充，荣华来买酒时，满身酒气，脸上有伤，说自己喝多了摔了一跤。而接触的那几分钟，也发现他神情恍惚，与平时有异，可见喝了不少。会不会因为喝多了，一时迷糊，走到河边，失足跌进河里淹死了呢？

这样的话，尸体早就冲到下游了，这该从何找起？也许只能等着某地某天惊现浮尸了。吴芳哭天抹泪，要他们找人下河捞一捞。说不定人掉下去之后，被什么东西缠住了，沉在水底呢？这河是长江的次级支流，全长约七十公里，贯穿全县，水最深处可达十一米。几年前也传过河里有吃人水怪的谣言，后来有人在另一个镇的河里捞到过一条重一百多斤、长达两米的鲇鱼。据说这种鲇鱼吃肉，极为凶悍，尤喜吃腐肉。也许荣华在水里淹死了之后，被大鲇鱼啃食掉了呢？可那也会有残骸浮出水面呀。

两个警察在河边沉吟了半天，掉头往回走时，看到胡家宅基地上那由于山体滑坡堆成的小山包。因这是荒弃的院落，又不占着交通要道，镇里此次清除灾后杂物时便没有管它。此时周警官心中一动：这荣华会不会由于醉酒眼花，随便往这里一躺，然后睡着了，结果山体滑坡，把他给埋了呢？

两人回到所里，和所长开了个会，否决了下河捞人的想法，调来一辆推土机，把胡家宅基地上的乱石山泥推平。但也没有找到荣华的尸体。

他们把雅妍、楚然、吴芳三人分别叫来派出所，细细询问荣华到底和谁结仇，问出来的答案一致：荣华长期家暴雅妍，间歇性家暴女儿，前单位邮电所的所有同事都不喜欢他，但没听说和谁有仇。他在罐头公司待了小两年，干得挺好，至于有没有与人结仇，雅妍不知道。

唯一和荣华起过正面冲突的，就是镇中学教务主任范文良了。但范文良在学校及镇上口碑很好，他两次打荣华，一次是正当防卫，一次是见义勇为。而且因为要高考了，暴雨当晚他一直在学校和校长、老师们开会到十点多，难道开完会后他冒着红色预警级别的大暴雨，跑到荣华家杀了他？杀人动机不足呀。再说身高一米七、体重一百二十斤的范文良想杀了那么高大的张荣华，要做到不在张家留一丝痕迹，难以想象，除非雅妍母女和他联手瞒天过海。但如果是在室外击杀他的话，下了这么大的暴雨，有什么证据也早就消失了。张家小楼里经过勘查也没有搏斗的痕迹，没有血迹。所有环节都指向范文良无辜，没有证据，岂能胡乱怀疑人？

范文良被盘问，并不惊慌，反倒大笑三声，连说张荣华这禽兽失踪了真好，最好是死掉。他活在人间，纯属浪费空气和粮食。这是二〇一五年，天网工程刚开始在全县各村镇铺设，本镇还没铺到。两个警察经过一番调查走访后，完全摸不到头绪。他们只是治安警察，不是刑警，只能汇报到所里。

高考开始了，第一天，雅妍和吴芳等在考场外。楚然坐在座位上，盯着考卷，脑子里一片空白，一道题也做不出来，那些字她根本就看不懂。接下来的几科考试，都是如此。结束的铃声响了之后，她走出考场，眼神呆滞。

第一科考完后，雅妍就知道完了，立刻准备让楚然复读。家里出了这么大的事，楚然完全崩溃，是可以理解的。何止楚然，雅妍自己又何尝不像行尸走肉？这些天她只是凭着一口气在强撑罢了。如果不是楚然马上要高考，也许雅妍就倒下了。所有人都安慰楚然来年再战，不过这些理解安慰的话并没有走进楚然的心里。她只是想赶紧考完，在家睡个几天几夜。

三楼塌了一角的房已请人修好了，家具归位，三层楼打扫干净。家整洁如昔，更因父亲不在而加倍安宁。考完后，楚然大睡了几天。但她睡不踏实，每晚做噩梦，总是梦见父亲回来了，暴打母亲，而她抄起擀面杖，击打在父亲的头上。每次棍子挥出去后，她都会从梦里惊醒，大汗淋漓，心悸口干。荣华五月的工资以及本季度的销售提成两万多，公司都拿给了雅妍。楚然要求母亲把旧防盗门换掉，换成厚实的新型防盗铁门，自己睡的那间卧室换成一样的门，每晚睡觉都要上锁。

一个月过去了，荣华始终杳无音信。镇派出所上报到县公安局，局里发了个失踪人口公告，取了荣华的 DNA，将 DNA 数据及相关资料录入全国失踪人口信息系统。在新的线索出来之前，大家也只能先等着。

　　八月的一个晚上，楚然又一次从噩梦里惊醒，焦渴难耐。她打开门，走到楼下去喝水。走到楼梯处，发现客厅亮着台灯，吴芳正坐在沙发上发呆。楚然走到她身边坐下，拿起茶几上装凉白开的玻璃大杯，倒了一杯，咕咚咕咚喝完，长出了口气，问吴芳为什么不睡。

　　吴芳转过头，看着楚然，轻声问："楚然，你爸到底在哪儿呢？"

　　楚然道："我也想知道呢。"

　　吴芳目不转睛地盯着楚然，盯得她心头发毛。她误会奶奶太多年了，奶奶的老辣此刻才显露真容。失去孩子的母亲，往往有这样凶狠的表情。但楚然也是她的孩子，所以这凶狠里又夹杂着沉重的悲哀。很明显，奶奶不知道该怎么恰到好处地拿捏这两种情绪了。

　　良久吴芳才转过头去，缓缓道："我刚才做了个梦，梦里他说他特别冷。他一直喊，'妈，给我拿件厚衣服，我冷'。"两行热泪从她布满皱纹的脸上滚落。

　　楚然的眼圈也红了："那他是不是死了，给你托梦呢？他是不是真的掉河里淹死了？不然为什么一直说冷呢？"

　　吴芳叹了口气，握住楚然的双手，摩挲着："这十几年，我其实有时也盼着他死来着。但是楚然，他是我的儿子啊。如果他有罪，该死的也是我这个当妈的。是我没有把他教育好，他不该死啊。"

　　她呜咽着："他从小我也没有保护好他，他被你爷爷打得很惨。我的儿子也命苦啊！"

　　楚然抱着奶奶，轻拍着她的背，却听怀里传来宛如惊雷一般的话："楚然，我知道是你们母女俩把他杀了。我就想知道埋在哪儿，你告诉我，我去看一看他就好，绝对不告诉警察。"

楚然大吃一惊，推开吴芳，口气紧张："奶奶，你话不能瞎说。"

吴芳道："这半夜也没有人，咱祖孙俩正好说说心里话。说吧。"

楚然道："我们没有杀他，他自己跑掉了，反倒是他差点把我妈杀了呢。"

吴芳嘿嘿冷笑："就是因为他差点把你妈杀了，所以你杀了他。你一直想干掉他，我心里非常清楚。"

楚然情急道："他是我爸，我怎么能干那种事呢？再说我们根本打不过他。"

吴芳道："厨房的擀面杖怎么突然没了呢？"

楚然一怔，立刻道："因为那些天一直下雨，太潮了。有天我妈收拾厨房，看到它长霉点了，想着一根擀面杖也值不了几个钱，就把它扔了。这难道也能说明我们杀人吗？"

吴芳道："'一个人打了另一个人，不可能白打的，会有报应的。'这话你说了很多年，我相信我儿子就是你们杀的。我只想知道他埋在哪儿。"

楚然哭了："奶奶，因为我爸失踪，你太着急，居然往我和我妈身上泼脏水。你现在就去报案，把我和我妈抓起来吧。"

吴芳摇摇头："我死都不会告诉别人这句话，但是你记住，你是我的心肝宝贝，你爸也是我的心肝宝贝。这件事不可能就这样过去了，那毕竟是一条人命啊。"

两人流泪相对，吴芳眼神带着乞求，楚然眼神带着倔强。两种情绪在两人的眼神中交换着，但愤怒和悲伤是共有的底色。又因两人深深知道彼此为何愤怒，为何悲伤，而再度引发各自的一行行热泪。

对峙许久，吴芳知道不可能听到想要的答案，终于叹了口气，起身，道："你去睡觉吧，我也要去睡了。希望还能在梦里看到你爸，从今往后，我也只能在梦里见到他了。"她抿抿嘴，眼泪又流了下来，一边哭，一边走上楼梯，步履沉重迟缓。

楚然一身冷汗，因怕被人发现用擀面杖打过父亲，她在那之后把它扔在灾后的垃圾堆里，看着它和杂物乱枝淤泥一起被清理到垃圾车里。除了奶奶，谁会去留意这么小的细节呢？可是如果奶奶非要咬定就是她们母女杀了荣华，她们该怎么办呢？

胡家终于回来人了，开始盖房，说是偶尔会回来小住一番，但盖得很潦草，一个半月就完工了。只起了一排四间大平房，院子用砖铺平，用水泥抹了一遍，四周用篱笆扎起来，看着竟比院墙要显得更有情趣。大家都说是因为胡家要躲过"宅基地两年内没盖房要收回"这条政策，把地留住。尽管胡家在市里的生意做得挺大，房都买好几套了，但也舍不下这镇上的宅基地。风水轮流转，世事难料，谁说得准哪天这小小一块地成了宝贝呢？胡家毕竟是生意人，懂得给自己多留退路。

胡家的四间雪白大房子盖了起来，簇新的水泥院子平整又开阔，竹篱笆与张家小楼的墙只隔了一人能过的通道。这让小楼周身的气韵为之一变，荒僻自有胡家去阻隔，它是结庐在人境。过了一阵子，废弃的粮站小院被改成了老年活动中心，通往河边的小路铺上了水泥，又竖起了路灯。天网工程终于铺到镇子里了，路灯杆上装了监控摄像头。现在这一带一下子变得很热闹，老人们带着孩子在老年活动中心扎堆。聊天的聊天，下棋的下棋，一到黄昏他们就开始在小院里跳广场舞。又因为有了摄像头，很安全，一直到深夜，也有镇上的居民在河边散步，吹山风，赏河景。楚然每次回家，看着这热闹模样，都有一种恍惚感。父亲消失了，她们突然又活在了人间，活成个人样了。

开学前，雅妍上县城，把留了一辈子的长发剪成齐脖短发，理发师梳着她的头发，见她发根花白，知道这一头黑发全是染的，便建议她尝试换个颜色，深栗色最好，时尚又年轻。雅妍同意了。剪完染完之后，她盯着镜子里的女人，恍若隔世。这几个月，她的人生发生了翻天覆地的变化。剪发染发就是格式化,把旧的那个雅妍抹去,迎来新生的雅妍。时间一天天推移,她一天比一天确认这个事实:丈夫就是回不来了。这不是她的新生是什么?

雅妍在县城最好的饭店请妹妹妹夫吃饭,作为对多年来骚扰他们的道歉。两口子的饭吃得五味杂陈,既高兴,又心事重重,欲言又止。陈浩然半晌还是问,荣华到底去哪儿了?口气好像雅妍天然应该知道他的下落。问完他偷瞄了诗妍一眼,而诗妍瞪了他一眼。两口子一来一回这眼神,带出耐人寻味的许多信息。

雅妍说:"我不知道,警察找过了,也没有下落,这不是连寻人公告都贴出来了吗?"

诗妍看着姐姐平静的脸,又和丈夫对视了一眼。他还要问,诗妍举起酒杯,道:"不管怎么样,你现在能过几天安生的日子,就先不要提那个烂人了。他死在外面最好,不说了。来,高兴的事,喝两杯。"

三人举杯,雅妍一口把整杯啤酒全干了。日子是要过的,哪怕像踩在刀尖上,也要过。她又对自己了解了几分,从前无数次站在窗口想往下跳又没跳,原来就是因为她有着超乎自己想象的韧劲儿。过往的岁月她顶住了地狱般的肉体之痛,未来的岁月里也必能顶住荣华消失的焚心之伤。所有人一次次来问她荣华的下落,似同情,似窥探。每问一次,她的伤就重一分。但再重也不妨碍她买了新衣服,一天天地圆润起来了。她如枯木逢春,焕发了生机,脸褪去从前的黑黄,重新变得白皙,且滋润舒展。有时盯着镜子,雅妍想:自己大概是没心吧,才能在这样的人生中活下来。她冲着镜子笑了一下,这是她仅有的恶毒了。让那些指责和怀疑来得更猛烈一些吧,就像荣华的拳脚一样,她无所谓。余生的每一天,她都是偷来的。多快活一天,她便多挣了一天。

九月,荣丽突然离婚回来了,离婚的原因是丈夫在忙乱中,由于着急上火,把她推倒在地。雅妍佩服荣丽,却也有点不以为然。

"推了一下，也不是很要紧吧？"雅妍指着自己的肋骨说，"你哥，打断过我两根肋骨，踹到我流产。"

荣丽冷笑道："所以你要我被打到那种程度才离婚？"

吴芳也是一副不赞成的口吻："房和生意都是人家的，你离婚了不就一无所有？"

荣丽是个极其勤快的女人，从小到大都是。她学习不好，长相一般，智力也中等而已，总之从头到脚都透着普通，唯一的亮点就是勤快。当年她职高毕业后四处打工，后来到市里一家小超市当收银员，认识了前夫。前夫家的牛肉面店就在同一街区，他一早去超市买东西，见新来的收银员荣丽搬货，理货，墩地，收拾柜台，非常麻利，先暗地里喝了声彩。

交钱时，前夫再度仔细打量着荣丽，眼前的这个女人个子不高，表情温顺，眼神机警地四处巡视着，看哪里还有被遗漏下的活儿没干，每一个细胞都蓄势待发，像一架完美的干活机器。她给他结完账后，手指拢起散乱的小票，扔进脚下的垃圾桶，顺手抓起抹布，把结账台上的一滴水擦干，动作一气呵成。他提着东西走了两步，一回头，发现结账台边刚才被顾客翻乱了的口香糖和电池的架子已再度变得整齐。他点了点头，这是个非常有眼力见儿的好女人，平凡无奇不重要，勤快与温顺就是她身上闪闪发光的金矿。此后他频繁往这边跑，对荣丽献殷勤，两人很快就结婚了。

荣丽嫁给前夫十二年，当初为对方有楼有铺面高兴，离婚时才恍然，这些年就是给他人做嫁衣。在夫家的牛肉面铺里，她累死累活，其实铺面是公婆的，生意是公婆的，她和丈夫就是不要钱的小工。丈夫干得兴致勃勃，是因为那是自家的产业。她跟着格外来劲，以为丈夫的就等于自己的，暗戳戳地认为公婆百年之后，自己就是当仁不让的老板娘。没承想不等熬到公婆死，自己先熬不下去了。

那天中午店里客人很多，丈夫烤着羊肉串，满头大汗，催荣丽快点把装孜然粒的大碗拿来。孜然粒没有了，荣丽拿盆到店后的小储物间去装。等拿来了之后，丈夫嫌慢，急赤白脸，骂骂咧咧，一手接过盆，一手手臂一使劲，置气一般地朝荣丽一挡。地面满是油渍和水渍，荣丽站立不稳，踉跄了几步，摔倒在地上。

满店的食客都看着，荣丽羞愧得无地自容，从地上爬起来之后跑到厕所哭了半天，在娘家那些年被父亲家暴的创伤都浮上了心头。丈夫累，她何尝不累？丈夫午休时，她还要收拾卫生，公婆连个小工都舍不得请。她还要搭上自己的妈，隔一阵子就把她从老家叫来，替自己看孩子，收拾小家的卫生。荣丽突然清醒了，也许那些计较早在她心里了，不过需要一个契机点破而已。

荣丽坚决要离婚，让夫家瞠目结舌。丈夫把这些年对荣丽的认知梳理了又梳理，始终不明白，他的判断到底哪里出错了。荣丽从小受父亲家暴，不是更该习惯暴力吗？何况他也没打她，只是推了下，害她摔一跤，这都受不了？她长得不像自尊心那么强的女人哪。他疑心荣丽出轨，外头已找好了野汉子当下家，可暗中观察了一阵，也没见到荣丽有任何外面有人的迹象，而根据他对荣丽这么多年的了解，她也不是会偷情的女人。这个事让他困惑了很久。

房子产权在公婆名下，与她半毛钱关系也没有。离婚时除了分到两万块钱外，荣丽什么也没得到。丈夫在法庭上哭穷，说要不是父母这些年帮衬，他们夫妻只能在外打零工。荣丽没办法，把女儿的抚养权给了丈夫。又因为这，她还少要了钱，抵扣一部分抚养费。

为什么不要女儿呢？荣丽一提起这个话题就心如刀绞。她没有房，根本争不到抚养权。再说，强要了抚养权，她无房无钱，怎么办？让女儿跟着自己受苦吗？现在女儿跟着爸，在市里读书，当然比跟自己强。

所有人都觉得荣丽被推了一下就要离婚，实在是小题大做。为什么不能为女儿忍一忍呢？雅妍和吴芳齐问。荣丽看着嫂子，非常轻蔑。这些年她早知道哥哥把嫂子打得像条狗，嫂子居然还这样问。荣丽不喜欢哥哥，张家的男人都心狠，打女人的男人是禽兽。她从小在家暴中长大，发誓绝不找打老婆的男人，千挑万选，选了看上去温和的丈夫，结果他终归还是动了手。有推搡，就会有耳光；有耳光，就会有拳脚。都拳脚并用了，抄家伙打的日子还远吗？难道她永远摆脱不了挨揍的命运吗？不，绝不！

她问雅妍："如果我哥第一次对你动手时，你就离婚，还会有后来十八年的苦日子吗？"雅妍默然。她不是这样的性格，便做不出来这样的事。男人推了一把，女人就要分手，要离婚，这让社会上的人来评判，谁都会说女人作，连雅妍自己都会这么认为。

再给一次机会，再给一次机会，父老乡亲们会这样劝。

打是亲，骂是爱，不打不骂不相爱，大家会这样笑着说。

而这些话，雅妍立刻就听进去了。雅妍悟到，自己永远也不可能迎来真正的新生。她知道自己错了，但她改不了。这太悲哀，可是改不了。她的头顶有一种无形的东西压着她，这东西的威力超过了她求生的本能。

荣丽看到嫂子和母亲这作难的模样，心里很别扭。尤其是母亲，她这个女儿从小被父亲打到大，母亲可曾有过作为？

她道："你们也别觉得我好像要赖在这房子里不走。我就是回来休息一段时间，过阵子我还是会去市里找点事做的。"

雅妍吃惊："我没有这个意思，这是你父母的房，本来就有你的份儿。"

吴芳道："三层楼，我正愁冷清呢。你回来正好，大家住一起，热闹。"

荣丽道："得啦，嫁出去的女儿泼出去的水，我可不想有一天张荣华回来了，骂我不知趣。"

吴芳道："你哥死了，他永远也回不来了。"她看了一眼雅妍，哭了起来。

荣丽沉默，哥哥失踪四个月了，怕是真的凶多吉少了。

荣丽没回市里，她只在镇上转悠了几天，就发现了一条生路。回来后她和母亲说，她要把胡家的房租下来卖牛肉面，兼营烤串儿凉菜。这种小生意别看不起眼，其实利润很高。最关键的是，整个镇子就没有卖这种牛肉面的，她是跟夫家学的手艺，大锅熬炖牛大骨，机压碱面浸润在香浓的骨头汤里，加一勺秘制的调料，别提多受欢迎了。烤串儿的调料也是夫家店里一绝，这她都学下来了。

"胡家这大院子一年五千，我先租它三年试试看。我这点钱在市里干啥都不够，不如回来做点自己的营生。我这些年辛苦一场，总算明白了，一个人一定要有自己的事业，不能永远给别人打工。"

荣丽把胡家院子租下来，买了两扇定制的竹门当院门，招牌"荣丽饭店"一挂，挨着篱笆摆了一圈绿植，院子里摆上木质桌椅，一到天黑，挂在篱笆墙和竹门上的彩灯高高低低，闪闪烁烁，看着是个热闹又不失情趣的露天餐厅。荣丽主营牛肉面，还有烤羊肉串、各色卤菜和简单炒菜。

一开始当然没有生意，荣丽先推着餐车到集市上卖牛肉面和小菜，餐车上挂着"荣丽饭店"的海报，打着广告。每卖一份，荣丽就告诉大家，她回来了，在张家小楼旁边开了饭馆，晚餐有烤羊肉串，有空去喝啤酒吃烤串儿，紧挨着山根儿，风景很好，清静极了。

荣丽的牛肉面和烤羊肉串的名声渐渐传了出去，一到晚餐时间，便会来一些食客。荣丽用心做，先勉强糊口，也不着急。现在无论挣多挣少，都是自己的营生，房是长租的，生意是自己的，母亲就在身边，她感到很踏实。

山根儿旁的菜园因为山体滑坡毁了，吴芳也不再另辟菜园了，每天帮着女儿准备餐车的吃食还有晚上的生意，忙得不可开交。她七十四岁了，腿脚都渐渐不好了，食客都是镇上的人，可以随便一点。她一忙完，就到院子里的木躺椅上躺着休息。虽然儿子不在了，但感情很好的女儿回到身边，也算是老怀安慰了。楚然一下课就回来帮忙，或者什么也不干，躺在躺椅上看着天边的夕阳发呆。她的复读一塌糊涂，心思完全不在读书上。雅妍一副认命的架势，也不催她。

"实在不行就和姑姑做生意吧。"荣丽有天说。

她说这话的时候，楚然正坐在木躺椅上轻晃着，左手羊肉串，右手啤酒瓶，左右开弓，吃喝得很欢，看上去一点也不像为自己前途发愁的模样。这副模样配上她那头乱七八糟的短发，完全不像个女孩，倒像个流里流气没心没肺的小青年，和荣丽记忆中那个乖巧美丽的楚然完全是两个人。雅妍和吴芳双双看着她的背影，又对视了一下，神情都非常悲哀。

过完年，新学期开始，楚然退学了。她遗传了父亲荣华的强势兼母亲雅妍的淡然，两者加起来，使她醒着的时候，看上去镇定自若。但到了晚上入睡的时候，重重防御卸下来，一些可怕的东西就如溺水的尸体一样，从她幽深的潜意识里浮出来，冲破冰面，让已困得迷迷糊糊的她心神一凛，一身冷汗地醒过来，再也睡不着。到了课堂上，置身于人群中令她感到安全、放松，不知不觉间便趴在桌上呼呼大睡，天天如此。范文良骂她，她也无动于衷。期末考她是全年级倒数，这样的复读，完全没有意义。

退学后，楚然每天在家睡大觉，睡醒了就到隔壁荣丽的饭店待着，或者帮点小忙，或者干脆躺在躺椅上，一摇一晃，看着眼前忙碌的一切。有时她会到河边去坐着，盯着哗哗的流水长久地发呆。逝者如斯夫，不舍昼夜。父亲消失已经十个月了，有什么东西永远被改变了。说不上是变好了，还是变得更糟，总之一切都回不到从前了。这犒赏来得太迟，母女俩的心境都彻底坏掉了，无心领受。楚然心里一会儿欢喜，一会儿愤怒，而终归于茫然。

奶奶有时会来找楚然，陪她一起坐着。风吹过，芦苇叶沙沙响，奶奶问起那个她反复追问的问题：你们母女俩是不是真的把你爸扔到河里边叫水怪给吃了，还是把他埋哪儿了？真想叫人来，把整条河都捞一遍，把整座山都翻个个儿啊。楚然不回答，看着她一双悲哀的老眼在河岸边四处巡视，又眺望着连绵的大山，忽而又久久凝视着水面，简直要发疯。

"奶奶，你去报警，叫周警官把我们俩抓起来枪毙吧。我反正活腻了，实话告诉你，我从小就想死，没有一天不想死。"

楚然说着，这话并不是威胁奶奶："你们为什么要生下我来呢？我并不喜欢当你们的小孩。"

下部

第十章

离开，远远地离开

四月，春暖花开。有一天雅妍回家，发现一张字条，楚然拿走了她抽屉里的两千块钱，上省城闯荡去了。

有个晚上楚然豁然开朗，省城并不是考上了大学才能去，现在就可以去呀。家乡她再也不想待了，再看到一次母亲和奶奶那两双哀伤的眼睛，她会发疯的。

主意一定，楚然收拾了简单的衣物，装进父亲留下的那个黑色大行李包。她并不避讳与父亲有关的任何元素，她为自己的心理素质之好而自豪，或者说这也是一种策略，她要用这种挑衅来克服心理障碍，那种一想到父亲就夜夜惊醒、一身大汗的障碍。她趁着母亲上班、奶奶到姑姑的店里帮忙，拿了钱，溜出门，走到镇中心，坐了小巴，到了县城。她特地去那家发廊修剪了下头发，然后坐大巴到了市里，再坐动车。一天一夜之后的清晨，楚然到了省城。

楚然走在街道上，望着这繁华的都市，极力做出见惯大世面的模样。她来到省师范大学，这是母亲的母校。从前母亲建议她考省师范大学，出来后当老师，这是一条风吹不着、雨淋不着的最稳当的路。校门上挂着的黑底金字招牌，和母亲相册里的照片一模一样。那张照片里，年轻的母亲站在招牌下浅笑，美得不可方物。母亲那个时候能想到人生道路上有个婚恋的陷阱张着大口等着她，陷阱里满是毒液和尖刀，只要掉进去就爬不出，并且要叫年幼的女儿陪葬吗？

不，上重点大学也不能避免厄运，还会由于读了太多书，被某些东西束缚住呢。楚然掉头离开。

楚然走进繁华市中心的星巴克，学着别人点了一杯现磨咖啡。鲜咖啡口感很冲，加了糖也苦，和高考复习时每晚都喝的香甜的速溶咖啡很不一样。她不动声色，慢慢地，小口小口啜着，姿态老到。落地玻璃窗影影绰绰照出她的模样——运动衫加牛仔裤，一头即使在这大城市也显得很时髦的短发，自小就养成的淡漠神情，使她看上去是个桀骜的城市女孩，打小就是在这儿生长的。

楚然环视着店里喝咖啡的人，又望着窗外的车来车往，心情并没有初到异乡的惶恐。在地狱里打过滚的人，无所畏惧。等着瞧吧，她会用偷来的人生征服这座城市的。母亲当年毕业后就回乡了，她的解释是姥姥姥爷叫她回去的，其实何尝不是她贪恋着父母和故乡的那一点温暖，害怕在江湖上闯荡的风雨？她要用血的代价才能意识到，所谓娘家的庇护是个天大的谎言，故乡并不值得留恋。去他的故乡，自由人不需要故乡。

楚然住的招待所八十块钱一天，这么下去钱很快就会花光。她在网上翻着此地的招聘启事，发现最普通的办公室行政、接线员之类的也要大专毕业。有一天她好不容易看到一家化妆品公司招销售，上面写着高中毕业就可以。她非常高兴，按地址找了过去。对方是个中年男子，说她没有经验，要先交一千块钱上岗培训费。楚然交钱前一瞬间回过味来了，这不是骗子公司是什么？她赶紧起身，没想到对方居然抢先一步过来，想去关门。楚然大惊，赶在他之前跑出门，以最快的速度跑离那栋墙体斑驳的写字楼。

跑着跑着，楚然的恐惧渐淡，愤怒涌上心头：为什么他居然可以这样？以为关上门，她就是他手中的一块肉了？她止步，回头遥遥看着那楼，握紧拳头。如果她身强力壮，力气大到可以一拳打飞那流氓该多好！

半个月过去了，两千块钱只剩两百块钱，楚然还是没有找到工作，她心里发起慌来，这时才发现自己的信心真是没来由。回到招待所之后，她看着送水铺床单的服务员，琢磨着是不是也可以去先当个服务员，解决生存危机再说，不如问问招待所老板娘招不招人吧。正想跑到前台去问问，一个男的搂着个浓妆艳抹穿短皮裙的女人擦肩而过，走进隔壁房间，一股浓浓的香水味扑鼻而来。楚然警惕起来，再怎么没出过远门，女孩对这种事也总是本能地懂得。

楚然回到房间，坐到床上发呆，突然隔壁房间传来摔打重物的声音，跟着是女人哭泣的声音，男人的咆哮声。楚然竖起耳朵。一会儿，隔壁房门打开，女人号叫哭泣的声音变大，楚然走到房门处，在门缝里看到刚才那个女人只穿着胸罩和内裤坐在地上大喊着救命。她惊得一激灵，脑子里嗡的一声，想起那年母亲也是穿成这样，被父亲拖行在走廊。男人跟了出来，估计是在殴打女人，因为女人在持续惨叫。

楚然在房间里踱着步，又惊又怕又愤怒，用手机报了警。十五分钟过去，门外已无动静，也不知那一对男女去哪儿了。又过了十五分钟，楚然的房门被敲响，警察来了，问是不是她报的警。楚然说是，警察问受害者呢，楚然指指隔壁房间。老板娘已经来了，打开房门，里面空空如也，楚然说刚才就是在走廊打的。大家看到走廊的水泥地上的确有几滴暗色的污渍，可以说是血，也可以说是别的秽物。那怎么证明刚才这里发生过暴行呢？

警察无奈地走了，老板娘把楚然的行李扔在走廊上，要她立刻滚蛋。楚然收拾了行李，灰溜溜地离开招待所。

楚然提着那个黑色行李包走在华灯初上的街道，心里盘算着这两百块钱能花多久。天气热了，睡公园也可以。买点馒头、包子，喝自来水，在找到工作之前，两百块钱还可以撑十天。在这十天里，她一定能想出办法来的。母亲和奶奶、姑姑打来无数电话，楚然都没接。再找不到工作，没钱充话费，她就将和她们彻底断联了。和她们断联倒不怕，怕的是找工作没有手机可怎么找？

楚然走累了，坐在马路牙子上休息，忽然一阵烟味传来，扭头一看，是个戴白帽穿厨师衣的中年男子站在她身边抽烟。他的衣服上油渍斑斑，不过这油烟味倒不叫楚然讨厌，反而有点亲切，姑姑的小饭馆里也有混合着牛肉面、烤肉串的味道。

楚然往他身后一看，原来是家拉面馆儿，这厨师是出来透口气的。他见她向面馆里张望，问道："吃面吗小伙子？"

楚然戴个棒球帽，打扮又一丝女性气息也没有，所以这男人以为她是个长相清秀的男孩子。楚然看到玻璃窗上贴着招服务员的红底黑字手写启事，心中一动，问他："师傅，服务员管吃住吗？"

厨师上下打量了她一番，认出她是个女孩，道："管。"

楚然在这个姓董的拉面师傅的引荐下，见了拉面馆的老板娘。老板娘一看她那副模样，心中明白了几分。这就是个离家出走的学生，真正农村出来打工的女孩，没有她这样秀气白净的书卷气。她不可能是个好的服务员，但老板娘还是留下了她。她这类小门脸儿的面馆向来留不住服务员，是那些来城市闯荡的女孩的首选和末选。首选是她们初来乍到，要找个地方立足；末选则是她们已被这城市打败，走投无路。不管首选还是末选，只要能选她，她就有源源不断的廉价劳动力。否则，她开出的工钱仅有正经饭店的一半，谁来呢？

楚然得到了工作，还有一碗香喷喷的面条。面条上面铺了两片牛肉，撒着绿绿的葱花。她的运气真好，一天馒头都不用吃，正经饭食就续上了。

面馆包吃住，住处是平房，就在街道后面的小巷子里，拉面的董师傅住在隔壁。虽然平房又小又潮，里面还堆满了调料和面粉，但有免费住处，已是万幸。店里还有两个杂工，连小平房都没得住，晚上把店里的桌子拼在一起就是床。

面馆小到没有工服，就这样不正规的小店，只因临街，味道又不错，生意好得很。楚然每天忙得脚不沾地，腰酸背痛。店里就董师傅、两个杂工和她，一共四个员工。他们后厨三个，因为烤羊肉串，身上一股浓浓的油烟味。长期接触这么浓烈的油烟，对身体伤害严重。但三十五岁的董师傅、两个二十五岁的杂工小陈小马，又有什么选择？董师傅还没结婚，可能永远结不了了。他说攒不够彩礼，因为他的老娘有慢性病，还有两个光棍弟弟，他需要准备比别人多好几倍的彩礼才能有女人要他。而两个杂工很虔诚又绝望地挣着微薄的两千来块钱月薪糊口，幻想着哪天发生奇迹，可以翻身。每次看到他们三个，楚然就像看到他们身后一整个贫穷闭塞的村庄。

工休吃饭时，楚然总是因为特别累吃不下。董师傅会把面里的肉片挑给她，温厚地说："吃吧，吃饱了不想家。"

董师傅有张长长的脸，楚然觉得他像只骆驼，身材高大，眼睛又大又和善，眼神有点迟钝，不过拉面时动作倒挺敏捷。她看着他龟裂粗糙的手背，一阵凄凉。就在去年，她还是有着大好前程的高三学生，那个雨夜，把她的命运彻底改变了。她的眼泪一滴一滴砸进面碗里，三个男人看着，互视了一眼，也替她感到心酸。她那双细嫩白皙的手，该是握笔或者敲键盘的，现在却天天端着面碗，拿着块抹布不停地擦啊擦。她这张洋娃娃一样漂亮的面庞，本该常挂笑容，爹疼妈爱才是。谁家有这么可爱的小姑娘，会舍得叫她出来吃这种苦呢？她背后必有大到无法承受的疼痛，才让她有这样奇异的男孩发型和潦倒的命运。

小陈小马开始追求楚然，展开微妙的竞争。下午两点到四点是休息时间，两人会给她买零食。你买糖炒栗子，我就买瓶可乐。这大街小巷无数最低等的小饭馆里，都流落着楚然这样不幸的女孩。她们不幸，他们才有机会。因为缺爱，只要给一些温暖的话语，一点适时的关心，再加点廉价的吃食——甚至什么都不必买，倒杯热水，她们就泪流满面，心软成一摊泥——然后就可以领着她们回家了。村里的男人，许多就是在打工的时候谈的恋爱，领着女孩回家时，她们的肚子已经大起来了。成为母亲，她们就永远跑不掉了，结婚证补办就可以，孩子真是世界上最厉害的脚镣。

　　楚然一开始没意识到他们的追求，察觉后觉得好笑，继而感到耻辱。这两个男人初中没读完就出来打工了，她再怎么卑微，也不会和半文盲谈恋爱。但最大的情绪还是烦恼，她已经把头发剪得这么短，黑T恤衫黑色运动裤下瘦瘦的身体看不出明显的起伏，身上一点配饰也没有，连口红也没一支，怎么还是免不了这些俗套呢？看来还是女性元素删除得不够干净，该学着男孩子的模样，时不时五指插进短发里捋一把，走路时步子再大一点，吃面条时发出呼噜呼噜的声音，说话时再粗鲁一点，他们就会死心。

　　她开始拒绝他们的零食，吃饭时也不和他们一桌，而是捧了铁盆坐到另一桌。两个杂工试图跟过去，不过董师傅眼睛一瞪他们，他们就收敛了。董师傅是这小面馆的灵魂，老板娘都要敬他三分。

　　有天吃完饭，楚然端着铁盆到后厨，正巧小陈在收拾灶台，见她来了，嬉皮笑脸靠过去，伸手去接她的盆，口中说着"我来"，手叠到了她的手背上，带来一阵温热。她感到一阵生理性厌恶，拉开距离，躲开他，没好气地把盆咣当一声扔到水池里。小陈笑容消失了，有点讪讪的。再愚钝，他也能感到楚然这阵子对他的轻蔑了。

　　楚然和他擦肩而过时，听到他骂了声"装什么啊"。

　　楚然回头："你骂谁呢？"

"谁吃了我的糖炒栗子，我就骂谁。"

"你有病吧，你买来放在桌子上，说请我吃，我不能吃？"

"你对我没意思，为什么要吃我的糖炒栗子？"

"董师傅和小马都吃了，连老板娘都吃了，难道他们都对你有意思？"

"谁也没你吃得多。"

楚然血往头上涌："那袋糖炒栗子多少钱，我赔给你。"

小陈说："十元。"

楚然正要掏钱，董师傅走进来，瞪着小陈骂："臭小子，为一袋糖炒栗子在这儿和一个小姑娘叽叽歪歪，你丢不丢脸？"他扬手作势欲打，小陈缩了缩脖子，嘀咕着走开。

楚然心头一阵温暖，继而一阵委屈。她已经很少感到委屈了，委屈这种情绪要有人呵护才能滋生出来，而她很少被呵护。她从炼狱中一路走来，最受不了的就是别人对她好。董师傅让她想起了范老师，他们身上宽厚的父性是她在父亲身上从来不曾感受到的。她高考一败涂地，复读又退学，最失望的就是范老师。范老师一直告诉她，读书才是拯救她的唯一出路，但她彻彻底底搞砸了。

至于奶奶，她的呵护不算。奶奶首先是个弱者，又是半个加害者，后来又多了个窥探者的身份，她的呵护只会让楚然加倍难熬。

小陈过两天辞职了，新人一时没招上来。杂工和服务员是永远在招人，永远招不到人的两种岗位。楚然不得不同时帮着后厨做一些打杂的活儿，她更忙碌了。有时忙到吃不上饭，董师傅会在某个时刻向她努努嘴，她顺着他示意的方向看去，就会看到灶台的角落里有半碗冒着热气的牛肉片，全是筋肉相间的最好的金钱腱，切得薄薄的，浸在萝卜牛肉汤里。董师傅骆驼一样疲惫温顺的面容露出"自己人"的憨笑，她会意，赶紧走过去端起来大口大口吃掉，心下感激。那一刻她柔软下来的面容看在董师傅眼里，非常女性化。

董师傅觉得好笑，也替她心酸，要怎么样的遭遇，才会让这娇小的女孩变成了个不伦不类的小爷们儿呢？她知道自己再怎么极力模仿，那张面孔仍然带着少女的柔美吗？他心中漾起了柔情。

晚上十点，面馆打烊。收拾完已经快十一点了，店里只剩董师傅一个人。他提出喝剩的半瓶二锅头，给自己洗了根黄瓜，坐到店里挨窗的桌子边，一口黄瓜蘸酱一口酒，每喝一口就发出一声叹息。就是因为有这样的时刻，他才能熬过每天十三个小时的沉重劳役，一天之中他唯一的盼头就是这个，但现在好像又多了一点甜美的盼头。

往日董师傅都是喝两小杯解解乏就不喝了，今晚不知为何，一杯接一杯，喝得停不下来。每一杯下肚，心中那个念头都强烈一分。把半瓶酒都喝完了之后，他脚步不稳地起身，关了店门，走到小巷子里。

两间小平房紧挨着，楚然的屋亮着灯，他那间黑漆漆的。当然是去她屋。他拧着那扇发黑陈旧的铝合金门的松垮球形把手，发现门反锁着。他边敲门，边唤着楚然的名字。楚然正准备睡觉，拉开门，见是他，微有惊讶。董师傅自顾自进了屋，歪倒在她的小床上，只觉得头发沉，但身体轻飘飘的，心里有种什么东西在一拱一拱地破土欲出。

楚然见这张醉后肿胀起来的脸已没了平时的温厚，闪烁不定的眼神自劳作了一天后厚厚的油腻中乜斜而来，任她再怎么不谙男女之事，也能明白那眼神里包含的信息。她心中咯噔一下，警铃大响，恍然明白自己犯了天大的错误。她怎么能把董师傅和范老师相提并论呢？那些牛肉片和小陈他们的糖炒栗子、可乐没有任何区别，都是钓鱼的鱼饵。

她心怦怦跳了起来，强装镇定，打开门道："董师傅，挺晚的了，你该回去了。"

董师傅蒙眬的醉眼再一次环视着小屋，楚然陆陆续续买了些小东西，遮蔽这十平方米的潮湿阴冷。她买了几块苇席，挂在墙上，挡住那些脱落的墙皮和霉斑丛生的斑驳；一道仿竹片的二手塑料屏风把那些胡椒花椒茴香大料和面粉隔绝在一角；小床的床单和被罩是淡粉色的，上面印着颗颗小草莓；一盏月球造型的台灯正散发着朦胧的光，把这小平房烘托得分外温馨。

这样肮脏狭窄潮湿的小平房，就因为住进了一个小姑娘，立刻成了温暖明亮的天堂。女人就是有双化腐朽为神奇的巧手，要不家家户户得有个老婆呢。有老婆，肮脏的地方立刻变得洁净，黑暗之处马上有了光明。董师傅起身，摇摇晃晃走来，一把将门关上，突然将她揽进怀里。

楚然大惊，尖叫着，拼命挣扎，但是怎么挣扎得过？董师傅把她紧紧钳在怀里，头低下，埋在她的颈窝里。女孩身上的味道和男人的就是不同，清新中带点甜甜的温润。多么货真价实的一个女孩啊，她再怎么故意抹去自己的曲线，他也能感受到那柔软和起伏。和一米八五的他相比，她太娇小了，他一只手掌压在她细细的腰肢上，另一只手按着她短短的头发，使劲把她往自己怀里搂，像要一口吞掉一枚最香甜可口的果子般，吞了她。

楚然大叫着："董师傅，不要……快来人……救命啊！"但是怎么可能会有人来救她？董师傅轻而易举把她抱到床上，整个人压了上去，一只手已探入她的衣服中。楚然被压得喘不过气来，肋骨生疼，举手拼命推他的脸，手指头正巧插中他的左眼球。董师傅吃痛，本能一仰，从她身上跌落，倒在地上，正摔堵在门口。

这一倒，他浑身无力，酒意阵阵袭来。他感到非常后悔，为什么要喝这么多酒呢？他坐起身，看着惊恐万状畏缩在墙角流泪的楚然，咧嘴一笑，使劲搓着脸，企图让自己清醒一点。这半斤白酒让他醉得脸都有点麻了，他的左眼球因为被楚然戳中，流着泪，又酸又胀又畏光，不太敢睁开。

董师傅摇晃着起身，躲在墙角的楚然号叫着："你别过来！"

董师傅却仰面倒在楚然的小床上，口中嘟囔着："你别怕……不要怕……"

他带着浓浓的遗憾，昏昏沉沉地睡着了。酒精使劳作的疲惫成倍发酵，他累到连最想干的事也有心无力。明天，明天一定会把这件事干完，有的是机会……

楚然趁机顺着墙角溜出来，一把拉开门，飞快地蹿出去。已是深夜，街上没有几个行人了。楚然没命地往前跑，风呼呼地从面上掠过，刮走她纷飞的泪。跑了一会儿后她想起董师傅那模样，该是醉得根本不会追上来了，又想着自己的东西还在屋里，渐渐放慢了脚步。刚刚发了一个月工资，一千五百块钱，她存在了银行卡里，卡和身份证放在钱包里。钱包此刻在她运动裤的裤兜里，但手机还放在床头。难道手机不要了吗？她可没有多余的钱再买手机，目前卡里这一千五百块钱是她全部的积蓄了。再说了，行李包和一些零碎物品还在屋里呢。

楚然站定，万分纠结间，鼻子闻到肩上轻微的酒臭。那是董师傅蹭在她身上的，说不好仅仅是气息，还是留下的口水。她喉头翻滚，一阵作呕，又想起那沉重的压迫感。那样高大的一个躯体，压在她身上，就这样公然地，试图入侵她的身体。他就是可以这样，公然地，践踏她，仅仅因为他比她高，比她重，比她壮。

这个世界就是奉行这样的规则，身强力壮的人，可以肆无忌惮地践踏比自己体能差的人。这真的没道理，为什么世界竟奉行这样的道理？顿时，所有屈辱都涌上心头，化为熊熊怒火。楚然转身，刚才有多么快地逃离小屋，现在她就用加倍的速度跑回去。

门没关，董师傅已在床上睡着，微张着嘴，打着鼾，嘴角淌着一丝闪亮的涎水。长着一张骆驼脸的董师傅，如果没有憨厚加持，那真是丑陋得惊人。楚然蹑手蹑脚拿起手机装进兜里，把零碎物品收进行李包，把行李包提到门口。一切逃跑的准备就绪后，她看着屋里仅有的那把折叠椅。它圆圆的淡褐色椅面是硬硬的三合板，两条交叉的腿是铁管，把两条腿一合拢，就是一只大号球拍，相当称手的武器。

如果这人间奉行丛林法则，那么打盹的猛兽也该被别的小兽突袭咬死而毫无怨言！

楚然收拢两条椅腿，高高举起它，猛砸在董师傅两条腿的膝盖上。董师傅睡梦中突遭此袭击，痛得大叫一声。刚睁开眼，楚然举着椅子再次重重砸在同样的部位。董师傅从床上翻滚下来，伸手去抓楚然，但楚然轻巧地避开。董师傅一抬头，看到她狰狞扭曲的面孔和白多黑少的眼球。她是个女人没错，但是个杀伤力极强的女人。杀伤力不分男女，因为砸在身上的重物没有性别，死亡没有性别。把这样的女孩拐回村，只要给她逮着机会，她会屠村的。

董师傅刚来得及想到这里，圆圆的三合板椅面再次呼啸着袭来，狠狠地击打在他的头上，像一只网球拍准确击中网球。董师傅倒地，疼得眼前发黑，满地打着滚，号叫着。但他站不起来，膝盖有可能已经被打碎了。

楚然提起行李包，手中仍牢牢抓着椅子，眼神带着严厉的警告，倒退着走出门。董师傅挣扎着爬出门，只见那戴着棒球帽穿着黑T恤衫的瘦小背影消失在胡同的黑暗处。那一夜，他在街边阴错阳差引她来当服务员，竟只为今日一劫？

董师傅嘴角被打出血，脑袋痛得嗡嗡作响，双腿无力站立，趴在门口，但怀中仍留着楚然带弹性的温软起伏，脑中仍记得她端起他偷留的那碗肉时那感激又酸楚的笑容。他心中混乱至极，此生关于女人的认知全部坍塌。

第十一章

搏击馆里的保洁员

一对男女在这偏僻小街上走着，男的三十岁左右，女的年轻一些。光从走路就能看出来，这一男一女，男性占主导地位。男人在前走着，昂首阔步；女孩错后半步，从步伐到身姿都带着一点谦卑和委屈。两人说着什么，男人一脸怒气，突然站定，一回头，啪的一下扇了女孩一耳光。女孩捂着脸，还没回过神来，男人又抬起腿，狠狠踢在她小腿上。她跟跄几步，哭了起来。

路过几个人，都往这边看。男人毫不在乎，口中怒骂着脏话，而且越骂越生气，最后又追了上去，猛扇女孩的脸。

一个路过的老太太停下脚步："哎，怎么打人呢？"

男人回头暴躁大骂："你管得着吗？这是我未婚妻。"

老太太畏缩了下，走开了。

男人继续打骂着女孩，女孩哭喊着，却没有一句话是喊救命的，而是"我和他没关系，天哪，冤枉啊"之类的辩解的话。一个男孩路过，犹豫着要不要阻止，最后还是上前喊道："哥们儿，不能打人。"

男人回答："清官难断家务事，没你事儿，滚开。"

男孩坚持："快停下，不然我报警了。"

男人冷笑道："你报警吧，正好我也让警察评评理，这女人花了我十几万，还背着我出轨，到底是谁不占理儿？"

"拜金女"和"荡妇"真是大杀器，一竿子戳到了群众的肺管子上。围观的几个人本来挺同情女孩的，这时一听，明显同情之色减退。

女孩见众人神情，哭叫着："我没出轨，也没花你的钱，你别往人身上泼脏水。"

男人一回身，一扬手又扇了她一耳光。男孩上前，想要阻止他，男人一转身，举起拳头直奔他而来。见男人这副凶神恶煞的模样，男孩往后退了几步，有点害怕了。他一边快步离开，一边叫着："我报警抓你！"

男人高喊着："你快点报警，我怕你不成？"

说着，又是一巴掌扇在女孩头上。她噢地叫了一声，捂着头。男人还要打，旁边冲过来一个女子，一把抓住他的手："不许打人！"

男人挣了挣，发现根本挣不脱。这女子三十岁左右，一米六出头，体格结实，眼神机警锐利，浓密的落肩发编成紧实的短辫，整个人透着利落。男人用力一甩，却仍甩不开她。他急了，用另一只手握成拳头去打她。女子一闪躲开，同时抓住他的手用力一推。男人连连往后退着，摔倒在地。他恼羞成怒，站起身来扑向女子。女子躲闪着，口中喊着："你快住手，否则我要动手了。"

男人根本不理。他这个人横惯了，还从未有过被一个女人当街推倒的经历，真乃生平奇耻大辱。他挥拳踢腿，恨不得一下子把女人打倒，但女人灵巧地躲闪着，他愣是沾不到女人一片衣角。

男人急了，转而冲向女孩，要把满腔怒火发泄到她头上。她才是罪魁祸首，让他这么丢人。女人见他拳头又打向女孩，一个箭步冲上去，在他拳头砸向女孩的时刻，伸出手臂勒住他的脖子，往后轻巧一带，将他带倒在地。女孩哭叫着，连连退后。此时一辆110警车开过来停下，两个警察走下车，女子的手臂仍牢牢钳着男子的脖子，两人在地上翻滚着。

警察喝令他们停下，两人起身。男子已被勒得气短，脸涨得通红，喘着粗气。女子拍拍身上的土，气定神闲。警察说接到报案了，问为什么打架。男子抢着告状，说这个女子无故冲上来打他。女子说是因为看到男子在打女人，她是见义勇为。

警察问女孩到底怎么回事，女孩擦了擦泪道："算了，就这样吧。"

警察一怔，问道："什么算了？你男朋友打你没有？"

女孩不说话。警察再问，女孩情绪低落，道："这是我们俩的私事，我不想再追究了。"

警察瞪目道："可是你们报警了呀。"

女孩冷淡："我没有报警，你可以查查是不是我的手机打的报警电话，我也没叫别人帮我报警。请问可以结束了吗？我们可以走了吗？"

大家面面相觑，女孩见状，低着头自顾自离开了。男子看了警察及众人一眼，喊着"等等我"，快走几步，跟上女孩脚步，两人背影看着居然很和谐。警察看向女子，女子一脸苦笑，道："这可真是好心当成驴肝肺，我是真的见义勇为。"

警察还要说话，这时围观人群中一位提着大布包的女孩说："警察同志，我刚才用手机录像了。"

她说着，拿出手机给警察看视频，警察看完方才整个事情的经过，揉揉脸，对女子道："感谢你，的确是见义勇为。不过下次有这种事，尽量还是报警，等着我们来处理。"

警车开走，围观人群散去。女子对女孩道谢，女孩反而感谢她，说早就留意到那个男人打女人了，看得自己非常揪心，但是自己个矮体弱，也实在帮不上忙。女孩又好奇地问女子是不是练过打架，一看就是个练家子。女子笑道："我叫林远，在前面的万嘉商场六楼经营综合格斗馆，之前是省女子散打队的运动员。"

女孩惊讶，微张着嘴，看着林远。眼前的林远因刚才的搏斗额头微微冒汗，鬓角和脖颈处散着几缕发丝，被汗浸湿，微黑的肤色此刻微红，整个人透着勃勃生机。一般的女性身上很少有这种气质，那是一个人因为知道自己掌握了力量而无所畏惧的强悍感、舒展感。

女孩敬畏道："怪不得那个男的根本打不着你。"

林远道："我们专业搏击运动员轻易不会出手打普通人，所以尽量以躲闪为主。不过说实话，刚才是真的想狠狠揍他一顿来着。"

两人笑了。女孩又道："可是那女的也真叫人失望，警察都来了，她怕什么？为什么要放过家暴狂，还差点要害了帮她的人？我可算明白了一个道理，越懦弱就越会挨揍。贱得慌。"

林远道："其实我都习惯了，而且我理解她。"

女孩听这话有深意，不由得一怔。

林远道："一般人见被家暴的妇女不敢维权，或者即使有人帮她维权她也会放弃，都会觉得很生气。其实所有的反常现象背后都有不为人知的原因。比如这个女孩，她可能多次被打，已经有了斯德哥尔摩综合征，难以自救；或者离开男人之后，她没有经济来源，没有住处；甚至有可能这男人威胁过她，如果报警或离开他，他会杀了她全家，而这样的新闻并不少见。这里面的种种原因，我们外人不清楚，就贸然给受害者扣个'贱'的帽子，会对她造成二次伤害。所谓'恨铁不成钢'的情绪，实在廉价。"

林远说着，走着，一抬头却发现女孩落在身后。她回头，见女孩是一脸晴天霹雳、如梦初醒的神情，不由得觉得奇怪。女孩快步跟上她，道："从来没有人和我说过这样的话。"

林远道："一般人没有被家暴的遭遇，也不会专门接触这个群体，所以对这里面的种种情况不了解。我是因为在市妇女儿童救助中心当志愿者，见过许多这样的案例，才慢慢知道这里面的道理的。很多人都说家暴只有零次和无数次的区别，但多少人在工作中被领导压榨得生不如死，都不敢拍案而起、离开、抗争，你却要求被家暴女一下子就离开丈夫？一份工作都没那么容易能离开，一份感情更不能了。"

女孩默然。

林远道："当然，我不是说不应该反抗，我是说我理解当事人的无奈。"

女孩越发崇拜起林远来了："林远姐，我叫张楚然，可以和你学搏击吗？"

林远一怔，看着楚然，眼前的她看着很小，最多十八岁，身高最多一米五八，体重最多八十五斤，一身一看就很廉价土气的杂牌黑色涤纶运动服，脚上一双黑旅游鞋，但头发却是叛逆的超短发。她手里提着的大帆布包上面写着"佳净保洁公司"六个大字，估计是个保洁员，却要来学对于女性来说比较前卫的自由搏击，总之这女孩浑身上下充满奇妙的反差。

见林远上上下下地打量着自己，楚然有点紧张："我，我是个小时工。如果我给你们免费做保洁，可不可以上你们的拳击课？"

林远道："我们的大班课一节课才一百块钱，也不算太贵，而且我们有固定合作的保洁员了。"

那晚楚然逃离拉面馆后，兜兜转转，最后好不容易在保洁公司找了份当小时工的工作。她刚刚上班不久，单子不多，刨去公司提走的佣金，一月挣不到两千块钱，仅够她租住城中村，勉强糊口。而一节大班课一百块，一周仅上一节，一月也要拿出四百块钱，这消费对她来说有些奢侈。楚然失望道："那就算了，不好意思，打扰了。"

林远心里嘀咕了下，还是递给她一张拳馆的名片："不管怎么说，今天很高兴认识你，有空来拳馆看看。"

楚然接过名片，那上面写着"尚武综合格斗馆——馆长林远"。

第二天，楚然做完保洁，来到万嘉商场六楼。六楼有电影院、街舞馆、音乐培训机构、英语培训机构、KTV、游戏厅、儿童游乐场和滑雪馆。喧闹声持续轰炸，然而楚然的耳朵从庞杂的声音中直接捕捉到走廊角落里拳馆发出的击打拳靶的声音。她走到拳馆的玻璃门前，往里一看，里面是一番热火朝天的景象：林远一袭红色格斗服，正在热身。她飞着腿啪啪扫着沙袋，每踢一腿，垂吊着的红色梨形大沙袋都猛烈飞摆着，一望而知她的腿力道极大。一旁高高的擂台上，一个男教练正在给一个女学员上一对一私教课。那女孩和楚然差不多，也是瘦瘦的身量，每出一拳，每踢一脚，身手都极为矫健灵活。教练手中的靶子被击打出很响的声音，而他时不时的喝彩声"好拳""好腿"都让对方加倍振奋，从而出拳扫腿更加虎虎生威。另一旁的区域在上大班课，几个女学员正在练习各种基本的拳击动作，一个年轻的女教练时不时指点着，纠正动作。

楚然目不转睛地看着，血一阵阵往头上涌，心中一下子敞亮起来了，暗暗想着如果是自己出那一拳，踢那一腿，会不会是爽爆了的感觉？她攥紧拳头，只觉得手心汗津津的。这一瞬间，父亲、阿超、小媛、董师傅都在她拳中被捏成齑粉。她此前空有一腔愤怒，如果还能懂得搏击术，则这愤怒将迸发出数倍的力量。

林远一抬头，见楚然站在门口看得认真，赶紧让她进馆来看。学要钱，看总归可以免费。楚然有点不好意思，走进去，坐在一旁的小椅子上，看得津津有味，直到该去下一个客户家里做保洁了，才恋恋不舍地离开。

这以后，她有空就跑来搏击馆旁观。林远见她如此上心，越发心里犯嘀咕。

这天，尚武搏击馆出了点小状况。一个 IT 男来试课，教练陈陈按规定，先带着他热身。这个三十岁的男学员看着人高马大，运动能力却很差，头颈运动时只听骨头嘎巴嘎巴响，拉伸时腿僵硬弯曲如螃蟹腿，直喊疼。出事是因为跳绳，刚跳二十秒，他就喘得如同哮喘发作，满脸不服输地恼怒，誓要再跳一个，却又停下来说自己不行了，要歇一会儿。林远在一旁盯着别的学员上课，眼看这IT男脸色煞白，突然一弯腰吐了，顿时整个馆里弥漫着食物经胃液发酵后的酸臭味儿。学员们脸上一副厌恶之情，避之不及。

幸好楚然在，走过来不声不响戴上干活时的橡胶手套，迅速地把秽物打扫完，又喷了点空气清新剂，把所有的窗开到最大，气味渐散。IT男面有愧色，林远说你的体能太差了，如果想来上课，必须先把最基础的体能提升上去才行。他怏怏离去，林远心有余悸。搏击是一项体能消耗极大的运动，总有学员在试课的时候被来了个下马威。幸亏这人无大碍，否则在馆内突然心脏病发作或者有个其他的好歹，她的麻烦就大了。

林远想着，一抬头见楚然手中握着空气清新剂，仍恋恋不舍地看着场内正在上课的学员，不由得再次纳罕起来。学员中有不少女白领，一开始林远以为楚然想学搏击纯属好奇，也许这颠覆了这个底层女性的认知，毕竟在一般人的概念里，学搏击术的很少有女性。但现在，看着她的眼睛，林远知道自己误判了。楚然的眼神中有着炙热的激情，光是猎奇，怎么会这么持久地来拳馆围观？

楚然这个岁数应该还在上大学，没上大学并且在当小时工的女孩，通常家境贫寒，或者有着悲惨的身世。林远心软了，管她为什么要来上搏击课呢，会来上搏击课的女性，核心诉求其实只有一个，那就是强身健体。这样瘦弱的女孩子，是该增强对抗力。她立刻又想起那天楚然拍下家暴视频并勇于给自己做证的事情，心里又暖了一下。

"楚然，你以后来上课吧，不要你钱，也不要你当保洁。大班课随你上，我把大班课的时间表发你。"

楚然惊喜得空气清新剂差点从手中脱落，林远看着她笑了。

楚然如踩在云端一样不踏实地回到城中村十平方米的小单间里，看着林远发来的大班课课表，琢磨着该怎么样平衡好求温饱与上搏击课的比例。

省城生活看似高不可攀，其实只要对日子没有太高的要求，活下去并不难。大把城中村的自建小房可以租。每月五百块钱，你就在这城市拥有了十平方米的自由空间。虽然走廊的上方拉着乱七八糟蛛网一样的电线；房间是用石膏板隔出来的，隔音效果很差；面积小到只能放下一张单人床，一个塑料布折叠衣柜，一张折叠圆凳，一张小桌子……但台灯亮起来时，也能有点家的温馨，她自己一个人的家。

前房客留下的折叠圆凳，和打在董师傅长脸上的那张一模一样。楚然看着它，有时愤怒，有时惊慌。她暴怒之下的攻击性有多致命，已经试过了。不过她跑掉之后，并没有警察来追捕，老板娘的手机被她拉黑了，也打不进来，这事就这样雁过无痕了。

老板娘会怎么理解她消失这件事呢？也许这样的小馆子，哪个服务员不告而别都是常事。这小馆里多的是一次性的东西：一次性软塑料杯，一次性泡沫餐盘，一次性塑料勺，连服务员都可以是一次性的。楚然消失了，就像掉了双一次性筷子一样，不重要。没有电话打进来，证明董师傅无大碍，或者有但他做贼心虚，不敢声张。楚然的惊慌渐渐淡去，又悟到一个道理：她活在世上的短暂的岁月里，愤怒往往可以终结漫长的惊慌，使日子好过起来。愤怒引领她上升，于是她越来越少惊慌。

离家出走已经快半年了，再过几个月楚然就满二十岁了。她在这巨大庞杂的城中村活得很自在，它离大学城及CBD只有一千来米，从某些方面看，很像老家的小镇子。自建楼歪七扭八，村中街道狭窄，路面的砖头没有盖严实，露出里面污水横流的下水道散发着恶臭；杂货铺、水果蔬菜店、手机店、理发店……迷你小店一家挨一家，与这帮漂泊在外的游子相互依存，组成独立于这繁华都市的生态循环。每个城市都会有这样的折叠空间，无数卑微的生活在细小的褶皱里有滋有味地进行着。

·· 不过楚然活着活着，渐渐觉得这自在变得无趣，而终至于茫然了。她逃到这里来，不是来过老家生活的复刻版。省城正是因为有广阔的想象空间，才吸引她来的，但是干点什么呢？

学校她是回不去了，她想到自考，然后又把这想法否定了。读书有什么用？她想到饱读诗书的母亲，想到姥姥姥爷那满墙的书，那么多书都只是把他们变成是非不明、迂腐懦弱的废物，她为何要走他们的老路？她日思夜想，满腔郁愤无处发泄。她住的地方步行二十分钟就能到闹市，那里有商场、电影院、各种精致的小店、电玩城等有趣的去处，但她一点儿也不感兴趣。她活过别人的几生几世，所有的同龄人在她眼里都幼稚可笑。她深深羡慕他们有幼稚可笑的权利，有道看不见的墙把她与正常的世界永远隔开了。

但是搏击馆突然拨开楚然眼前的迷雾，让她看清远方，顿时，人生有了方向。楚然精心安排着手中几家熟主顾的档期，最后定下来，工作日她有三次上课时间，周末有一次。

上课前，林远告诉楚然，上搏击课必须具备一定的体能基础。真想学的话，平时要多练练长跑，做做自重训练。楚然不懂什么叫自重训练，还以为是多么高深的训练。高深就意味着收费，她有点忐忑，结果上网一查，原来是靠着自己的身体重量而进行的抗阻训练，比如平板支撑、俯卧撑、深蹲之类的，不由得大喜过望。

楚然给自己订了自重训练计划，每天早晚各做一个小时，风雨无阻。她住二楼，怕惊动楼下，在家训练时就只做平板支撑、俯卧撑、俯卧登山、深蹲、箭步蹲等动作。早晨她六点起，吃点东西垫垫肚子后就到公园，先长跑，后做开合跳、抬高跳、波比跳、高抬腿、跑跳台阶等动作。如果去上工，能走路去的她就不坐公交地铁，这既省了钱，又锻炼了体能。

林远很快就感觉到楚然与所有学员都不同。首先她极其能吃苦，大班课一节课一小时，半小时的体能训练，无论是跳绳、波比跳之类的纯体能训练，还是顶膝或者空击之类的基本动作训练，楚然都能一丝不苟地完成。来尚武搏击馆上课的学员大多是抱着强身健体甚至只是减肥塑形的目的，很少有像楚然这样拼尽全力的。

其次楚然的体能非常好。林远能看出，一开始她其实只是韧性强，本着一股说不清道不明的拼劲儿在强撑着。一个月过去后，她的体能渐渐上来了，表现在她不但能上完整节课后还显得轻松，而且在训练时距离感、节奏感和手脚协调能力很好。没有充沛的体力，是做不到这一点的。另外楚然有一定的搏击天分，不但反应奇快，而且爆发力强。

不过最后，林远看出，楚然学搏击的内在驱动力和所有学员都不一样，这才是她能一骑绝尘的原因。她简直是奔着想当专业搏击运动员的目标去的，那股训练的狠劲儿令林远非常欣赏。学了四个月之后，林远开始给楚然开小灶。她的私教课很贵，一小时五百，但她不收楚然的钱。上完大班课，学员们都走了之后，林远会叫楚然过来打几组拳，顺便指点几下，楚然就进步神速。

林远出身于农村，是留守儿童，父母在城里打工，她与弟弟跟爷爷奶奶一起生活。由于生性调皮，年迈的爷爷奶奶怕管不好她，八岁就送她去学武术。十六岁林远开始练散打，十八岁代表学校夺得省运动会女子六十公斤级散打冠军。后来加入省女子散打队，得了一些全国和亚洲的散打比赛奖项。退役后她改练综合格斗，并开馆谋生。她有国际裁判证，在本省的女子搏击圈中有些名气，平素也会参加与搏击赛事相关的各类活动。好学生往往能刺激老师的教学兴趣，林远已经很久没有遇到对搏击真正感兴趣的普通人了，她的爱才惜才之心大起，给楚然开小灶的时间越来越长。

楚然不安，觉得自己占拳馆太大便宜了。林远看出她的心虚，有一天告诉她，自己打算培养个女助理。这些年来拳馆的学员不断增加，而新增学员百分之七十以上是女学员，馆内现有两个女教练小何、小汪，一个男教练陈陈。其中，小汪是体院大四学生，只是馆内的兼职教练。随着学员的增加，林远急需找一个能长期驻馆的助理，最好是女的，帮着打理日常杂务，更重要的是可以带大班课前半小时的热身及基础训练。她从前也招过几个，但她们都是体大的学生，一毕业都有各自的发展打算，而助理的工资很低，一个月才三千块钱，根本留不住她们。

楚然只问了一句："助理可以免费练拳不？"

林远笑了："当然可以。"

楚然笑得开怀，笑着笑着，眼睛里泪光闪烁，欲言又止。林远看出她内心极为澎湃，却不知该怎么表露。林远被她这情状触动了，一个女孩子这样急切地想练拳，必有隐情。

"楚然，能告诉我，你为什么这么想学综合格斗吗？"

"我只是不想被人欺负。"

在尚武搏击馆学了八个月后，楚然辞掉保洁工作，正式成为馆里的助理，负责在教练们给大班学员上课之前先带着学员们热身，学习最基本的动作，给她们拿靶等。另外她还负责处理一些日常事务，比如学员报名、调课、馆内日常维护、一周一次馆内公众号的文章撰写发布等。楚然十分珍惜这个工作机会，让林远把原来的小时工退了，全部保洁工作由她负责。她每天上午九点来拳馆，晚上大课收了工已十点，做完保洁快十一点，但她仍待在馆里，或者训练体能，或者打沙袋。要不是拳馆不能洗澡，她简直想住这里了。

林远从未见过像楚然这样年轻漂亮的女孩子活得如此奇特的。她身上有一种流浪的气息，对吃穿用度都不在意，从头到脚一身批发市场最廉价的 T 恤衫、运动服和旅游鞋，以灰色和黑色居多。这个岁数的女孩，一般都会精心地用各种可爱的手机壳装饰手机，或者贴个亮片、挂个小吊坠什么的，但楚然的黑色手机没有壳，也没有贴膜，屏幕上满是划痕，像个糙老爷们儿用的手机。拳馆在商场的顶层，走下去就是电影院、各色餐厅、各种服装化妆品专柜等，但林远从未见楚然去逛过。她觉得楚然不是因为穷，而是因为不感兴趣。

林远也从未见楚然和亲人、朋友联系过。她看出陈陈对楚然有点意思，都是年轻人，又成天泡在一起练拳，擦出点火花很正常。陈陈高大帅气，笑起来眼睛弯弯，不少女学员都挺喜欢他的，但楚然无动于衷，唯一感兴趣的就是练拳。这女孩，静下来如临水照花，动起来英姿飒爽，独处时眉宇间有沉沉哀伤，笑起来又一瞬间令天地大亮。她的笑容天真明媚，可林远知道她其实有非常老练甚至狠辣的一面，那既体现在她对任何人的接近都不动声色地疏远上，更体现在她每一次挥拳和踢腿时表情淡淡的狰狞上。尤其她打拳时，谁都能看出她心中有团巨大滚烫的旋涡在翻滚飞扬着。她挥拳出脚时，可以看出那股力气是对着某种具体目标的，不是沙袋，不是拳靶，是冤有头，债有主。林远觉得她见过的女孩谁也没有楚然这般丰富多变，像个难解的谜。

林远把楚然的种种情状看在眼里，想了很久，想出一个比喻：楚然简直像个杀人后畏罪潜逃的凶手，又像是得了不治之症的病人，因为不知道哪天生活就会画上休止符，有今天没明天，所以她对正常人感兴趣的一切都提不起劲儿来。

林远心里颇犯了阵嘀咕，但楚然勤奋，守时，待人真诚，对学员尤其是小学员非常友爱，学员们都很喜欢她。她一次次耐心地给小学员举靶，为她们每一次生涩的出拳或扫腿加油喝彩，偶尔拳脚上有闪失，小学员们疼痛难忍甚至哭了起来时，她又会柔声安慰。林远把这些情景看在眼里，便又觉得自己疑心病太重。林远有时与楚然对视，会看到一双聪慧敏感善良的眼睛，因此刻的感激和快乐而显得晶亮。一个坏人怎么会有这样的眼睛呢？林远的戒备和审视淡去，渐渐把楚然视为团队一员。

第十二章

妇女儿童救助中心

这天是周一，工作日期间，白天的课比较少。林远请大家先看电影后聚餐，当团建。大家看完了印度电影《摔跤吧！爸爸》，来到商场五楼餐饮区吃潮州牛肉火锅。

菜还没上，大家热烈讨论起电影剧情，话题不知怎的就转移到了楚然身上。林远道："刚才看电影时你注意到没有？摔跤这类对抗性运动，对于体能的要求极高，所以爸爸叫两个女儿要多吃肉，长肌肉。你看看自己，是不是太瘦了？"

楚然看看自己的胳膊，果然比较细。

"MMA赛事为什么要分量级？就是因为拳击的出拳包含体重惯性，体重越大，惯性越大，拳头的攻击力越大。体重越大的人绝对力量越强，这个道理不难理解吧？平时给你拿靶我就注意到这一点了，你灵活性很强，但体重不够。"

楚然捏捏自己的胳膊，她的身高永远停留在一米五八，这是她心头之痛。但她却从未想过增重，也许骨子里她仍然保有女孩子的爱美之心。本来就矮，再吃胖了，就成个矮冬瓜了。她自小被人夸漂亮，现在可以接受"长相平平"这个评价，但实在无法接受"矮冬瓜""丑"这样的标签。

陈陈道："想学习对抗性技能，必须多摄入优质蛋白，比如鸡蛋、牛奶、瘦肉。只要保持运动，你只会变壮，不会变胖。"

这时服务员把一盘盘脖仁、五花趾、匙柄肉端了上来，楚然笑了，举筷把肉夹进已沸腾翻滚的汤锅里，爽快道："好，我从现在起大口吃肉。"

正是就餐高峰，火锅店满座，大家吃喝着，说笑着，气氛热烈，一派盛世繁华景象。楚然想起曾经和母亲的畅想，她要考到省城，读完研究生后找工作，努力挣钱买房，把母亲接来一起住。周末两人下馆子，长假一起去旅游。这样的生活里，没有父亲，多么完美。她一口肉噎在喉头，胸口一阵窒息，无限伤痛涌上心头。已经两年多没有和母亲联系了，也不知道母亲现在怎么样了，会不会认为自己已经死了？父亲消失了，母亲该幸福起来了吧？那沉重的十字架，自己一个人担着就好。牺牲了她，原是要让母亲幸福起来的，如果母亲也背上十字架，那这一场惨烈的仗就打得太不划算了。

正吃着，林远接了个电话，讲了几句后挂了电话道："老赵救助中心那边又召唤我了，肯定是硬骨头。下午我的课陈陈带。"

因为丈夫赵宇明所在的律所成为市妇女儿童救助中心的公益律师合作机构，林远受影响，也加入了救助中心当志愿者，这个事楚然已经知道。此时林远说，救助中心一直在帮的一个被家暴妇女今天上午又被丈夫打了，现在人在妇女儿童救助中心。据说那男人正追过来，赵宇明怕家暴狂冲动，就让林远过去当个援手。不一定要打架，但有练家子在那里盯着，心里踏实一点。要知道，家暴狂是天下最可怕的物种，甚至有警察在救助受害妇女的过程中被家暴狂打死的案例呢。

小何不解道："干吗不报警啊？"

林远苦笑："这个被家暴的女人坚决不让报警，因为丈夫说过了，敢报警就杀了她全家。"

林远说着，起身就走，走到电梯处，却见楚然跟在后面小跑着过来了，急切道："师父，我和您一起去看看行吗？"

在这之前，楚然多次向林远请求也要去救助站当志愿者，原因是自己家人曾长期被家暴过，她尤其见不得女人小孩被打。但林远一直拒绝，因为家暴救助比较凶险，楚然学格斗时日尚短，怕不安全。

林远又要拒绝，楚然道："万一我能帮上忙呢？"

林远仍在踌躇，楚然道："您放心，没有您发话，我绝不动手。我在场，至少可以护着受害者，让她不用太害怕。"

楚然恳切之情溢于言表，林远终于同意了。楚然大喜，雀跃不已。此时电梯到了，两人进了电梯。出了商场，两人拦了辆出租车，直奔市妇女儿童救助中心。

到了地方之后，两人下车。楚然见这救助中心设在一个街道办事处的小楼里，看着很不起眼。两人进了楼。一楼有一间二十多平方米的大开间，里面满满当当摆了不少资料，还有几张办公桌。墙上挂满了受助者送来的感谢锦旗，里面是个小屋，想来是接待室。

林远和楚然进了接待室，赵宇明正和救助中心的工作人员在劝那个被家暴的女人冷静下来。她半边脸被打肿了，嘴角被打破了，正流着血。旁边坐着个神情惊慌而悲伤的小男孩，正在小声哭着，一边哭一边拉着她的袖子，叫着"妈妈"。看上去他不知道是该安慰妈妈，还是想让妈妈安慰他。可是当妈的正陷在巨大的愤怒与无助中，无心理会他。孩子的眼神盯着她青紫的手背，也不知道是被什么器具抽打的，居然肿得这么厉害。

赵宇明长相清俊，戴着眼镜，看着儒雅又不失精干。他道："郑燕宁，你这回真的听我一句劝。第一，报警；第二，上医院验伤。不要再抱有任何幻想了，家暴是改不了的。"

叫郑燕宁的女人抽泣着："千万不能报警。他说了，敢报警，回去他会打死我和儿子，还要杀了我爸和我大姨。"

赵宇明显然已听过她很多次这样的话了，在楚然她们来之前也已劝过她很久了，这时显得很不耐烦："你试过吗？不试一下，根本无法破局。我问你，你今天来救助中心，到底想达到什么目的？"

郑燕宁期期艾艾："我，我就想，你们能不能让他别打我？"

赵宇明严厉道："不能，甚至连警察都不能。他到底要怎么样才能不打你，谁也没有把握。但摆在你面前的路，你要去试一下。法律武器就在你面前，你都不拿起来用，让我们怎么帮你？"

郑燕宁正犹豫着，此时外面走进来一个工作人员，一脸紧张："赵律师，他来了，就在门口，我们正拦着他呢。"

所有人都噌地站了起来，小男孩惊恐地抓住母亲的手，郑燕宁身子仓皇地往后躲了躲。林远撸起袖子道："老公，需要我做什么？"

她一指楚然："这是我助理张楚然，她也正练格斗呢，不过打架还不行，我让她留下来给她俩壮胆吧。"

赵宇明道："行，她留下，咱们出去看看情况。"

大家走出小屋，见两个工作人员正在门口拦着一个身板敦实的中年男子。这男子浓眉大眼，脸型稍圆，偏又下巴方方，乍一看上去，简直可称得上英俊。他的长相和气质，若不发怒，便是世人所称道的那种老实人。若他笑起来，便会显得憨厚可信，令人一望而生好感。世人都觉得家暴男长相凶恶，脸上挂着"我爱打老婆"的幌子，这真是天大的笑话。

此刻，这男人正一边强行往里闯，一边扬声喊着郑燕宁的名字。楚然站在郑燕宁的身边，只见男子每叫一声郑燕宁，她就微微打一个冷战，可见她到底有多怕这个貌似憨厚的丈夫。她脸上的表情，和雅妍的一模一样。

楚然已经很久没有想起母亲了，或者说她每天都在想着母亲，想着自己逃离这件事。但楚然只想怀念着抽象的母亲，让她仅仅作为一个符号在脑海里存在，而不再想去记挂具体的她。比如她那些年的眼泪和鲜血淋漓的伤口，深夜里无穷尽的虐待与呻吟，清晨起床后的掩饰与伪装，她披散着的瘆人的白头发……

可自打见郑燕宁开始，楚然的记忆就一点点苏醒。太鲜活了，甚至她身上微不可闻的血腥味儿，都那么相似。一切都回来了，男人充满戾气的喊叫声，母亲的哭喊与眼泪，鲜血，年幼孩子如受惊小兔的恐惧眼神……楚然瞬间汗湿透了后背，脸色苍白。她低下头掩饰，却正好看到郑燕宁青紫肿胀的手背，她喉头一阵发紧，想起母亲当年的种种惨状，差点吐了出来。幸好大家都在专注地看着蒋文博，没有人注意到她的异样。

赵宇明站到门口，对男子道："蒋文博，不许你在这儿撒野。"

叫蒋文博的男子道："我找我老婆，这不犯什么法吧？"

赵宇明怒道："但是家暴犯法，你应该知道。"

蒋文博瞪着眼："夫妻之间吵个架，气急了推一把，打个耳光，你就要说是家暴，吓唬谁呢？你们这帮律师，就是喜欢撺掇别人打官司，挑拨离间，脏心烂肺。你让郑燕宁出来，我要和她说话。"

蒋文博强行往里闯，救助站的工作人员以女性为主，此刻两个拦着他的女孩被他这气势吓到，有点拦不住他了。蒋文博余光一掠，已见郑燕宁站在屋角，他大叫起来，动作更加猛烈。会家暴老婆的男人，性格都较常人暴躁，那股子攻击性冷不丁发作，一般人还真拦不住。一个女工作人员被蒋文博推得踉跄倒地，另一个害怕了起来，连连往后退。郑燕宁带着孩子往小屋里逃，楚然一边陪着他们，一边小声安慰着别怕。

这边，林远大步走上前，挡在蒋文博身前，问道："你想干什么？"

蒋文博此前虽在救助中心见过一次林远，却不清楚她的来路，见她看着平淡无奇的模样，于是推了她一把。林远往后退了几步，叉着腿定住身子，双手已微做抱架，口气干脆："我只警告一次，再碰我你就死定了。"

蒋文博哪里将她放在眼里，举拳便打。林远一个侧身，躲过他的手，一个摆拳，拳头重重击在他的脸上。蒋文博跟跄了几步，重重摔倒在地，好一会儿才坐直身体，一脸惊怒交加的茫然。

高的打矮的，男的打女的，胖的打瘦的，这是蒋文博的认知，所以被一个比他矮了二十厘米，至少轻了五十斤的女人一拳打倒，这件事实在太魔幻了。他需要好好消化一下。

他正发蒙，被林远的一声断喝骂醒了："人话你听不懂，非得用拳头才能懂是吗？你这么爱打架，没问题。站起来打！"

蒋文博起身，擦着嘴角的血，品味着方才击在脸上的那一拳，那股凶猛暴躁已微妙地变成气急败坏。心虚的人才会着急，有实力的人只行动。林远指着他道："现在我警告你，马上给我离开，否则我还揍你。"

蒋文博畏缩了下，嘴里却仍犟着："你们没有权利不让我见我老婆，宁拆十座庙，不毁一桩婚。你让我见她。"

林远道："见了你想怎么样？"

蒋文博坚持着："你让我见，我不动手，只是想和她说说话，解决问题。我要是动手，你可以打我，我绝不还手。"

蒋文博态度如此强硬，赵宇明无法，小声问郑燕宁是否愿意见他。郑燕宁迟疑了，一会儿点头一会儿摇头。

赵宇明道："现在有几种处理方式。第一，报警抓他。不然他这样在外面大喊大叫不肯罢休，又想闯进来，恐怕会再打起来。你也看到了，你丈夫有多凶。第二，你们出去在外面自个儿解决，这个事我们管不了了。第三，你见他，听他要说什么。"

郑燕宁小声说："那就见个面，听听他要说什么吧。"

赵宇明一声令下，林远头一偏，示意蒋文博往里走。这时郑燕宁缩在小屋角落里发抖，小男孩紧贴着她。林远大声说："别怕，有我在。"

楚然和赵宇明把母子俩带出来，护在两人面前。蒋文博往母子俩跟前走了一步，就在这时，楚然挺直腰，双臂一伸，拦住他。林远见楚然脸上已现出她下死劲练拳时那淡淡的狰狞，知道她此时正是热血上头，赶紧也往前一步，站在一旁，随时准备出手帮她。

蒋文博看着郑燕宁，郑燕宁眼神里充满浓浓的哀怨、愤怒、恐惧、委屈。林远、楚然、赵宇明以及众工作人员都严阵以待，随时准备一旦蒋文博有任何暴力行为，就一举击倒他。

没料到蒋文博双腿一软，给郑燕宁跪下了，同时举起双手，猛扇自己的双颊，一边扇一边痛哭着骂自己："我不是人，我是禽兽，我该死，我该死……"他扇了十几下，脸已红肿起来。他也扇不下去了，趴倒在郑燕宁脚下，痛哭失声。郑燕宁无声流泪，那恐惧和愤怒在他自扇耳光的啪啪声中，一重重淡下去，只剩委屈。太委屈了，以及因这委屈被人悉数买单而呈现出来的如释重负的欣慰，看着简直像欢喜了。

所有人都没说话，但仿佛都能听到彼此心底的那一声叹息。小男孩在一旁哇哇大哭，这是绝好的台阶，蒋文博一把将儿子紧紧搂进怀里。他伸手的时候，小男孩微微打了个激灵。但当父亲的只是流泪，小男孩放了心，战战兢兢地享受着父亲罕见的爱抚。郑燕宁用被抽打得青紫红肿的手抚着父子的头，像圣母赦免了罪人。

三人抹着泪离开救助中心，众人望着他们走出门，互视，都觉得讪讪的，觉得自己刚才对蒋文博那么凶狠，竟有点对不起郑燕宁了。

蒋文博是开车来的，三人上车，楚然突然叫了一声"等等"，追了上去，众人觉得奇怪。楚然跑到后座，拉开车门对郑燕宁说："你不能跟他回去。"

郑燕宁抽着鼻子，情绪已渐平静，道："谢谢你们帮了我，不过现在没事了。"她疑惑地看着楚然，好像刚见她第一面一样。

楚然死死地抓着车门，道："你不能跟他回去，他一定还会再打你的。"

蒋文博手扶着副驾驶座的靠背，扭头看着楚然，温和道："我从此改了，不会再打她了。谢谢你们。"

楚然固执地重复："你不能跟他回去，他会打死你的。"

她表情急切，好像即将面临灭顶之灾的是自己一样："我求求你，为了你自己，为了你的孩子，你现在报警，然后去验伤。你送他进拘留所，和他离婚。"

小男孩看到楚然这模样，不明所以，却也被她的急迫气息感染，不安极了，看着母亲，撇撇嘴，又想哭，眼泪蓄在眼眶里，沉沉欲滴。蒋文博抓着副驾驶座靠背的手紧了紧，昨晚打了老婆，他也没睡好。一如所有爱施暴的人那样，发泄完戾气后他总是格外疲惫。今天追过来，又在众人面前委屈下跪，他身心俱疲。他这样的人，耐心阈值极低，尤其对楚然这种长得瘦小的女孩。这些所谓的志愿者，多管闲事，插手别人的家庭，个个该死。这新来的小姑娘，他一掌就可以把她扇翻在地，叫她知晓男子汉的威力……

蒋文博的手松开靠背，五指蓄力微张，先于他的脸凶相毕露，跃跃欲试。可是这时林远和其他人跟了过来，蒋文博只好让手柔软了下去，展了展笑容："小姑娘，刚才谢谢你们帮着调解我们的家庭矛盾。你放心，我敢在这里向你们拍着胸脯保证，赵律师，你做个见证，我们俩再也不打架了。"

林远低声劝楚然松开手，郑燕宁也急于让这一出落幕，于是点点头，抓住车门把手，啪的一声将门关上。车往前开，楚然大喊着："你会害死你的孩子的！"她追了几步，又因知道追不上而停了下来，蹲在地上，号啕大哭起来。众人面面相觑。

回到屋里，坐到那排旧沙发上，众人大眼瞪小眼，长吁短叹。赵宇明见楚然仍满脸愤恨和郁闷，抽出纸巾给她擦泪，笑道："你倒是热心肠，可能你家里有人有过这样的遭遇？"

楚然点点头，含混道："我的……亲戚被她的老公家暴了十八年，一开始没勇气离，后来离不掉。"

赵宇明说这个郑燕宁和蒋文博结婚十年，蒋文博从结婚开始就家暴她。一开始的理由是她迟迟不孕，怀疑她是因为婚前滥交堕胎导致，后来郑燕宁怀孕了，辞掉在商场当导购的工作，回家当家庭主妇。蒋文博又因她不挣钱看不起她，频繁拳脚相加。郑燕宁来救助中心求助已经是第四次了，次次都是老公一道歉，她就又跟着回去了，而且不让报警。大家都被她搞得很疲惫，又没有办法。

同在此地当志愿者的安定医院心理科退休心理医生常若梅道："全国妇联前几年做过一个统计，一个被家暴妇女平均要被打三十五次才会报警，平均要尝试七次才能够彻底离开施暴者。不离开有很多原因，有性格原因，有现实原因，也有许多外人不知道而当事人又说不出口的原因。比如这个郑燕宁，她脱离职场七年了，离开蒋文博，她根本没有经济能力养活自己和孩子。而她的娘家也很困难，母亲早早去世了，父亲一身老年病，没能力帮她；有个弟弟在外地，有自己的家庭，自己的生活，也不可能回来帮她。所以我们这些外人恨铁不成钢，但事情要解决起来又非常困难。"

楚然绞着手："可是我那个被家暴的亲戚，她自己有工作，完全有能力养活孩子，为什么一开始她不离开呢？"

常若梅道："我说过了，一个女人被家暴后不离开的原因很复杂，经济只是其中一方面，面子也很重要。许多女人不想面对择偶失败的现实，想强撑着来证明自己没有看错人。又或者，施暴者会用家人，尤其是孩子的性命来威胁妻子，这也是现实生活中我们经常遇到的。"

楚然想起母亲在父亲打自己时会展开双臂护在她面前，这双臂有没有在她不知情的时刻也暗暗保护过她呢？母亲头些年不离婚的原因里，面子到底占多大比重？她又想起童年到少年时期自己一个人在漫长的黑夜里默默忍耐、宛如身处地狱的情状，不由得再度忧心如焚："我们一定要把孩子救出来，你们不知道，孩子生活在那种家庭里，随时有生命危险。因为会家暴老婆的男人，最后也都会家暴孩子。就算没有，孩子也活得非常痛苦，一辈子不能解脱。"

众人沉默，赵宇明无奈道："家暴特别难处理，它大部分情况下不构成刑事案件。当事人自己不追究，除非有确凿的证据证明未成年人遭受虐待，又或者当事人被打到伤情严重，案件涉嫌虐待罪或故意伤害罪，否则外人根本无法介入。"

一番讨论终是没有结果，大家只得怏怏散去。临走时楚然说自己也想加入救助中心的志愿者团队，大家自是欢迎。这里的工作人员以女性为主，而家暴救助又是相对凶险的领域，多一个像楚然这样有搏击技能在身的人加入，当然很有帮助。楚然期待地看着林远，林远长出了口气，终于同意了。

第十三章

一拳 KO 跟踪骚扰狂

回到拳馆，楚然胸口烦闷，心潮翻滚。林远也是一脸闷闷不乐，即使她没有被打之虞，然而见到女人这样被践踏侮辱却又无计可施的景象，难免物伤其类。去救助中心当志愿者真是苦差事，要不是丈夫请求，她不一定愿意。

林远戴上拳套，一拳又一拳地打着沙袋发泄着。楚然也戴上拳套，陈陈走过来，举着手靶示意要陪练。楚然转过身来，砰砰砰，直拳，摆拳，勾拳，扫腿，顶膝……直打得大汗淋漓，方瘫倒在地。

几人靠在墙上喝水休息闲聊着，林远道："最近 MMA 出了个很厉害的女拳手，这个月四号，在济宁，她在昆仑决举办的第十一场世界格斗冠军赛中获得了女子蝇量级世界冠军，大家都觉得她应该能成为杀进 UFC 前十榜单的中国人。"

汗珠顺着楚然的额头往下淌，她一边胡乱擦了擦，一边喝着水。林远已调出女拳手的比赛视频，大家看着这身量不高的女孩浑身肌肉精壮，眼神倔强有力，出拳快如闪电，重若雷霆。她终于用一记勾拳把对手打倒在地，跟着扑了上去，骑在对手身上，左右开弓一顿暴捶，捶到对手终于以掌拍地示意投降。

林远道："她的直拳力度平均四百八十磅，峰值时可以达到五百六十三磅，换算一下，在五百斤左右。一个普通成年男性一拳只有两百到三百斤的力度，她一拳可以直接打倒一个身高一米八、体重一百八十斤的成年男性。"

小何道："自从林远姐去了救助中心当志愿者之后，一下子给我们打开了援助家暴世界的大门。林远姐，赵律在家是不是对你很客气？"

林远喝着水，挑眉笑道："为什么要对我客气？"

小汪道："因为怕被你打呀。我就经常被这样问，问我会不会家暴我男朋友。不过我还没有男朋友呢。"

林远道："神奇啊，有没有人问男拳王会不会打老婆？"

众人沉默了下，唯一的男教练陈陈道："不会。"

林远道："所以为什么男拳王不被问会不会家暴老婆，而女拳王却被担心会家暴老公？"

楚然道："因为大家觉得老公天然就会家暴老婆，而老婆被老公家暴也是应该的。反过来，女人如果不好惹，他们就很担心。"

林远冷笑道："所以，他们认为男人打女人，并且打得过，天经地义？所以，男女关系就是你死我活的关系？"

大家谴责般地看着陈陈，陈陈慌忙摇着手道："我可从来没这么想，我就希望我未来的老婆又聪明，又能干，又强壮。"

他笑着看了楚然一眼。

小汪叹气："我们女人都希望男人强壮，但不知道为什么，大部分男人却很担心女人太强壮。可能他们把女人当对手、当敌人了吧？"

陈陈道："对，只有敌人才希望你瘦小柔弱。你身边的人如果把你当伙伴，当搭档，当亲人，他必定是希望你聪明、进取、强壮、事业蒸蒸日上的。那种讨厌强壮女人的男人，本身就很自卑吧？"

大家说笑着，楚然方才在救助中心的无助、沮丧、愤怒感渐渐消散。但她心里又有着深深的遗憾，绝大部分女人都不会想到通过增强体能，提高对抗能力，来保护自己。因为社会对女性从小的教育，都是告诉她们要温柔，要文静，不要争强好胜，舞刀弄枪与女性极不相宜。为什么呢？因为那样男人不会喜欢你。楚然想起母亲，呵气如兰、如弱柳扶风的母亲。母亲看了那么多书，本本都写着小鸟依人、楚楚可怜、我见犹怜、柔、软、幽、静、轻、纤这样缺乏力量的字眼。她这样的依人小鸟，被父亲的大掌一把抓起来摔在地上不费劲。她这样的依人小鸟，父亲的大掌甚至可以同时抓起三五只呢。叫这样可怜的人，如何去逃脱家暴的旋涡呢？

可是，如果父亲抓一把林远试试看？也许正是因为他们知道奈何不了林远这样的强壮女人，才会嚷嚷好女人就是应该楚楚可怜、我见犹怜吧？这两个词听上去像是在描述残疾人，只有不幸的人才会被人"怜"不是吗？这么说来，女人一出生，假如父母吃这一套，他们就会把女儿往不幸的角色上塑造？

楚然握起拳头，看着胳膊上渐渐成形的腱子肉。陈陈坐在她身边，也握拳，轻轻和她的拳碰了下，如干杯一般，笑道："我们武术学院，同学有男有女。散打老师总是说，无论男女，强身健体，掌握对抗技能，保护自己，都是非常必要的。就像一个国家，要养军队，保证领土不被侵略一样。个人也是同样的道理，暴力就是对人尊严与肉体的侵略，每个人都该有打退侵略者的勇气和能力。如果不是这样，法律就不会有'正当防卫'这样的字眼了。"

一个鼓励女性增加攻击性的男人，大致不会太差。楚然看着陈陈，头一次觉得他长得顺眼。他五官线条硬朗，但双眼秀气，笑容温和。陈陈头一次被楚然这样专注长久地盯着看，有点忸怩，却又滋生出更多的喜悦。他下了决心，大胆地迎击楚然的眼神。楚然扭过头，心中没有起半点波澜。他要是误解了她的眼神，她概不负责。他完全没明白他在和一个什么样的女人打交道，这让她觉得好笑，甚至有点淡淡的苍凉。陈陈见状，以为是自己的眼神太过直接令她害羞，也赶紧移开。

"也许大家认为被打的人应该及时地跑开。"楚然道。

她看过相关的新闻报道，还手算互殴，互殴都要担责，无论谁先动手。问题是家暴受害者百分之九十以上是女性，妻子与丈夫互殴，大概率是打不过的，唯有跑是上策。然而她立刻又想起漫长的岁月里，父亲打母亲时，都是锁在卧室里打，她往哪里跑？她只有离家出走一条路，可是女儿怎么办？工作怎么办？

陈陈正好说到她的心坎上："家暴一般发生在家庭内部，空间狭窄，躲闪不便。有的时候丈夫甚至会堵住门，限制妻子的活动，请问女人往哪里跑？"

这真是恶性循环，有暴力倾向的男人是绝对不会找林远式的女人的，而陈陈、赵律师和范文良这样的男人，绝不怕强大的女性。林远这么少，雅妍郑燕宁这么多。

楚然根据大家的建议调整了食谱。她的收入扣除房租只剩两千多，不可能在吃方面多讲究，何况正餐几乎都在拳馆吃外卖，她便多吃鸡蛋喝牛奶。她一天吃三个鸡蛋，早晨两个，晚上十点回到家后，由于一天运动量太大，她一般要吃夜宵，会再煮个鸡蛋搭着挂面吃。有时她水煮一小块牛肉吃，味道不算好，但据说增肌很有效。

她从前最讨厌喝鲜牛奶，现在强迫自己忍着恶心把奶当水喝。一开始喝奶她总是肠子里咕咕响，不一会儿就得跑肚拉稀。她一边忍着一边想：必须熬过去。每一口奶，都是救命用的。多增肌增重，别人想欺负她时就要多费一些力气。一个月过去，她终于适应了牛奶，可以一口气喝三百毫升冰牛奶而面不改色。不但如此，现在她觉得鲜奶甘润香甜，非常好喝。也许是因为想到这白色的液体正在一点一滴滋养全身吧，她几乎可以感受到骨头贪婪地吮吸着钙质，骨密度变高。她成长期间，家庭动荡不安，她每日沉浸在惊恐与悲伤中，可能影响到发育了。而且在老家，大家也没有喝奶的习惯，现在她要把发育期缺失的所有蛋白质都补回来。

楚然的体重终于涨到了一百一十斤，站到电子秤上，看到这个数字时，她愣了下。照照镜子，体形却一如既往地瘦，并没有变成她想象中的矮冬瓜。她立刻又为自己潜意识里这种有害的想法而羞愧，好看并没有健康和强壮重要，可见她改造得不够彻底。她虽然一直嘲笑母亲为了迎合男人的审美而矫揉造作，其实骨子里她一样在用这样的标准要求自己。她因此悚然，她极力想脱下自己从前那件精巧美丽的洋娃娃外衣，外形上她成功了，可那件衣服还穿在灵魂上。

洗澡的时候楚然观察着自己。她的乳房小小的，买胸罩 A 罩杯就可以了。不过自从学搏击之后她从来不穿传统那类带钢圈和海绵垫、既勒得两肋发疼又闷热的胸罩，而是穿运动背心，薄薄一层棉布，利于运动。

她的手臂和大腿已脱去年轻女性的温柔线条，隆起小而结实的肌肉，变得崎岖凌厉，戳上去硬邦邦的。她抚着它们，像抚着坚实的依靠，心头涌起信赖。

她的腹部平坦，腹肌明显。未来这里会孕育出新生命吗？手掌落在此处，已经有了答案：不会，她永远不会生孩子。生孩子之前要对男人有爱欲，而她已失去这种能力。不错，世界上还是有范老师、陈陈和赵律师这样的正常男人的，但太难遇到了。而且遇到之后，也要能碰撞出爱的火花才行，可爱慕之情是什么？她从未品尝过，也没有兴趣。她确定自己不是同性恋，因为她对女人也没有欲望。而且孕育这件事太过重大，她也没有信心能抚养好一条生命。余生，她可能只对这一件事有兴趣，那就是搏击。

这天是工作日，上午没有什么课，要到下午才有。大家都没来，只有身为助理的楚然早早来到馆里，先是打扫卫生，接着自己练拳。她很喜欢这种时刻，两百平方米的拳馆里只有她一人，可以把音乐放到最大音量，在激情澎湃的旋律中练拳。陈陈说她快赶上专业拳手了，一天练足八个小时。林远曾提过，每年都会有个全省搏击俱乐部联盟举行的搏击交流赛事，专门针对教练群体，省体协也有类似的选拔活动。楚然此前从未想过可以当专业拳击手，但随着体能与技能的日益提高，她开始琢磨这件事了，也许未来可以试试打比赛呢！

打到中午十二点半，楚然停下来休息，身上的黑色拳服已湿透。她看着镜子，这一身五百块钱的行头是她所有衣服里最贵的，它很像样，衬得她英姿勃发。楚然端着杯子喝水，看着自己的肱二头肌，非常满意。

换下拳服，穿上平时的衣服，楚然下到商场五楼快餐区吃饭。她点了份炒面，拣了张桌子坐下。正吃着，前方走来一个二十多岁的女孩，在她对面的座位上坐下。这女孩长相清秀，气质温婉，长卷发，穿着剪裁别致、腰身窄窄的淡紫色上衣，搭配一条蓝色紧身牛仔裤，一双七厘米的浅口尖头米色细高跟鞋衬得她身形挺拔，总之就是很标准的那类时尚的职场丽人。随后，一个三十来岁的男子端着餐盘笑嘻嘻走过来，坐到了女孩身边。

楚然听那女孩说："你跟着我干什么？"

男子道："别装了，不是你叫我来的吗？"

女孩声音紧张又愤怒："我自己来吃饭，是你死皮赖脸跟过来的，我什么时候叫你了？"

男子道："你走的时候是不是看了我一眼？"

女孩声音已带着哭腔："我那是害怕你跟过来。你明明每天都在公司楼下的面馆吃饭，为什么今天要在这里吃？"

楚然抬起头来看着这两人。这男子长相平平，扔在人堆里根本找不着。虽然正干着丑恶的勾当，脸上的表情却并没有很猥琐。如果"路人甲"这个词需要最佳注解,那就是他。

男子道:"我想换换口味,吃点快餐不行吗?"

男子伸过筷子,从女孩碗里夹了块肉放进嘴里,把筷子从嘴里抽出来时,他特地吮吸了一下,然后用它把自己碗里的一块豆腐放到她碗里,这样变相地把自己的口水留给对方使他感到很兴奋。掌握了完全控制权的人,很像把半死的老鼠放在地上,偶尔拨弄一下它的猫,带着耐心,以期把随后那场盛大的暴虐酝酿得更加丰美。这是漫长的前戏,而前戏最有价值。他饶有兴味地看着女孩,仿佛在说:我这动作是挑衅还是调情,全看你怎么理解。无论你怎么理解,我都接受。

这种铁餐盘特别容易让楚然想起学校的食堂。当年在食堂听到那两个同学在议论她被霸凌的事件时,她曾热血往上涌,想把手上堆满食物的铁餐盘一股脑儿扣到她们头上。此时楚然攥紧了手中的筷子想,如果自己是这女孩,肯定已经这么干了。

但是那女孩"当"一声,把筷子扔在盘里,站起身推开椅子。男子笑了笑,扒了几口饭,也起身追了过去,一边追一边叫着:"喂,蓓蓓,别走啊!"

叫蓓蓓的女孩低着头,不用看正脸也能从她的背影感觉到她有多愤怒,多无奈。楚然不无遗憾,总是这样,被欺负的人一次又一次地走开,走开。

楚然起身跟了过去,拐过餐饮区,见蓓蓓站在一家奶茶店门口买奶茶,男子则跟在一旁。楚然走近,听蓓蓓低声呵斥着:"你再跟踪我,我就向公司举报了。"

男子理直气壮:"公司在附近,你来吃饭,我也来吃饭,在这边写字楼上班的人都来这里吃饭,怎么能说我跟踪你呢?"

蓓蓓道:"秦子轩,你究竟想怎么样?"

这个叫秦子轩的道:"我说过了,我想和你交往。"

"我已经拒绝你三次了。"

"不，你没明白自己的心，你并不讨厌我。"

这时店员把做好的奶茶递给蓓蓓。蓓蓓一扭头，秦子轩挡住了她的去处，蓓蓓大叫着："抓流氓啊，快来人哪！"

店员和路过的人吃了一惊，看着两人。秦子轩镇定自若，对别人说："她开玩笑的，我们俩在交往。"

大家松了口气，走开。情侣之间闹个小别扭，女孩把话说得严重一点也很正常。

蓓蓓大叫着："我没有和他交往，他在骚扰我。快帮我呀！"

几个人驻足，好奇地看着他们，却也没有上前干涉。秦子轩手插兜，好脾气地笑着，笑容居然很无奈："我又没干啥，说得那么严重。"

他向众人笑，仿佛要他们对蓓蓓的无理取闹评评理。蓓蓓小跑了起来，高跟鞋细尖的鞋跟嗒嗒敲打着地面，她仍大叫着"抓流氓"。秦子轩笑着，宠溺地自言自语："你也太夸张了吧？蓓蓓，等等我。"也小跑着跟了过去。看在路人眼里，这一幕像足了好性子的男友在哄发了脾气的女友。

秦子轩追着蓓蓓到了电梯间，电梯来了，三人走进去。秦子轩见只有楚然一个人，放心了，往蓓蓓身边凑了凑。蓓蓓紧缩着身体，秦子轩越发得意，刚要进一步行动时，突然感觉脖领里一凉，扭头一看，楚然把手里喝剩的半杯冰可乐从他领子里灌了进去。秦子轩吓了一跳，本能地用手肘一击楚然，楚然灵巧闪开，但空可乐纸杯已被击掉在地上。楚然左右手掌微握，放到脸颊两侧，头微低，侧身，摆好抱架，瞪着秦子轩。深褐色的可乐顺着他的衣袖流了下来，滴落在电梯间的地上。

此时，电梯到了一楼，门叮的一声打开。楚然头一偏，示意蓓蓓跟她出去。惊魂未定的蓓蓓已看出楚然是在帮她，赶紧跟着走出电梯门。后面秦子轩大叫着"站住"，跑出电梯，跑到楚然面前截住她。

秦子轩道："想跑？没那么容易。"

楚然笑道："你想干什么？我只不过是不小心把可乐洒到你身上而已。别那么小气啦，公共场合，磕碰在所难免嘛。"

秦子轩喝道："走，我和你一起找保安看监控视频，这事没完。你个疯女人！"

楚然道："好啊，索性把快餐区和奶茶店门口的监控也一并调出来吧，让大家看看你是怎么骚扰她的。"

秦子轩一愣，又立刻道："我们俩是同事，我们的事不用你管。"

蓓蓓往她身边一站，道："我和你没有关系，你就是在骚扰我。"

楚然举起手机："其实都不用调监控，你刚才一路缠着她，都被我拍下来了。走，我陪你去报警。"

秦子轩愣了，蓓蓓微有畏缩，楚然道："我叫张楚然，在市妇女儿童救助中心当志愿者，专门管这种事。你别怕，咱们先上救助中心，一堆律师可以帮你维权。"

秦子轩软了下来，道："别这样，我和她是同事，抬头不见低头见，以后还要共事呢。这事翻篇吧。"

楚然冷笑道："哟，现在知道害怕了？你以为还能留在公司呢？少做梦了。蓓蓓，咱俩加个微信，我把刚才拍到的视频发给你，你去公司举报他，让这种变态丢工作。"

秦子轩瞪着蓓蓓，蓓蓓迟疑了下。楚然已看出这女孩比较懦弱，被秦子轩震慑住了。这是非常微妙的心理博弈，一定要抓住这个时机。楚然不由分说，举起蓓蓓的手，让她亮出手机微信二维码，想扫她的微信。此时蓓蓓仍在犹豫，秦子轩往前一步，去抢蓓蓓的手机。

楚然道："喂喂，视频在我这里。除非你来抢我的手机，否则证据还是会在呀，你是不是傻？"

秦子轩又来抢楚然的手机。楚然把手机往裤兜里一塞，秦子轩已扑了过来，手制住她的手臂，不由分说去掏她的兜抢手机。楚然练格斗一年零两个月了，但此刻仍然体会到男女体能上的差异。挣扎中，秦子轩的手指甲狠狠划过楚然的手。她跟跄着后退，和他拉开一点距离，做好抱架，心中默念着林远上课时的提醒：身体向右蓄力，以肘、肩为支撑点，右拳做运动线和弧度，转腰，送肩，转右腿，借核心区发力。

啪，楚然的右摆拳快速画了条漂亮的弧线，就在秦子轩再度扑上来之际，如闪电般狠狠击打在他的脸上，一下把他打倒在地。

这是第一次，楚然和真人实战。没想到自己一拳力气这么大，她惊呆了。蓓蓓也傻了，看着楚然，眼神又喜又畏。楚然大喊了起来："抢劫啦，有人要抢手机，快来人哪！"几个保安正在巡逻，听到后，迅速赶了过来，把秦子轩扭住。

到了派出所，警察问明情况，看了视频。秦子轩仍坚称自己和蓓蓓在谈恋爱。蓓蓓否认，他又改称因为蓓蓓平时的某些言行，误导自己认为她在对自己放电。蓓蓓羞怒不已，问他，自己到底哪些言行误导了他。

秦子轩道："为什么你给大家零食，给别人糖都一颗颗的，给我就一整袋？还冲我笑？"

蓓蓓道："我看你特别爱吃，而我已经吃腻了，你又刚好坐在我对面，我就顺手给了你。"

秦子轩道："为什么我感冒了，你给我药？"

蓓蓓道："天地良心，我刚好抽屉里有感冒冲剂，送给你一袋，这就叫我冲你放电了？保洁阿姨生病，我也送她药，我也冲她放电？"

秦子轩道："好，那就算我误会了。今天把话说清楚，从此不再骚扰你，这件事就此作罢。"

楚然没想到他这么会狡辩，不由得瞠目。蓓蓓悲愤莫名。警察做了笔录，让他们离开，三人都愕然。秦子轩说自己被楚然打了，楚然得赔他医药费。警察训斥道："你要抢人家手机，她这是正当防卫。因为你这个事涉及男女情感纠纷，才没有给你按抢夺罪论处，你还不识相？"

秦子轩灰溜溜作罢。楚然道："他骚扰蓓蓓，这难道也算了吗？"

警察道："按这个女孩自己的说法，他只是跟着她走，又没有偷拍、侵犯隐私、暴力威胁等违法行为。我们把此事登记在案，也就只能这样了。"

三人走出派出所，楚然故意大声对蓓蓓道："蓓蓓，我就在万嘉商场顶层的尚武搏击馆上班。有事尽管来找我，我带你去妇女儿童救助中心，大把的公益律师随时可以帮你。"

秦子轩这才明白刚才那一拳为何那么重。他看着楚然，楚然握起拳头，朝他晃了晃。秦子轩嘴里嘟囔了声，走开。蓓蓓感激又钦佩地看着她，轻声道："楚然，咱俩加个微信吧。"

林远知道这个事后，说楚然莽撞。楚然不服气，问："上次你不也在救助中心打了那个家暴老公？"林远说："因为他先打了我，我正当防卫。而且正当防卫也是有度的，否则一旦防卫过当你就犯法了。你还没学会掌握这个力度，很危险。"楚然道："他抢我手机，我还不许还手了？这样的话，刑法上干吗还有'正当防卫'这一条？"

林远无奈，叹道："你去买本《刑法》放床头，仔细通读。尤其把第二十条和第二十一条背下来，把正当防卫、防卫过当、特殊防卫、见义勇为的释义牢牢记在心里。我不想有一天要和赵宇明一起帮你请律师，早看出来了，你这孩子别看长得文静，其实是颗小炸弹，说不定哪天就炸了。"

楚然道："后悔收我当徒弟了？"

林远捡起一个拳靶，打了一下她的小腿以示回答。楚然一闪，一边灵巧地躲过，一边笑着。她的眼眶发热，这辈子她最受不了的就是别人对她的好。她转过身，借挥动拳头来掩饰心底一浪接一浪翻滚的酸楚和凄凉。她再怎么没通读《刑法》，也知道自己早就犯了天塌地陷的大错了。

第十四章

以暴制暴

蓓蓓加了楚然的微信，后来又来拳馆找楚然，两人渐渐熟悉起来了。有天她伤心地告诉楚然，自己和秦子轩都被公司辞退了。

原来那天他们从派出所出来回到公司，已是下午四点。如果不照实说，就会被记旷工半天。蓓蓓无奈，只好把秦子轩纠缠自己的事告诉了部门经理。部门经理又上报给老板，老板找两人谈话，秦子轩把在派出所的那套话又说了一遍。老板不动声色，说此事翻篇，两人不得再起矛盾。蓓蓓以为这件事就这么过去了，没想到过了几周，老板找了个借口，说她不符合岗位要求，把她辞退了。秦子轩也被辞退了，理由是业绩不好，而不是性骚扰女同事。

楚然理解老板的做法。她拍下的秦子轩尾随蓓蓓的视频太短，而且那是商场，公共场所，秦子轩完全可以说自己只是去吃饭，恰巧遇到蓓蓓，而平时他对蓓蓓的言语骚扰，又没有证据。性骚扰太难取证，除非已有对抗之心，不动声色地在平日里偷偷保留证据。

而且老板不可能认为蓓蓓一点也没错，她必是对秦子轩放电了，否则秦子轩工位左边小王，右边小李，都是年轻女同事，都长得不难看，他怎么偏偏纠缠对面的蓓蓓呢？还是她自己有问题吧？此时蓓蓓浑身都是罪状，她的笑欲拒还迎，她的大眼睛水汪汪，桃花太旺，她的牛仔裤太紧，勾勒出修长双腿，散发着淫邪之气。苍蝇不叮无缝的蛋，一个巴掌拍不响，蓓蓓相当可疑。而她不承认自己可疑，简直可恨起来了。索性一起辞退，一劳永逸。

蓓蓓给楚然复盘秦子轩骚扰她的过程。第一次骚扰，在茶水间，她在饮水机上接水，秦子轩也走进来站在一旁等着接水。她一抬头，秦子轩道："蓓蓓，我敢保证你还是处女。"

蓓蓓大吃一惊，这话实在太赤裸了。他们平时虽有交流，但都是正常同事的谈话。他突然间如此放肆，她一时不知道怎么办，脸热了起来，竟像是自己说错话一般，低头匆匆走开。

第二次骚扰，是大家吃完午饭时坐在工位上聊天，话题有点黄，大家聊得很热闹。正聊得热闹之际，秦子轩说："处女不能找处男，不然性生活会很不和谐。蓓蓓你说是不是啊？"

大家哄笑了起来，蓓蓓不知出于什么心理，竟然也朝秦子轩笑了笑。

楚然听到这里，问她为什么要这么做。蓓蓓说如果不这样，就特别尴尬。她只是想用这种方式，表示自己是个成熟老练的职场人，并不在意这种言语调戏。

蓓蓓反问："如果是你，你怎么做？"

楚然哑然。如果当时翻脸，气氛立刻冷场，相当于和对方直接撕破脸不说，以后在同事心目中，自己也会立刻变成一个刺头，一个不好惹的女人，一个异数。没有几个女人有勇气成为这样的角色，楚然如果不是生长在那样的家庭，饱受血与火的考验，浑身充满战斗的敏锐，恐怕也不会当即反击，而是会和蓓蓓一样，笑一笑让这件事过去。

第三次，是加班的晚上，在洗手间的水台前，蓓蓓正在洗手，恰巧秦子轩也在此。他先于她洗完手，在烘手机前烘着手，临走前居然伸手在她屁股上拍了一下。蓓蓓抬头瞪着他，他并不以为意，笑嘻嘻地对她说："很结实。"

楚然道："如果那个时候你立刻抓住他去老板面前理论呢？"

蓓蓓想象那一幕。她立刻揪住秦子轩的衣领——且慢，她根本够不着他的衣领。好吧，她立刻抓住他的手，大喊大叫起来。但是证据呢？证据呢？洗手间那个位置恰好没有监控摄像头，有的话，秦子轩也不敢造次。没有证据，万一秦子轩倒打一耙怎么办？

又或者，以上的困难都只是她给自己找的借口。她像大多数女孩一样，尽量回避冲突，回避任何需要调动全部身心去对抗的事情。对抗需要极强的心力，而她没有。她从来没有被教育过，遇到欺负时要第一时间反抗。父母的教育从来都是女孩子要温柔，不要惹事，退一步海阔天空。

蓓蓓就是在这样的隐忍里，迎来了秦子轩接下来的多次表白。二十多岁的行政专员蓓蓓当然不会接受三十二岁的销售经理兼离异男秦子轩，但秦子轩根本无视她的拒绝，他只是坚定地，一步比一步深入地骚扰她，一副志在必得的架势。有时，社会也会把这种骚扰称为"追求"。不是吗？他何错之有？得到一个男人的垂青，是女人的荣幸。那些当众下跪求爱、窗台下摆心形蜡烛圈大喊"我爱你"的行径，不是被奉为美谈吗？那些言情剧里，锲而不舍追逐女主角的"霸总"，不是会用各种"强咚"令女观众大喊"好甜"吗？

楚然建议，蓓蓓不妨来学拳，增强自卫能力。大班课一节课一百，也不算贵，可以先来免费试课。

试课情况让楚然很失望，蓓蓓从二十二岁大学毕业后上班的第一天就开始穿高跟鞋，她的脚掌已变形了，脚拇指外翻，光脚蹲不稳，站不牢，连十个深蹲都做得很艰难，跳绳才跳了二十下就停下来说自己跳不动了。楚然拉着她称了一下体重，身高一米六三的蓓蓓才八十五斤。蓓蓓说自己在减肥，因为自己胖先胖腿，腿粗难看。楚然说腿粗踢人才有力气呢，蓓蓓笑笑，她完全想象不出自己踢人的模样，光想都要吓死了。

楚然劝蓓蓓不要再穿高跟鞋了，蓓蓓犯难了。她的那些裤子和裙子，不搭配高跟鞋根本穿不出效果，再说她也没看出学打拳、停止减肥、不穿高跟鞋能对她的生活有什么帮助。离职后她与秦子轩不再有交集，他从她的生活中消失了，接下来她当然还是继续走优雅温婉的丽人路线，这样更有助于找到工作。她来试课，不过是推却不过楚然的热情罢了。难道一个女孩子，真的要和男人比拼体力吗？开玩笑！男女本来生理差异就大，要尊重造物主的用心。女性不必处处胜过男人，完全可以用容貌、气质、性情折服他们。楚然这样努力地劝说自己抛弃旧有的生活，倒像有指责之意，受害者有罪论。难道是自己太过温顺才导致秦子轩骚扰自己吗？

楚然见自己再劝有卖课之嫌，便不再说了。蓓蓓虽然自己不练拳，却对楚然很敬佩，偶尔来逛商场时，也会上拳馆来看看楚然。练拳很累，而且女性学拳这一举动，有种暗暗挑衅的味道，仿佛宣告要与男性为敌，这样的代价蓓蓓承受不了。不错，大众不会明着说女人不可以学打拳，但学习对抗术的女人，多少让男人敬而远之。这会让一部分女性感到心虚，从而打消这个念头。这种博弈微妙幽暗，心照不宣，懂的自懂，而蓓蓓恰好特别懂。秦子轩消失了，她还是可以在正常的框架里，做一个大众眼中的正常女人，淹没在人群里令她感到安全。

这天，赵宇明微信上说郑燕宁又来救助中心了，这回要劝她离婚，那头一件事就是回家取行李分居。这件事比较危险，要林远前来帮忙。林远、楚然来到救助中心，看到郑燕宁这次被打得更惨，左眼被打得充血，额头肿起老高，走路都一瘸一拐的。她向赵宇明喋喋不休地哭诉这次又是为什么挨揍，大家都很厌烦。

家暴狂想打老婆，何患无辞？知道他为什么动手，有什么用？下一次可以不犯这个错误，以避免被打？一切暴力的发生，只有两个原因：第一，施暴者认为他打得过；第二，施暴者认为他打了无代价。仅此而已。劝施暴者不要施暴，这不是维权，这是摇尾乞怜，是对正义的最大嘲弄。不能打人，这不是连幼儿园小朋友都知道的道理吗？

赵宇明打断郑燕宁，说："我不想听，现在立刻去验伤，报警。"郑燕宁又拒绝了："如果闹翻了，我没有地方住。"赵宇明说："可以先在家暴庇护中心住半个月。"郑燕宁说："我不可能带孩子住那里，他还要上幼儿园，一切都得我老公出钱。"

救助中心主任火了，道："郑燕宁，我老实告诉你，我们解决不了你的住房问题和经济问题，唯一能解决的就是你挨揍这件事。你来救助中心这是第五次了，次次都是这样哭哭啼啼。等你老公来求你，你又回去了，那我们成什么人了？"

郑燕宁吓得一下住嘴了。

主任余怒未息："你再这样下去，我就会认为你是在戏弄我们。自助者天助，维权当然是有代价的，你什么都不想改变，什么也不想付出，神仙也救不了你。"

郑燕宁终于同意报警验伤，检查结果是眼睛结膜下出血，额头和身上几处皮下软组织挫伤。蒋文博被传唤到派出所，一起来的还有他的母亲和儿子。郑燕宁看到蒋文博咬牙切齿，但此时他身后的儿子叫了声"妈妈"，飞奔了进来。郑燕宁的怒气立刻泄了，迎了几步，蹲下抱住儿子失声痛哭。

赵宇明在一旁对楚然叹："完了，这回她肯定又原谅蒋文博了。"他的声音很大，并不避讳夫妻俩。

警察照例先调解；蒋文博照例态度很好，痛哭流涕加认错；儿子照例小声哭。那老太太是蒋文博的母亲，在一旁老泪纵横，眼神衰老无助地看着郑燕宁。

赵宇明道:"郑燕宁,你不要接受调解。不送他关几天给他个教训,他下回还打你。"

蒋文博擦着泪,谦卑道:"赵律师,我改了。"

赵宇明冷笑:"你这套对我说没用。蒋文博,你有病去看心理医生,天天打老婆出气不是个办法。"

他拉过郑燕宁,指着她的眼角:"你差点把她打瞎了知道吗?人家也是爹生妈养的,也是人。你把别人当猪狗一样打骂,会有报应的。"

蒋文博母亲哭着在一旁怂恿孙子:"小宝,快替爸爸给妈妈认个错,让她回家。一家人以后和和气气过日子。"

孩子抱着郑燕宁道:"妈妈,我要和你在一起。"

赵宇明趁机道:"你看,你儿子只是说要和你在一起,可没说让你回家。"

他蹲下问孩子:"小宝贝,你愿意让妈妈回家吗?"

孩子继续哇哇哭:"我要和妈妈在一起。"

两方人马都看着郑燕宁,她左右为难,不知如何是好,只是流着泪。蒋文博态度变得强硬:"你们救助中心三番五次地怂恿我老婆告我,怂恿她离家出走,到底是什么居心?把我的婚姻拆散了,对你有什么好处?"

赵宇明大声道:"你把你老婆打死了,对你有什么好处?"

蒋文博吼道:"我说过了,我那就是脾气上来了,控制不住自己——"

警察喝道:"注意你的态度,喊什么?"

蒋文博声音小了下去。楚然鄙夷,家暴狂果然都是欺软怕硬的孬种。

郑燕宁终归还是选择同意调解,蒋文博母子非常高兴。警察见赵宇明一脸悻悻然,道:"你们知道我们的工作流程,像这样的家庭情感纠纷,按规定我们肯定是要先进行调解的。你也看到了,夫妻双方都有调解的意愿。"

赵宇明悲愤不已，摇摇头笑了："她这情况，调解只会是恶性循环。"

警察沉默半晌："我们只能按规定办事。"

赵宇明看着郑燕宁，郑燕宁心虚地避开他的眼神。双方签了调解书，此事了结。大家走出派出所，蒋文博要郑燕宁上车，郑燕宁迟疑着。

赵宇明道："郑燕宁，你再回去，如果他再打你，你还有脸来救助中心吗？"

蒋文博道："我改了，不会打她了。"

郑燕宁左右为难，站在车门边，只是流着泪。

赵宇明道："去家暴庇护中心吧，先去再说，好吗？"

郑燕宁终于同意了赵宇明的提议，林远、赵宇明和楚然陪着她回家收拾东西。郑燕宁把衣服一件件放进行李箱，放得又快又急。她也知道自己全凭着一口气在撑着这个决定，这一走，就宣告与丈夫彻底决裂了。这口气如果泄了，她恐怕会立刻改变心意。她当家庭主妇七年，与社会脱节七年，凭着自己的能力安身立命，与被丈夫拳打脚踢却不愁温饱比，哪一件更可怕？说不好。

郑燕宁每收拾一件，蒋文博母亲就帮她把衣服拿出来放回衣柜，林远瞪了老太太一眼，再把衣服装回去。儿子站在一旁哭着喊妈妈，老太太骂着救助中心多管闲事，拆散别人家庭，会天打雷劈。楚然环视着这屋子，发现它被收拾得相当整洁。郑燕宁年复一年地挨打，却从未想过反抗。在每一次鼻青脸肿之后，她仍然默默拖地，洗衣，擦桌子，做出香喷喷的饭菜，让蒋文博下了班之后一推门，就看到满屋的洁净温馨。蒋文博在这个家里，吃得香，睡得实，打起老婆来不是格外有劲？

老太太还在骂着救助中心天打五雷轰，她要到政府去告状，把救助中心一把火烧了，用推土机推平。郑燕宁收拾完东西，林远麻利地帮她拉上行李箱的拉链，抽出拉杆，在她和赵宇明走出门之后的一瞬间，蒋文博突然咣的一声关上门，把紧随其后的郑燕宁和楚然截在屋里，接着挡在楚然面前，瞪着她和郑燕宁。

救助中心的志愿者形形色色，在蒋文博心中分两类：惹得起和惹不起的。比如拳馆老板林远、搏击教练，他已交过手，知道打不过，所以不敢惹；赵宇明，男性，而且是律师，他也不敢惹；楚然，无名小卒，个子只到他下巴，凭着一腔热血管闲事的路人，咋咋呼呼不安分的小女人，自己一推搡准能把她推得一头栽倒，打了又怎么样？不给这帮救助中心的人一点颜色看看，他们就会像狗皮膏药一样揭不掉。郑燕宁自以为有救助中心的人撑腰，必须把她的幻想打掉。

林远和赵宇明在外面猛敲门，大喊着让蒋文博开门，但蒋文博充耳不闻，头微低，充血发红的眼睛自浓黑的眉毛下进射出冰冷的眼神，盯着楚然。郑燕宁瑟瑟发抖，这是丈夫要施暴的征兆。

楚然道："让开。"

蒋文博往前一挺，进了一步，两人往后退了一步。

赵宇明在外面大吼着："你不开门，我就报警了！"

蒋文博指着楚然道："让我老婆留下，你滚开，今天这事儿就当没发生。"

他又往前走了一步，几乎与楚然面对面。

蒋文博道："放下包，滚出我家。"

蒋文博去抢楚然手中帮郑燕宁提着的双肩包。楚然躲闪着，道："蒋文博，最后警告你一次。"

蒋文博一扬手，对着楚然的脸就是一记重重的拳头。楚然躲闪不及，啪的一声，结结实实挨了一下。郑燕宁尖叫了起来，早已缩在墙角瑟瑟发抖。蒋文博母亲见打起来了，怕孙子看着害怕，赶紧叫他进了里屋，关上门。楚然觉得嘴里咸咸的，她吧唧了下，尝到了铁锈的味道，用手背一擦，果然出血了。

楚然被父亲打过几次头和脸。他力气太大了，一掌下去，经常会把楚然的嘴打破，同时让她眼前发黑，耳朵嗡嗡作响。打人不打脸，脸是门面，打脸往往能令被打者有种极致的被羞辱感。此时楚然心中充满这种久违的痛苦，原以为此生不会再尝它，没想到它卷土重来，而且加倍浓郁。她又悟到一个道理，果然学综合格斗要多实战才行。不赤手空拳多练实战就是花拳绣腿，防不了这种突如其来的打击。

蒋文博根本不把楚然放在眼里，见楚然貌似被打服了，伸手去拉郑燕宁。他刚往她的方向跨了一步，楚然一记直拳打在他脸上，他被打得踉跄两步。楚然又一记右摆拳打到他左下巴上，这里连接着三叉神经，三叉神经与小脑相连，击打此处会使小脑失去平衡，出现短暂眩晕。蒋文博已站立不稳，楚然再飞起腿，一记鞭腿踢到蒋文博大腿，他应声倒地，砸倒了椅子，半天起不来。蒋文博母亲大惊失色，痛哭着，一边扑上前去扶他，一边大骂着楚然。

楚然怒回道："你瞎眼了吗？是你儿子先动的手。我可不是你儿媳妇，只能乖乖被他打。"

蒋文博被打蒙了，已经意识到自己在这女孩手里也讨不了好，只得坐起身，以手撑着身子往后退着，靠着墙喘息。楚然晃晃脑袋，感觉刚才那拳头让耳膜发胀，阵阵作痛。她更愤怒了，一跨腿骑到蒋文博的身上，揪起他的衣领，一字一顿："孬种，孬包，就知道打比自己弱的人。一碰到硬茬，你就害怕了？你个天杀的贱货！"

她左右开弓，啪啪连抽了他好几个耳光。她本来就不是什么心胸宽广的好女人，自在学校的树林里找到那根打人的树棍时她就知道了。因为找到暗算对手的称手武器，那一刻她狂喜不已，在杂草丛生的树林里仰天大笑。一个宽厚的人，怎么会有这样的心绪？她牢记着被小媛和阿超打的每一秒的苦痛，每晚入睡前反复咀嚼，令这苦痛十倍放大，最终以这称手的树棍完美释放。这件事解决得如此漂亮，令她每每想起，都油然而生自豪感。

她一直是睚眦必报的人。如果这仇没报回来，她可能会得抑郁症。这就是为什么拉面馆的小屋她去而复返，用高举的椅子，几下打倒醉卧的董师傅。她不觉得这有什么问题：人不犯我，我不犯人；人若犯我，我往死里犯人。不想遭到她报复的人，只得谨记一个原则：别惹她。

　　如果母亲也能像她一样，她们母女俩是断然不会有今日命运的。如果母亲第一次挨父亲的耳光之后，即使做不到立刻反杀，但最起码果断离开，甚至再极端一点，把张家小楼那温馨的家全砸个稀巴烂，让父亲再无岁月静好可以积蓄暴力能量，结果会如何呢？最好的结果，母亲建立起边界，父亲从此敬她三分，婚姻生活平淡持续；最坏的结果，父母离婚，故事告一段落。无论哪个结果，都比现在强千万倍。

　　可是母亲却只是一再地原谅、原谅、原谅，甚至连消极反抗都没有，这怎能不叫楚然痛彻心扉？从这个意义上讲，楚然敬佩姑姑荣丽，敢在被丈夫推搡了一把之后，毅然离婚，逃离那后面或将蔓延数十年的暴力。

　　楚然的连环耳光抽得蒋文博眼前发黑，待要反抗，怎奈眩晕感仍未消退，根本无力反抗。蒋文博母亲哀号着，使劲拉她的手，却哪里拉得开，反被她的肘猛地一带，带倒在地。楚然打得差不多了，才作罢，余怒未息地喘着气起身，拉开门。林远和赵宇明本来在门外急坏了，后听到屋里东西被砸的声音，更以为楚然被打了，正要拨打110，刚拿起手机，就见楚然嘴角流着血站在门口，郑燕宁呆立原地不知所措，而蒋文博则鼻青脸肿，靠在墙边发呆，蒋文博母亲号啕大哭。林远、赵宇明心里明白了几分。

　　赵宇明问："蒋文博，你报警吗？"

　　老太太号叫着："我们要报警，你们救助中心的人打人！"

　　楚然啐了一口道："是你儿子先动的手，报警呗，看看他把我打成什么样了？"

楚然指着自己红肿的嘴角。

蒋文博内心愤恨不已。不错，他的确先动手了，但是楚然在把他打倒在地后，又抽了他七八个耳光，这明显属于泄愤。不过这些事进了派出所，很难掰扯清楚。他固然头面被打得红肿，楚然又何尝没有？头一次，他感到委屈，原来被人打了，又算不明白账，是这个滋味。他生平在拳脚上从不吃亏，吃亏如吃屎，可是今天这口屎，他不得不咽下去。

林远见他不回答，问郑燕宁："你报不报警？"

郑燕宁摇摇头。

林远："走吧。"

郑燕宁定在原地，这时屋里的儿子走出来哭着抱着她的腿，要她别走。郑燕宁也流着泪，赵宇明见势不妙，道："郑燕宁，你这次不走，我们再也帮不了你了。"

郑燕宁万分艰难地掰开儿子的手，含泪快步冲出屋。

几人站在路边打车，蒋文博母亲紧随其后嘶声控诉着，哭着。楚然想，如果没有她和林远这样练过的人，以及赵宇明这样经验丰富的老江湖助阵，郑燕宁是断然离不开这个家的。男人用暴力将她击倒在地，儿女和老人的哭泣再麻痹她的神经，双管齐下，任何一个女人都逃不脱家暴牢笼。

楚然故意大声道："郑燕宁，我要是你，第一次被打之后就会把这个家全砸了，砸个稀巴烂。"

郑燕宁吃惊地看着楚然。

楚然道："拿把大铁锤，把所有的家电全部砸烂；碗啊盘子啊什么的全部砸碎；你老公和你婆婆的衣服，拿剪子全部剪碎，碎成一条条；所有的电线全部剪断；把厨房的油和酱油拎出来，全给它倒到床上和沙发上；米袋子和面粉袋子里倒上水。吃什么吃？吃屎去吧！你打不过你老公，还干不了这些事情吗？总之就是把这个家给它毁了，谁让你过不好，你就让谁不好过。多痛快啊！"

她想象着那一幕，快意连连。所有人听到她咬牙切齿的这一番话，都瞠目结舌。

老太太大骂："你这个泼妇，不得好死，居然教唆别人干这种事。"

楚然冷笑："泼妇才活得好呢，像你儿媳妇这样的好女人，就只能当人肉沙包，生不如死。"她扭头瞪了蒋文博一眼，竖起拳头警告地晃了晃，蒋文博扭过头去。

出租车来了，儿子撕心裂肺地哭号着，抓着郑燕宁的裤腿。郑燕宁如被定在原地，寸步动弹不得。楚然把行李箱放进后备箱，和赵宇明连推带抱，将郑燕宁推进车。郑燕宁在车里回望，见儿子跟着车号着，跑着，喊着妈妈。她不忍再看，回过头捂脸痛哭。

赵宇明道："郑燕宁，脱离家暴环境是改变命运的第一步。你一定要坚持住，先到家暴庇护中心住下，然后找工作，有了经济基础之后再提起离婚诉讼。这些要一步步走，但是你一定要避免再和蒋文博生活在同一个屋檐下。没有这一步，后面一切都是零。"

楚然对郑燕宁能解决问题非常悲观，因为她的眼泪太多了。这样成吨成吨地倾泻眼泪的女人，通常没有解决问题的能力和动力。母亲是这样，奶奶也是这样。难道郑燕宁只能等到儿子长大，大到有足够的反抗能力，才能一次性终结丈夫的家暴？子女往往要付出血的代价替父母买单，天地间这样的安排，到底是为什么？

家暴庇护中心在一条胡同的三层白色小楼里，从外面看完全看不出这小楼是干什么用的，门口没有挂牌子，大门紧闭。赵宇明打了电话，里面有工作人员开了门，四人进去后，工作人员迅速关上门。楚然见一楼有心理咨询室、法律援助室，有小小的公共餐厅。赵宇明介绍说救助中心的律师、心理医生等志愿者们会定期来这里值班。二、三层是一间间供家暴受害者居住的小屋，虽然装修类似最便宜的招待所那样朴素，不过收拾得很干净，被褥、电视、独立的盥洗间、日常生活用品一应俱全。

大家帮郑燕宁把带来的衣服挂好，东西归置好。赵宇明介绍说这里的住宿和吃饭都是不要钱的，住进来的人可以一次在这里住半个月，但像郑燕宁这样情况比较极端的无业女性，可以在到期后延长申请，在这里住过最长时间的有一年半的。楚然感叹不愧是省城，居然有这么好的公益机构可以免费提供给受害者。赵宇明说事实上全国各地都有类似的家暴庇护中心，只不过许多人不知道。楚然又疑惑为何屋子空了大半，难道是没有那么多家暴受害者吗？统计数据明明显示被家暴妇女并非少数。

赵宇明道："不是，首要的原因是她们不来住。家暴庇护中心成立五年来，接了六千多个求助电话，但真正来住的寥寥无几。"

楚然惊奇，为什么呢？有这么好的地方，可以脱离丈夫的暴力，安心谋划接下来的生活，干吗不来？

赵宇明道："你问郑燕宁。我去年就告诉过她可以来这里，为什么不来？"

两人看着郑燕宁，郑燕宁难为情地一笑，哭过的眼睛仍红肿着，她低声道："怕来了之后，再也回不去了。"回不去的含义有很多种，包括和丈夫彻底决裂，让自己丢脸，也许二者都有。

安顿好郑燕宁，赵宇明说这几天会帮她找一些就业的机会，她自己也可以想想到底擅长什么，可以做什么。先工作，借工作融入社会，有经济能力，找到自信，才谈得到一步步离开丈夫。

赵宇明和楚然离开，临走时，楚然一回头，见郑燕宁呆坐在床上，形单影只，呆若泥塑，不由得心头窒了一下，想起某个清晨她看到的母亲的背影，母亲也是这样定定地坐着。每个走到绝境的女人，都有着这样无助的坐姿。高中毕业的郑燕宁即使找到工作，也不会是什么好工作，收入微薄加无住房，她也很难得到儿子的抚养权。她从一开始选择蒋文博就错了，错了十年，人生要从头来过，面前的路荆棘丛生，泥泞满地，谈何容易？

已是晚上，三人走进一家餐厅吃饭。楚然说很佩服赵宇明对待受害者的耐心，赵宇明道："解决家暴是无法快意恩仇的。"

楚然冷笑一声："我不这么认为。"

"依你看，什么才是终结家暴最好的办法？"

楚然握拳。

赵宇明道："你的意思是，以暴制暴？"

楚然干脆道："不然呢？终结家暴最好的办法，就是反抗，打服对方。因为暴力狂能听懂的语言只有暴力，如果正面硬抗打不过，我不介意背后暗算。如果是我被家暴，打我的人就做好二十四小时睁眼的准备吧。但凡给我抓住机会，他就死定了。"

天地间如果有神明，神明从头到尾清楚他们做了什么，她们承受了什么，又怎么会因她们暗算而降罪？如果真因此而降罪，那么楚然将大踏步跳上神坛，用擀面杖一把将神明击得粉碎。

林远笑，对赵宇明道："我第一眼见到她时，就知道她不是个善茬。"

赵宇明道："可你还是收下她了呀。"

林远道："因为我喜欢不是善茬的女人。"

赵宇明道："因为你就不是个善茬。"

林远假装瞪眼："怎么，你有意见？"

赵宇明："我要有意见，为什么会和你结婚？"

林远切了一声，傲娇地笑。赵宇明看着妻子，一脸欣赏，也笑着。楚然羡慕地看着这夫妻俩。人间有正常夫妻，她知道，只是太少，并且需要运气。

赵宇明道："司法界的确讨论过借鉴国外'受虐妇女综合征'理论，

充分考虑家暴受害者以暴制暴的动机和原因，寻求合理的裁量机制。但这个领域非常复杂，三言两语说不清。而且，龙生九子，各有不同，不是所有人都有反抗的勇气和能力。最后，谁都想快意恩仇，可是生活没有那么简单。就像楚然说的，郑燕宁可以把家全砸了，让老公没有岁月静好，那她和儿子怎么生活？带着儿子，她又能去哪里？"

一番讨论照例没有结果，一顿饭吃得憋闷不已。吃着饭，赵宇明不时抬头看着楚然，一脸凝重。

楚然喝了酒，已微醺，笑道："怎么了赵律师？"

赵宇明道："楚然，我不清楚你曾经遭遇过什么，我建议你有空多来救助中心和常医生聊聊。她是非常资深的心理医生，也许可以解开你心中的郁结。你有暴力倾向，这对你来说不是好事。"

楚然道："赵律师，我的确有暴力倾向，但是我从来不主动攻击人。我的暴力只用来保护自己和帮助别人，这也错了吗？"

赵宇明道："如果你的力道掌握不好呢？你要知道，防卫过当是要负法律责任的。"

楚然嘲讽地笑了："那么宁见法官，不见法医吧。我那个被家暴十八年的亲戚，如果不是防卫过当，她已经变成一具尸体了。"

夫妻一怔，觉得这话大有深意，互视了一眼，待要追问，但见楚然已喝得有点醉了，也不好再问。

吃完饭后三人道别，夫妻俩见她有醉意，不放心，执意打车送她回去。楚然靠在车窗边，睁着晕乎乎的醉眼，看着一路掠过的灯火璀璨的夜景，不胜茫然。今年她二十二岁了，离家出走已经三年了，家里人会不会认为她已经不在人世了？没了她，母亲活得怎么样？她这个独生女于母亲而言，是负累，还是支柱？她们俩共同创造了那个惊天的秘密，她消失了，于母亲而言，是能忘却这秘密带来的压迫感，还是一人担了本该两人承担的罪恶的分量，从而活得更艰难？

楚然看着手机。一开始母亲、奶奶和姑姑总给她发微信发短信，劝她回家，后来，她换了个新号码，她们就再也联系不上她了。楚然按着母亲的手机号，一个个输入数字，像是一点点掀开地狱的幕布，心头的畏惧感一点点强烈起来。输完后，她又把号码删掉。

到了城中村，楚然与两人道别，闷闷不乐地回到出租屋。路过一个房间时，走出来一个四十来岁的中年男人。这人楚然不认识，这自建楼的租户三教九流，人来来去去，还没等认个熟脸儿，就又搬走了。过道很窄，擦肩而过的时候，男人在楚然屁股上抓了一把。楚然停下脚步，退后一步，看着他。

楚然平静地问："你干什么？"

中年男讶道："哟，真的是个女的呀？我一直以为是个男的呢。"他的眼睛上上下下地扫着楚然，肆无忌惮地笑了起来。

楚然一言不发，掉头走到楼梯口，堵住下楼的路，回头，抱臂，眯着眼看着男人。但她这样的举动，在他看来，简直是调情了。

中年男更来劲了："姑娘，你长得挺漂亮的，干吗不留长头发呀？为什么把自己搞得像个假小子？"

楚然道："你刚才摸我屁股了，道个歉，这个事就算过去了。下午已经打过架了，我不想一天之内打两次架。"

中年男先愕然，接着意味深长地摸着下巴猥昵道："你说的打架，是哪种打架呀？床上那种吗？"

今晚有月，月光皎洁，幽幽地洒下来。天地间这么明亮，如果有神明，它该看到一切了。它清清楚楚，这不是她的错。如同父亲荣华施完暴后浑身无力一样，和蒋文博打完架，又喝了一瓶啤酒，楚然也早已疲惫不堪。拖到现在，她只想赶紧进门，倒在床上大睡一觉，没想到还是要战斗。看来对于女人来说，该打的仗，一仗也少不了。

中年男正笑得欢，突然眼前有个东西一晃，一个小小的拳头径直击中他的鼻子，其力道之大令他踉跄着后退，摔倒在地。以鼻子为中心，肿胀的痛一波波扩散开来，痛得他脑子嗡嗡的。正发怔之际，接着又飞来一拳，把他打趴下。中年男在地上挣了一挣，刚坐起身来，楚然一腿正中他的下巴，又把他踢倒在地。他趴在地上，以手撑地，连连后退。

楚然揪住中年男的衣领，他的鼻血正汩汩淌着，滴落在前襟。

楚然叹了口气，耐心地问道："你看，咱俩不认识，对吧？"

中年男不知道她的意思，只顾着又痛又狼狈又震惊。

"我们都在这里租房，我和你无冤无仇，你为什么要欺负我？"

中年男结结巴巴："我错了，对不起。"

楚然苦笑道："你抓一下我的屁股，照理说，我也没有损失什么，但是，你这样是不对的。这是性骚扰，是犯罪。这一点，你同意吧？"

中年男只顾捂着不断流下来的鼻血，还有嘴角的血，痛得无心回答。

"但是你会觉得，你比我高，比我壮，欺负我了，也是白欺负，反正我也不能把你怎么样，对吧？打官司挺麻烦的，你笃定我不会因为这么小的事情去派出所，你笃定我只能忍着恶心活着。你们这些仗着自己身材高大就到处欺负人的畜生，是不是都是这样想的？"

楚然手一紧，举拳，龇着牙，面部扭曲，突然迅速出拳，拳头再度狠狠落在中年男的鼻子上。中年男被打得眼冒金星，连声求饶。楚然打了七八拳，方泄了心头之恨，走回自己屋，砰的一声关上门。

中年男瘫倒在地，如梦一场，实在不能相信，自己居然被一个这么瘦小的女孩打得这么惨。论绝对力量，他超过楚然。但是她速度太快了，根本没等反应过来，他头颈部等最脆弱的地方就连遭重击。

中年男还没说话，楚然的门又拉开了，她举着菜刀，眼睛直勾勾地走过来，他再度吓一大跳。楚然疯狂地凌空一劈，一刀砍在他头边走廊的水泥护栏上，刹那间碎渣飞进。

"你让我恶心，明天给我立刻搬走，否则我对你不客气。"

　　她的嘴唇哆嗦着，眼睛里迸射着类似野兽冰冷残忍的杀意，看着像精神分裂症发作。刀锋在月光下闪着光，她完全有可能一刀劈了他。想着种种可怕的后果，中年男胆战心惊，连滚带爬，滚下了楼梯。

第十五章

与秘密正面交手

　　隔壁男人搬走了，房间一直空着，大家传说楚然是精神病，没人敢
和她当邻居。楚然平时看着不言不语，独来独往，大家除了觉得她头发
太短，衣着太过中性，不似个年轻姑娘外，倒也觉得她文静有礼。传闻
出来后，她的沉默和奇异的短发看起来就充满了可疑的色彩。房东有心
要请她走，终止合同，把房租退给她。有次在走廊遇到，房东想谈这件
事，叫了声"张楚然"，楚然抬起双眼看着他，眼神淡漠——兽的眼神
就是这样，无所指而带着杀意。房东心头一凛，想起传说中的菜刀，嘴
一瓢，居然笑道："吃了没？"楚然淡淡地点点头，房东逃也似的匆匆
离去，后来楚然每次遇到房东，都能看到他面上几近谄媚的笑容。她心
中畅快，随之而来的是对这人世间的蔑视。

　　她为了每晚给自己煮夜宵，买了把菜刀，连同挂面、调料、鸡蛋等
放在桌子底下的小柜子里，没想到菜刀在这混乱的城中村居然还能有别
的用场。

　　这天，楚然带着大班学员热完身，陈陈接着给他们上课。楚然靠
在一旁一边喝着水休息，一边刷手机。她看到这样一则新闻：全省即将
县县通高铁，打造高铁经济圈。点开内文一看，老家隔壁县已经通了高
铁。掐指一算，从省城坐高铁到隔壁县，只需要四个小时，再和别人拼

个车，三十分钟就能回到老家镇上了。

一股凉意自小腿往上爬，爬到后背，最终攫住楚然的头，她被巨大的恐惧定在原地。往事就是最可怕的敌人，她从镇上坐车到县里，县里坐车到市里，市里坐高铁再到省城——这一连串曲折的倒车，像是迷惑敌人的布阵。这么曲折，相信敌人找不到她。原以为离开，就能永远地离开，没想到原来敌人离她这么近，只要四个半小时，就可以追上她。它在暴雨中狞笑，张着黑洞洞的大口，沿着蜿蜒的高铁轨道狂奔、逼近，要把她一口吞下、嚼碎。

林远见她坐在棉垫上刷着手机，突然面色惨白，神情仓皇，以为她是陪学员练得太猛体力透支了，赶紧过来询问究竟，并给她倒了杯水。喝完水之后，楚然安心了一点。

"师父，我想请一周假，回趟老家。三年多没回家了。"

林远一怔，这是第一次，楚然提起她自己的私事。楚然当然有家，没有一个人没有家。楚然从迷雾中走来，凭空出现在她的拳馆，从来不提自己的家庭，从没见她联系过家人，也没有人来找过她，那只能证明她的家庭非常致命。她曾几次说过家人遭遇家暴的事，对救助中心的事情也非常上心，也许那就是她流浪的原因。

"需要找个人陪你回家吗？陈陈或者小何、小汪？我可以安排他们陪你回去。"

她并不追问，只是提供帮助。一股暖意对冲了那股恐惧的寒意，楚然道："不用，没什么事，我就是回家看看我妈，还有奶奶和姑姑。"

原来楚然真的有家，像大家一样，有妈妈，有奶奶、姑姑，只是没有父亲。有奶奶肯定就有父亲，不过她绝口不提，也许这父亲才是致命的根源。

坐在高铁上，楚然靠在窗边，看着一路掠过的风景。越是害怕，她越是要正面迎上，这是她十七岁之后的生存策略。她怕小媛、阿超，所以她以寡敌众；她怕父亲，所以离家出走时故意用父亲的那只行李包，明明家里有更方便、装东西更多的行李箱；她怕拉面馆的董师傅，所以她抄起那把折叠椅；她怕直面家暴的惨痛回忆，所以她要去救助站当志愿者，强迫自己眼睁睁看着那一桩桩一件件的血淋淋的悲剧。

你给我看着，给我看清楚！搞明白家暴究竟为什么屡禁不止！

她一边害怕，一边喝令自己睁大眼睛。

越怕什么，她越要挑衅地靠近，哪怕粉身碎骨也在所不惜。这些年，她就是这么过来的，向死而生。因为一件事物令她恐惧到了极点之后，往往会引发她巨大的愤怒，被玩弄于股掌之间的愤怒，所以她靠近所有她害怕的东西，用暴力征服了它们。这次她也要故意走进秘密巨大的阴影里，倒要来试一试，它能把她怎么样。

恐惧越接近故乡越淡，站在镇子中央时，楚然已镇定下来，心中毫无波澜。和三年前离开时相比，这封闭落后的镇子变化了不少。新修的六车道的省道从镇边穿过，新时代循着宽敞的马路叫嚣着掠过，带来新气息。道路两旁起了一排排新楼，一溜底商各式各样，县里最大的蔬菜批发市场也落户于此。这里一下子变得很繁华，人气很旺。三年多来像块石头一样沉甸甸压在心头的这个镇子，原来是纸老虎，不足为惧也。楚然有种一拳落空的失落。

往镇子深处走，来到家附近，楚然见通往河边的水泥路拓宽了，河边的山被推平了半边，盖起了个公园。自家小楼的门关着，旁边胡家的院门口，"荣丽饭店"招牌依旧。此时正是黄昏，院子里的食客不少，一个服务员正在左边的院墙根儿烤着肉串儿，烟雾腾腾，带着肉的焦香以及孜然粒特有的味道。看来经过这些年，姑姑的生意渐渐做熟了。

荣丽正从屋里走出来，手里端着一大碗面条。楚然走进院子，荣丽一抬头，手一哆嗦，差点把面碗砸了。

"姑姑。"楚然唤道。

荣丽慌乱又激动，赶紧把面条放到食客桌上，大叫着："妈，楚然回来啦！"

楚然一看，右边墙根儿下的木躺椅上，如从前一样躺着奶奶吴芳。她更老了，头发完全雪白，脸上皱纹密布，看上去缩小了一圈，像枚被彻底风干的枣子一样。吴芳本在闭目养神，此刻睁开眼，看到楚然，想站起来，但双腿颤颤巍巍的，无法承受衰老之躯。

楚然发现高估了自己，看到奶奶要站起来，那股消失的恐惧再度强势来袭。她想呼号，想逃，逃开无止境的追问。但如她一直在践行的那样，她反而一步一步走到奶奶面前。吴芳伸出如枯柴般的手，楚然拉住她的手，贴到自己的脸上，把头放在她的腿上，双膝跪于此地，心头一片大难降临时认命的宁静。

楚然搀着奶奶回到张家小楼，却不见母亲雅妍。荣丽说雅妍自楚然离家出走后就住到学校去了，现在她和母亲住在这里。楚然给雅妍打了电话，半小时后，雅妍回到家，悲喜交集，握着楚然的手，把她看了又看，眼泪扑簌簌地落。

母亲胖了，和三年前比显得年轻了。她化了淡妆，还是那款深栗色沙宣发型，每一根头发都修剪得一丝不苟，染得一根白发也没有；剪裁得体的驼色西裤搭米白色薄开襟毛衣，脖颈处一条秀气的白金项链。她看着就像省城那些最时髦的女性，任谁见了，都想象不到她曾经有过长达十八年地狱般的生活。

荣丽做了丰盛的菜，四个人在院子里吃饭。楚然把自己离家出走后的事情大致说了下，他们听说楚然现在在当搏击助教，都惊叹不已。

雅妍道："一个女孩子家，为什么要学这种东西？"不过楚然的嘲讽神情让她立刻意识到自己这话的不合时宜。

荣丽却赞道："女孩子学点拳脚上的功夫挺好，省得被欺负。"

楚然道："对的，我就是为了不被人白打才学的。奶奶，你还记得我说过的话吗？一个人打了另一个人，不可能白打的。"

她向吴芳微微一笑，一仰脖喝掉一杯酒。她知道奶奶从未放弃过追问，她完全知道，所以要故意挑衅地这么说。这话在此地讲，别有意味。夜风习习，传来不远处河水潺潺的流动声响。三年前，父亲正是在这里消失的。如果奶奶能把自己的怀疑和警察说了，楚然反倒踏实了。如果警察把她和母亲抓起来审问，楚然一定把那秘密悉数坦白，无论判刑还是枪毙，来个痛快，一了百了。但奶奶并不这么做，楚然日夜在和那秘密玩着猫鼠游戏，进退两难，十分煎熬。

吴芳笑了笑，笑容里一点棱角也没有，仍是不言不语。对于扑面而来的挑衅，她失去了战斗意愿。楚然发现有点异样，自她回到家，就没听到奶奶说一句话，她只用表情来表达。

荣丽道："你奶奶得了失语症。"

荣丽说，吴芳从两年前起渐渐说不出话来了。荣丽和雅妍以为她得了阿尔茨海默病，可是平时看她生活又没有任何异样，耳聪目明，能吃能睡，生活能自理。她们俩带她去市里拍了头部 CT，没发现大脑有什么病变的迹象。最后医生诊断说这是心理性失语症，一般是由重大的精神波动或精神创伤造成的。医生开了点抗焦虑和抗抑郁的药物，奶奶吃了一段时间，情况没有变好，就不吃了，也不配合再去市里复诊。姑嫂两个无可奈何，见她除了不说话，健康无大碍，也就随她去了。

楚然看着奶奶，奶奶把酱牛肉盘子往她面前推了推，见她没动，夹了片肉放她碗里。楚然为自己刚才的敌意感到内疚。奶奶这一生，从未得到，只是不断地失去，她是长女，从小就当牛做马，帮着父母养活五个弟弟妹妹。十八岁，她被父母嫁给荣华的父亲。三十岁之前，她生下的两个儿子都夭折了。三十岁那年，她生了荣华，三十三岁，她生了荣丽。一儿一女她总算全须全尾养下来了，可这段婚姻从头到尾都充斥着丈夫的拳脚、棍杖、咆哮、摔砸家具盘碗等暴力。后来丈夫终于死了，却再度迎来儿子的暴力和儿媳妇、孙女的眼泪。她时刻战战兢兢，只求能安稳做牛马，哪里能感受到家庭生活的乐趣？

在奶奶悲惨的人生里，楚然曾经是她唯一的、可以全心全意、不含一丝杂质地爱的天赐珍宝，曾短暂地照亮了她黑暗的人生。可是楚然杀了荣华，杀了她的儿子。她没有证据，只有直觉，她无比信赖这直觉。女儿弑父，这在哪朝哪代，都是人伦尽毁、天崩地裂的大事，是神明不容、永世不得超生的深重罪孽啊！

荣华该杀，除非他死，否则儿媳妇、孙女不得解脱，这一点奶奶心知肚明。可这该杀的畜生是她养出来的，杀了这畜生的凶手，是她毕生最爱的孙女。楚然跑掉，她更坐实了自己的直觉。直觉就够了，要什么证据？一个人，几分钟前还在门口呢，天亮以后突然没了，活不见人，死不见尸，难道是什么变戏法不成？当然是母女俩先杀人后藏尸了。雅妍，借她十个胆，也不敢杀夫，动手的必是楚然。

奶奶直勾勾盯着雅妍，有时凶狠，有时哀伤。在无人处，她低低地、不休不止地追问：你们把我儿子埋哪儿了？还是真的扔到河里喂水怪了？告诉我，我去烧个香，死也瞑目了。

雅妍有时不耐烦地走开；有时声音平淡地说"荣华走掉了，去哪里我们不知道，可能过一阵子他就回来了"；有时微微一笑，安静地看着她，一声不吭。吃定了她不敢声张，声张也无所谓。

奶奶看出来了，雅妍和她是一类女人，都对生活非常有耐心，她是不可能从雅妍嘴里问到任何东西的。她们就是因为太弱了，只好不动声色地用耐心和人世拉锯。拉锯的过程中人们偶尔可以看到她们似哭似笑的脸，误以为她们是在卑微地忍耐，其实她们是在冷笑，笃定必将靠耐心胜出。

楚然离家出走后，雅妍更有借口不回张家老宅了。除非奶奶去找她，否则她一年半载都不会登门。奶奶无法，憋屈得快要爆炸了，急需找人倾诉。她在荣丽饭店的小院，看着往来的食客，满腹心事，欲言又止；在粮站改的老年活动中心，熟人和她拉家常，问着儿子和孙女的下落，她嘴唇颤抖，神色恓惶。秘密已到嘴边，却被她硬生生咽进肚里。她就这样，每日急得团团转，思来想去，这因果循环无法可解。举目望去，除女儿荣丽外，无一可倾诉之人。可就连最亲的女儿她也不能说，只要说了，孙女就死定了。人们知晓了个惊天秘密之后，最终都会把它泄露出去。少一个人知道，孙女就更安全一些。

那秘密在心中翻来覆去，越长越大，快要破土而出。奶奶一天天在嘴上加固，上锁。一层层加固，一道道上锁，越来越沉默，突然有一天就说不出话来了。她终于成功地把自己变成了个后天的哑巴，那秘密死在门里了。从这以后，要什么东西，她指着东西示意。别人问话，她摇头或点头，实在需要回答了，她报以缄默的微笑，是不愿回答，还是没听懂，随便对方怎么理解。渐渐地，大家明白了，她不想说话。

奶奶以惯性活着，一天天熬着，也说不清到底在熬什么，盼什么。这世间还有一线微弱的联系在勾着她的魂魄，一旦哪天这线断了，她就可以终止生命了，荣丽几乎可以这么断定。虽然她能吃能喝，但食量在缓慢地减少，像是在和那一线联系的讨价还价中渐落下风。

楚然并没有感到释然，奶奶说不出话了，她突然知道自己真正恐惧的是什么了。并不是奶奶的追问。假使奶奶哪一天真的死了，她就可以放下这心灵的重担了吗？奶奶死了，人世间唯一在乎父亲的人离去，再无债主，她真能从此逍遥？不，她欠下的这笔债，除非她死，否则永远偿还不了。她本是个受害者，怎么莫名其妙成了个老赖？这真是天大的冤屈。

吃完已是半夜十二点，收拾完毕，雅妍又要回学校。楚然说留宿一晚也没什么吧，雅妍却坚持要走。楚然不再坚持，只是说要送她。雅妍说熟门熟路，十五分钟的路程，有什么可送的呢，楚然说太晚了不安全。

凌晨的镇子，店都关了，路上没有行人，只留了几盏昏黄的花形路灯，从黑暗里掏出一小朵一小朵的亮。再怎么建设开发，这镇子也仍是在群山包围中，路灯之外大片大片的黑暗里，重重的远山起伏着，更显出这夜的厚重悠远。母女俩默默无言地走着，楚然想，原以为这辈子不会再回老家，这情景真像一场梦啊，居然还能和母亲拥有这样的时刻。

拐过街角时，一个喝得醉醺醺的男子迎面走来。楚然注意到，雅妍从很远处就开始警惕，幅度过大地和对面走过来的人拉开距离，这是所有女人都会做的动作。楚然暗觉好笑，现在无论多偏僻，多黑暗，她都不会害怕。所谓心怀利器，杀心顿起，若有人来犯，她正好把满腔无名火一股脑儿全发泄在他头上，反正现在一般的男人都打不过她。楚然很自然地走到雅妍面前，伸出手挡在她身前，做了个保护的动作。与男子擦肩而过时，男子斜着眼看了母女俩一眼，脚步微迟滞了一下。

"喂，美女。"醉汉嘟囔着。楚然横了他一眼，眼神里满是不好惹的杀气。醉汉怔了下，往后退了几步，踉跄着走开。

雅妍看着楚然，她的肩膀把黑色运动衣撑起来，较三年前强壮多了。雅妍依稀看到当年她提着擀面杖保护自己的那一幕，不同的是此时的楚然动作更为敏捷，那原本圆润柔美的脸瘦了下去，脱去了最后一点婴儿肥，换上冷硬的线条。乖巧只是女儿童年的一种假象，成年后暴戾又具有攻击性的本色就从底部浮现出来，撕碎了柔美的外衣。

楚然埋怨道："你说你非得回学校，要不是我在，说不定就出事了。"

雅妍道："我真的不敢再住在张家了。再说了，现在治安很好，到处都是摄像头，没事。"

楚然下意识地抬头看着路灯白色铁臂上的摄像头，谢天谢地，当年还没有这个玩意儿。

雅妍道："你放心，你走后的这几年，警察没再来找我。你奶奶试探过我几次，可是她没有证据，也只是乱猜而已。"

她笑了笑："她经常一个人跑到河边去坐着，到现在还认为咱俩把他扔进河里了。"

"你觉得她会提告吗？"

"她要真提告，警察要是真找到他了，那就是我一个人做下的，你根本不知情。反正我也活够了。"

深夜的静，是由一些细密遥远的声音衬托出来的，比如远处的公路上偶尔掠过的夜行车辆轮胎摩擦地面的沙沙声、发动机的嗡鸣声。地球上所有夜行车辆的疾驰声遥相呼应，微不可闻，断续如稀薄炫亮的丝，在空气中穿梭。它们总使楚然觉得这是宇宙这台精密而庞大的机器在运转时发出的旋律，像幻境里的呓语，它们使时间和存在都具象了起来。此刻她们正好行走在路灯照不到的黑暗中，在这样浓郁的黑里，谈论死亡，很相宜。尤其雅妍的声音低低的，带点凄楚的平静。

回到张家小楼，楚然洗漱完毕，上了楼。奶奶在卧室里，已睡着，小小的一团，蜷缩在被子里。楚然躺到她身边，搂着她，发现她已瘦得浑身都是骨头，不由得心酸。吴芳被楚然的动作弄醒，叹了口气。

"奶奶，你为什么变得这么瘦？多吃点肉，别总是吃素。"楚然温言道，心里想，明天得把自己的那套增肌增重的知识告诉姑姑和母亲，让她们给奶奶安排正确的饮食，让家里这三个女人都强壮起来。日子不管长短，在结束之前，能过好一天是一天。

吴芳温热的手握着楚然，楚然试探："奶奶，你真的一句话也说不出来吗？"

吴芳的手紧了紧，没说话。

楚然躺下，关灯，祖孙俩头并头，在黑暗中睁着眼。窗外刮风了，呼呼的风声让楚然想起那个晚上，然而那样的事再也不会发生了。无论将来要付出怎样的代价，母亲和奶奶都是安全的。楚然一阵残忍的快意，又踏实又自得。

　　白天，楚然在镇子上闲逛。有些熟人认出她来，讶异地打着招呼，楚然一一回应。她路过阿超的修车铺，见阿超正蹲在地上，穿着一身深蓝色修理服，认真地修着一辆摩托车，满手油污，面容显得比几年前成熟了些。旁边的茶几边坐着个抱婴儿的年轻女孩。小镇上就是这样，不上学的少男少女很快就会结婚，生下孩子。小爸爸阿超现在有了养家糊口的面容，看上去十分可靠。所有人都沿着自己既定的人生轨道往前行进着，只有她脱轨了，随后一发不可收拾。真羡慕阿超这些人啊，没心没肺，情欲极其旺盛的同时又无欲无求。要怎样才能修炼成这样粗糙的一颗心？阿超的父亲也家暴妻儿，而小媛的母亲喜欢赌博。谁不是带着伤痕长大呢，为什么单她无法忍受？阿超感觉被人长久地盯着，抬头，见是楚然，愕然，又立刻低下头。楚然面无表情地走开，走向学校。

　　来到学校，楚然漫无目的地散着步，踱过教学区，走到办公楼下，恍然想起当年母女俩暂时栖身顶楼时父亲突然追杀过来的那可怕一幕。多么希望父亲还活着呀，那样，当他追杀过来，拖着母亲的长发，像拖着一条狗在走廊穿行之时，楚然就可以疾速赶到，一记直拳，一记左摆拳，一记右摆拳。然后，在父亲摇摇欲倒之际，再一记右腿高扫，扫在他的颈动脉窦上，让他轰然倒地。旧世界崩塌，新世界诞生，而不是双膝跪下，颤抖着哀求，却被父亲一脚踹翻在地。

　　不错，父老乡亲们会大惊失色，捶胸顿足，说她破坏纲常伦理。父永远不会错，打老婆孩子算什么错？错也是小错。子女，尤其是女儿，岂可对父不敬？人们平常那样推崇母亲，那只是因为没有遇到父亲。父亲一到，母亲只能退居神坛下位。就像贾母，如果丈夫贾代善不死，她能成为老太君？而数百年来，读《红楼梦》的人只记得她被叫作贾母，谁知道她叫什么名字？

　　拉偏架的统统该死，统统该吃她一记直拳、一记左摆拳、一记右摆拳，然后在摇摇欲倒之际，再被一记右腿高扫在颈动脉窦上，轰然倒地。她是从天而降的战神，把坐在地上绝望地哭泣、无助地四处张望的母亲从深重的苦难中拯救出来。

楚然仰着头，看着六楼，紧握着拳，手心已濡湿。正思绪纷繁之际，有人叫了下她的名字，声音惊讶。楚然转过头，见是夹着一沓教案的范文良。他老多了，楚然记起他今年才四十六岁，但两鬓都已斑白，加上他瘦小的身材，看着是个十足的小老头。镜片后那双小小的眼睛里，依然是楚然感到熟悉而亲切的热情又诚恳的眼神。

楚然笑道："范老师。"

范文良仍在惊讶，笑道："听你妈说你跑到省城去打工，好几年没回来了。怎么这么巧，今天在这里碰到你？"

楚然道："就是因为几年没回，所以想回来看看呀。"

范文良道："走，去家里说说话。"

楚然来到范文良家，两人喝茶闲聊。楚然把自己在省城的经历大致说了一遍，省去面馆那一段，只说自己现在在某拳馆上班。范文良看着她挺拔的身姿，举手投足间带出的气势，说能看出来，你整个人的气质一看就是常年运动的。楚然知道范文良仍保持着在部队的生活习惯，每天只要有时间都要运动，或跑步或打球，心里感到更加亲切。

她看着屋角放着的一对哑铃，道："范老师现在还保持体能锻炼呢？"

范文良道："必须。人上了年纪，越发感觉到体育锻炼的重要性。"

楚然走过去，举起那对二十公斤的哑铃，轻松地做着前平举、屈臂、飞鸟等各种动作。拳馆有杠铃，也有哑铃，力量训练是这帮教练的每日必备之功。范文良目露赞许之色，笑道："唉，小辉要是能和你一样喜欢运动就好了。可惜呀，偏偏她是个懒蛋，能坐着绝不站着，能躺着绝不坐着。"小辉是他的独生女。

他说着，也过来举着哑铃。两人说笑着，气氛很融洽。楚然随口问师娘最近怎么样，范文良一下沉默了，半晌才说："她前年出车祸死了。"

妻子好端端走在路上，镇上半大小子们的摩托车队风驰电掣地呼啸而过，把她撞倒在地。她后脑勺磕在了马路牙子上，昏迷不醒，送到市医院没救过来，第二天就死了。范文良就是在那段时间里迅速老去的。

楚然震惊不已，气氛一时悲伤。范文良清着嗓子，故作轻松地笑道："都过去了。"

楚然道："范老师，正好晚饭时间到了，走，我请你喝酒去。"

范文良推辞着，楚然道："我不是想长篇大论地劝你，只是真的很想对你表示感谢。从前就是你待我和我妈最好，在我心目中，你就像亲人一样——不，你像个英雄。当年，我妈在办公楼被他打的时候，我第一个想到的人就是你。"

楚然声音哽住了，她还有更多的话没说，她想说，就是因为你，非亲非故，却始终倾情相助，才让自己对这人间还存了点希望。她知道母亲暗恋范老师，也曾怀疑过范老师是出于男女之情而帮她们母女，意图从母亲身上得到点什么。她为此特地暗中观察了几年。最后她明白了，全是母亲一厢情愿，范老师完全是出于一腔正义而帮她们的。

范文良为她这番情真意切的话所感动，不再推辞。两人来到镇上的馆子，点了几个菜，点了两瓶啤酒，边吃边聊了起来。范文良问起楚然是否还在读书，最好可以兼顾。楚然摇摇头，说觉得读书没用。

范文良郑重道："读书非常有用，哪怕不为文凭，不为找工作，只为明理，也应该读书。"

楚然笑容带了点轻蔑："我姥姥家全都是读书人，你看有用吗？你看看我妈，她活成什么样了？读书没能让他们明理，只让他们更糊涂了。"

范文良道："楚然，你千万别这么想。要论体能，我当年在部队每年考核都是第一，可我退伍后，千辛万苦也要重新参加高考上大学。论打架，现在我也完全打得过壮小伙。可我认为打架解决不了大问题，这个世界终究还是认道理，不认拳头的。是人错了，不是读书错了，读书永远不会错。"

楚然心中一动，喝着酒没说话。

"你最好考虑一下这件事，或者，你现在搞搏击，可以尝试考体院。这几年体育产业发展很快，你是个聪明的孩子，如果能文武兼修，前途依然无量。如果你想重新高考，我可以帮忙。"

楚然鼻子一酸，她还有前途可言？这话听着何等梦幻，又何等诱人。范文良知道她想起高考失利的事，温和道："我不相信你读不好书，那些日子，只是你受的冲击太大了，一时失控了而已。人生难免磕磕碰碰，晚几年出发，一样可以观赏沿途风景，到达你要去的地方。我是二十三岁才上的大学，你也可以。"

楚然心里敞亮了些，又觉得委屈。委屈这种情感，是要有人买单才能滋生的。范老师理解一切，包容一切，他要是自己的父亲，该有多好……

范文良见楚然低下头，掩饰着酸楚和感激，也非常感慨。他此生从未见过境遇如楚然这般极端的女孩。在这乡镇，命运悲惨的孩子有不少，女孩尤甚。但她们认命的居多，大多有副低眉顺眼的面容。只有楚然，虽生了副乖巧精致的模样，可留心观察，却又能看到她眉宇间的桀骜。她外冷内热，外柔内刚，炽热如火，刚硬如铁。一句话能让她迅速武装起来，也能触动她心底最柔软的那个点。

两人吃着，喝着。范文良心中有着久远的怀疑，正好借着酒，把它问了出来。

"你爸……还是没有下落？"

他清晰地看到楚然睫毛一抖，就这一瞬间，感激已微妙地切换成戒备，刚刚舒展的眉宇又微蹙了起来。不过她举杯的动作半秒钟都没有延缓，酒液咽下的动作也依然顺畅，一点没卡壳，不愧是那个敢以寡敌众，以弱对强，单枪匹马闯省城的亡命徒。

楚然放下已空的酒杯，不紧不慢给自己倒上，又给他倒上，道："没有。县公安局一直没有什么新的消息。"她把杯子往他面前推了推，抬眼正视着他，神情平静。

范文良觉得自己需要解释："没下落好，其实大家都不希望再见到他。"

他举杯，笑容微带了点心照不宣的狰狞，一仰脖，把整杯酒喝了下去。楚然紧绷的神经稍微松了下。此时，雅妍和一个中年男子从外面路过，看到他们，走了进来，叫着："楚然，范老师？"

两人走到他们桌边，楚然看着中年男子，一股诡异之情升上心头。他长得很像范文良，一样干瘦，一样小鼻子小眼睛，说他们是亲兄弟也有人信。不同的是他没有戴眼镜，举止气质显得轻佻浮夸，和范文良的朴素文秀很不相同。他上身穿着红色POLO衫，下身穿白色裤子，尖头皮鞋锃亮，手腕上戴着木珠串儿，浑身上下堆砌着一个薄有身家然而审美能力低下的中年男子自以为的又时髦又古典的元素。许多人见这半老男人如此鲜艳，会先被震住，这就是他的目的。但他又认为自己好歹是成熟的中年人，得有一点文化气息，而木珠串儿可以带来点内涵，所以他往手腕上套了木珠串儿，背了点关于如何盘串儿、盘串儿与国学的渊源的知识，一有机会就卖弄。雅妍也是因为这木珠串儿国学，才勉强说服自己接受了他。国学和文学仿佛是近亲，孙亮就是范文良的仿品，不能拥有真品，拿仿品过过瘾也可以。

雅妍见她讶异，介绍道："这是孙亮，老孙，在县城中山大道那边经营加油站。"

楚然还没回过神来。老孙上下打量着楚然，眼神有点肆无忌惮，道："你是雅妍的女儿吧？我是她的男朋友。"

楚然一惊，但立刻不动声色道："哦，这样啊，你好，你们也来吃饭？"

老孙拉开椅子，坐下，道："拼个桌呗？"不知为何，他的口气显得不善。范文良已起身，道："我们吃得差不多了，你们慢慢吃吧。楚然，走，上我家喝茶去。"

路上范文良说，雅妍是去年开始和这个叫孙亮的加油站老板交往的。荣华失踪快四年了，活不见人，死不见尸，雅妍的生活总不能这样悬着。失踪人口报警两年后，夫妻一方可以去法院起诉离婚，所以去年雅妍去法院把离婚手续走完了，成为单身人士。既然单身了，交往个把男人天经地义。虽然四十五岁女人的"男朋友"，听上去足够让镇上的人挤眉弄眼一番，但这年头，哪个人背后不被人们互视、努嘴、窃笑？一生那么漫长，没点嚼舌根的素材，拿什么度过？

范文良没说最最重要的一段。雅妍拿了离婚证书后，第一时间来找他。他的老婆出车祸去世了，她离婚了，这是上天在成全她呢。上天也可怜她这十几年来活得太苦，终于在四十五岁这年要给她丰厚的补偿。虽然大家都老了，但没关系，现在人均寿命快八十岁，他们还有四十年好活。这四十年，足够她尝到甜头，将半生的苦中和。虽然范文良又干瘦又丑，而她经过两年的复原，已重返美貌，还因带了点熟女的丰腴而较年轻时别有一番风姿。不少人暗暗追求她，但她统统看不上，只要范文良愿意接受她，她可以匍匐在他脚下，献上自己最珍贵的真心。

在范文良家，雅妍颠三倒四，语无伦次，说着这些年的感激，以及这感激是如何升华为爱慕的。但范文良拒绝了她。他早知道她暗恋他，被这样一个美人暗恋，他并不感到高兴，而是苦恼。较早前，荣华没失踪时，他是不想卷入这种绯闻中的，这会影响自己的夫妻关系；后来荣华失踪了，他更不能与雅妍有任何亲密的接触了。虽然他多次向妻子表明自己只是出于同情才帮助雅妍的，而妻子也理解信任他，但大家都在一个教研室待着，抬头不见低头见，他要万分小心，否则妻子的信任会一夜之间滑坡。

雅妍表白那一刻，看着她因饱满情感而泪汪汪的大眼睛和在深栗发色的衬托下格外白皙的美丽脸庞，他一点也不动情，反而苦恼达到了顶峰，随即转化为一股轻微的厌恶甚至是畏惧。这使他一再确认，他从头到尾就没有喜欢过雅妍。他承认他因多年目睹她被打、挣扎在死亡边缘而看轻她，一个永远不能保护自己的人，如何赢得他人的尊重？他更因她常年让独生女楚然生活得那样动荡而觉得她不称职。他知道雅妍天生性子温和，无法反抗荣华，错主要不在她，但这样与死亡、不幸紧密联系在一起的雅妍，只能得到他深切的同情，无论如何也得不到他的爱慕。这太残酷了，但这就是人性。

雅妍无地自容，崩溃痛哭。原来美貌不是所向披靡的，她的美貌先是在荣华面前失灵，又在范文良面前一败涂地。这一生，她被误导得太深了。范文良只是感到抱歉，因怕引人误会而紧张，但心底无动于衷。

雅妍是个特别善于掩饰的女人，这以后他们在学校还是照常相处。雅妍交了男友孙亮，范文良并不吃醋，却也有一丝好奇。雅妍声称暗恋了他十来年，突然说放下就放下了？他有天去县城办事，故意绕了个弯，去加油站加油。见到孙亮之后他倒吸了一口凉气，雅妍这是找了个他的替代品吧？这也太病态了。这以后他遇到雅妍，更加不自在了。

这些纵使范文良不说，楚然又岂能不知？她一见这个孙亮，就什么都明白了。她的脸上浮上一层羞耻，微热，发硬，她替母亲感到丢脸，又可怜母亲痴心一片，一转念，却又痛恨她的痴心。母亲一再地在男女问题上栽跟头，到底是为什么？

周六，雅妍在学校的那套两室一厅里做了许多菜，让楚然来吃饭。

楚然正好想找她细聊，一进门发现孙亮也在。他坐在沙发上，两条腿懒洋洋地张着，一副男主人的坐姿。看着母亲的神色，楚然明白这顿饭的用意了，母亲哪里是想和她这个独生女说体己话呢？竟是打算向她隆重介绍孙亮这个准后爹来着。

开头气氛就不好。孙亮从沙发上挪到饭桌上，烟一根接一根，就没停过。吃饭也堵不住他抽烟的嘴，一口菜，一口烟。在省城，很少有人会在室内抽烟。餐馆基本禁烟，拳馆不用说，赵律师不抽烟，陈陈也不抽烟。楚然已经很久没有吸过二手烟了，她讨厌烟味。何况，她以为"不让别人吸二手烟"是做人起码的礼貌、常识。公然在别人的家里抽烟，每吐一口烟圈，就像一记耳光扇在主人脸上。

但雅妍在袅袅轻烟中一脸平静。和荣华生活在一起的十几年里，他一直抽烟，她已由一开始的不适应，到最后的习以为常了。男人哪有不抽烟的？和拳打脚踢比，二手烟友好得像调情。楚然又恍然明白了一个道理，会找烟民当伴侣的女人，根本不在意吸二手烟。楚然的人生有许多原则，但母亲这样的女人没有。她太为母亲操心了，问题就在这里：她越界了。

孙亮看着楚然，吸了一口烟，吐出大团烟雾，嘴里嘶嘶有声："你为什么要把头发剪这么短呀？我从来没有见过女孩子剪这种男人头。"

楚然自那天在饭馆见孙亮第一面，就很不喜欢他了，此刻忍耐达到了极限。但看在母亲的面子上，她不想翻脸，只想快速吃完这顿饭走人，所以没有接话茬。

孙亮又道："你这打扮也不像个女孩子。长得挺漂亮的，为什么要穿这种没有曲线的衣服？"

他头往后仰，拉开与楚然的距离，眯起眼睛审视着她，又吸了口烟："要我说，你把长头发留起来，穿件短裙，再配双高跟鞋，准保能迷倒一大堆男人。你在大城市待了好几年，怎么比咱们这儿的女人打扮得还要土气呢？"他指间夹的烟随着他挥动的手忽上忽下，烟雾袅袅散着。

雅妍替女儿解围："她不爱女孩子的打扮。"

孙亮不以为然："哪有女孩不爱打扮的？我见过你妈年轻时候的照片，你长得和她真像，不打扮起来可惜了。你呀，长得特别像玫瑰夜总会最漂亮的公主，她叫娃娃。真的，绝了，侧脸看着——"

楚然一声冷喝截断了孙亮的兴致："你给我立刻闭嘴，否则我对你不客气。"

孙亮和雅妍全傻了。孙亮夹香烟的手定在半空，如一时迟滞的思绪，回过神来后一张瘦窄的脸涨满了恼羞成怒的紫红："你，你怎么说话的？什么意思？你这个孩子——"

楚然干脆道："我不是孩子，你这样的干巴老头我一拳就能捶爆。现在就给我把烟掐了，滚出我母亲的家。"

雅妍喊道："楚然！"脸色阴沉，声音里有哀求，眼神里却充满了指责。楚然一愣，心中自以为的与母亲同气连枝的默契一拳落空，不敢置信地看着她。孙亮品出雅妍的不赞成，那股被楚然的杀气震慑住的怒火又旺盛起来。他一拍桌子，喝道："你他——"

楚然站起来，双手一掀，整张桌被她掀翻，盘子、碗、酒瓶哗啦啦一下摔到地上，菜汤油渍泼了雅妍和孙亮一身。没等两人反应过来，楚然大踏步上前，一把揪住孙亮的前襟，猛地一甩，把他甩倒在门口，又上前，揪着他的衣服，一把将他拖出屋后，放开他，用尽力气狠狠踹了一下他的屁股。孙亮踉跄着，扑倒在地。

雅妍尖叫着，扑了出去，将孙亮从地上搀了起来。此时路过几个师生，都往这边看。孙亮在本地算是个不大不小的老板，平素遇到的都是尊敬和笑脸，生平从未遭此奇耻大辱。看着众人看笑话的眼神，他满腔郁愤无处发泄，站定了之后一抬手，狠狠扇了雅妍一耳光。雅妍身子抖了一下，呆住。

楚然站在雅妍身后，看到这一幕，紧紧握着拳，待要立刻上前一拳击倒孙亮，却又停下，喊道："妈，还手！"

雅妍看着正在喘着粗气、瞪着眼的孙亮，两个肩本能地微耸起来，整个身形往里佝，缩成个谦卑的姿势。太熟悉了，这种挨打的感觉，所以她的身体熟门熟路，先于意识卑躬屈膝。但孙亮余怒未息，又抬手，啪的一声，再次狠狠扇了雅妍另一边脸一耳光。雅妍捂着脸，被打得后退了两步。

楚然指甲深深陷入掌心，嘶吼道："妈，你还手！"

这个孙亮，并没有比雅妍高壮太多。雅妍再不济，扑上去，用指甲挠他，用牙咬他，哪怕第一下就被孙亮打倒，楚然也不会有这一刻的失望。这失望太痛了，痛到像大彻大悟。雅妍的头低得更深了，捂着脸，做错了事情一样，满身透着羞愧和认命的气息。

楚然号叫着上前，左右开弓，连连出拳，将孙亮打倒在地，接着又骑到他身上，揪起他的衣领，一下，一下，一下……重重地捶着他的脸。范文良正好路过，见孙亮已经被打得满脸是血，赶紧上前拉楚然的手。但楚然已经疯狂，一时拉不动。范文良从背后抱着楚然，双臂紧紧地钳着，好不容易才将她从孙亮身上拖开。楚然挥舞着拳头，脚踢着，大吼着："我要杀了他，别拦我，滚开……"

范文良紧紧抱着她，声音低沉有力地反复劝道："楚然，停下来，不值得，不值得，没有任何人值得你这么做。楚然，你冷静一点……"楚然终于松下紧绷的神经，泄了气，腿都站不稳，整个身子在范文良的怀抱里往下滑，失声痛哭。雅妍呆立一旁，仍捂着肿痛的脸，微一抬头，撞见范文良的眼神，看到了那熟悉的由同情和失望混合而成的淡淡轻视。

三人进了派出所，一起去的还有范文良，接警的是周警官。荣华失踪后，雅妍已经有好些年没有因为挨打来这里了。此刻周警官再次看到她，听说她又被男人打了，不免唏嘘。孙亮愤怒地叫嚷着，说要起诉楚然。

楚然情绪已平复下来，道："你起诉吧。你打我妈，我那是为了保护她。谁错在先？而且你难道没还手吗？你一个大老爷们儿，被我一个女的打了，说没还手谁信？"

孙亮一时失语。楚然所谓的还手，是指他躺在地上，试图用手推开楚然却无济于事。他也挥拳打了几下楚然，却只落在她的胳膊上，无异于给她挠痒痒。

孙亮气得结结巴巴："你，你没先动手打我？"

楚然道："纠正一下，开头我没打你，只是把你从我家里扔出去。起因是，第一，你在我家抽烟，我不允许任何人在我家抽烟；第二，你对我说流氓话，拿妓女比喻我，对我造成性骚扰。你让周警官评评理，该不该滚出去？"

楚然发现林远和赵律师的谆谆教诲很管用，还手算互殴、正当防卫、过当防卫……这些概念他们非常成功地植入到了楚然的脑海，以及楚然的经验里。涉及婚恋的纠葛，大多存在着所谓"清官难断家务事"的灰色地带，双方各执一词，鸡毛蒜皮，常叫警察左右为难，无法论出个是非来。孙亮正在和雅妍交往，今日之事当然也可以归类为这种"情感纠纷"。

果然周警官面露厌恶之色，孙亮暗叫不妙。他平日对女人轻蔑惯了，用夜总会的陪酒女比拟楚然，这种事在他看来简直太正常不过了，没想到被楚然抓住把柄。

他大叫起来："我要验伤，我头疼恶心，眼睛看不清。"

楚然道："好啊，我也要验伤。我被你打了，现在我也头疼。还有，我妈也要验伤，你打了她两耳光，现在她也头疼恶心，我怀疑你把她耳膜打坏了。妈，你说是不是？"

雅妍正坐在接待的长铁椅上，听到她叫，抬起头，眼神呆滞，看着果然是一副被打蒙了的可怜样。

范文良在一旁道："我做证，我的确看到孙亮打王老师了。当然，楚然也还手打了他。"

周警官道："好吧，都去验伤。如果都没有验出伤，你们又不同意调解，那就只能都拘留。我说清楚，一般来说，先动手的一方过错责任较大。可是如果对方有侮辱、诽谤在先的举动，那这个责任就得掰开揉碎，好好说道说道了。你们考虑一下。"

楚然："我同意调解，你问问这老头吧。当然，他要是不同意，我也奉陪到底。"

周警官看着孙亮，面无表情："怎么样？是去验伤，还是调解？"

范文良道："孙亮，没什么事就算了吧。各退一步，海阔天空。你错在先，而且说出去，你被一个小姑娘打了，也没面子。"

孙亮权衡利弊，终于一咬牙，道："算了，调解。"

大家走出派出所，孙亮对雅妍说："以前大家都说你克夫，找你要触霉头的。我不信，现在看来，果然是真的，你以后不要来找我了。"他狠狠地瞪了范文良和楚然一眼，走了。

母女俩回到家里，默默收拾着那一地狼藉。灰白色亚麻布的沙发巾上溅上了星星点点的汤汁油渍，看着很显眼。楚然有点内疚，心想自己暴怒的后果真的太严重了，要想个能克制自己太过暴躁性子的办法才好呢！正收拾，楚然忽然听到啜泣声，见雅妍一边用纸巾把地上的汤汁吸掉，一边掉泪。楚然过意不去，又觉得厌烦。

"哭什么？"

"为什么说我克夫？这么难听。"

楚然觉得好笑，没好气道："你克夫总比你男人克妻强吧？脑子清醒一点。而且你真的克夫嘛，冤枉你了吗？你老公现在在哪里，你心里不清楚吗？"

雅妍一抬头，眼睛红红，带着怨毒："你为什么要这样对待我？"

楚然愕然，冷笑着："你为什么总是在垃圾桶里找男人？你根本没有和男人过日子的能力，却特别热衷于找男人，实在太蠢了。就不能自己一个人待着吗？"

雅妍觉得楚然的嘴真毒啊！是的，她就是不能一个人待着，必须有个男人。她找男人并不是为了性。但生活中没有男人，她就像缺了半边身子的人一样无法自立。从成年起——不，从她是个刚记事的小女孩起，父母、社会，都在告诉她，女人必须有个男人，嫁个好男人才是一个女人人生的终极任务。有男人"要"，哪怕这个男人什么都不是，她也功德圆满了。没有男人加持的女人，就是丧家犬、二等人、残次品，在太阳下行走都没有影子，因为缺少质感。

举目望去，她认识的女人里，单身的大都是离异女。无论是母胎单身还是离异，谁不在被人暗地里嘲笑？谁敢拍着胸脯说就能单身过一辈子？就她的大学同学，只有一个女的至今未婚，大家表面上若无其事，暗地里不都在议论她没男人"要"吗？一个女人，想要个男人，天经地义，这丢脸吗？

没嫁到好男人，不是她的错。天地良心，她一直在按照教科书上的标准，做一个好女人，苦心经营婚姻和家庭。她有体面工作，长得美，性格温柔，一身书卷气，做饭手艺好，不乱花钱，生活作风保守，把家收拾得窗明几净，本该是最好的妻子范本才对呀。但她运气太差了，她心里的那个黑洞，从头到尾就没有被填满过。丈夫消失了，她一个人住在六十平方米的两室一厅里，觉得屋子大得空荡荡，心也空荡荡，空到她连直着背坐在沙发上也做不到，得微微弯着腰顶住胸口。

范文良就在两栋楼的隔壁，如果他能爱她该多好！她一夜一夜地做噩梦，有时梦回地狱般的挨打生涯，更多的时候是梦见那晚末日般的大暴雨。雨下得天地都要倾覆了，雨中，她的人生也倾覆了。如果骑士范文良此刻能在身边，紧紧搂着她，带来男性荷尔蒙的温热和强大的保护，该有多好！

可他死了老婆都不要她。

孙亮当然不是个好男人，酒色财气样样来，可谁叫他长得那么像范文良呢！她勉强咽下这代餐，只图让那黑洞暂时饱足而已，悲剧总比没有剧要好。她对孙亮也不满意，可连这一点点慰藉也要被剥夺吗？女儿自以为在拯救她，可是打碎了她的平衡，就要有本事再给她重建起来呀！否则，她现在这样摇摇晃晃的半个人，怎么行走人间呢？

楚然看着母亲怨恨的表情，心中的一个结论越来越清晰，那就是范文良的那句话："不值得，没有任何人值得你这么做。"是的，母亲不值得她拯救。要不是为了拯救母亲，她何至于沦落到今天的地步？可笑她从前还幻想建立一个只有她和母亲的家，幸亏这梦想没有实现。

楚然起身走了。

夜，楚然一个人在新开辟出来的镇公园散步。这些年各地基建搞得很好，这公园很像样，里面铺着绿油油的草皮，一簇簇排列有序的冬青修剪成球状，柳树垂下长长的枝条，各色月季盛开着。一个小广场被花草簇拥在其中，当中铺着红白小方块，划船器、健骑机、转腰器等各种健身设施一应俱全。镇上的几个老人站在转腰器上，一边悠然地摆着腰，一边闲聊着。几个年轻人出园，在门口的小卖部买了冰棍，说笑着离开。

如果自己有个正常的家庭，哪怕没考上大学，和姑姑一起卖牛肉面烤串，收了工之后，也可以和所有人一样，来这里心无挂碍地健健身，吹吹风，再回自家那漂亮的三层小楼。这样的小日子是不是也非常快乐？

楚然离开公园，走到河边，在河畔坐下。河水汩汩，夜风吹过，掠来由微腥的水汽、淡淡的土壤气息、清香的草木味以及群山的幽深冷气组成的复杂气息。她就要离开了，走了之后她永远不会再回来了。余生，无论走到哪里，这样的气息永远会让她忆起家乡。

第二天清晨，晨阳灿烂，吴芳早早躺到了那把躺椅上。荣丽饭店现在还经营早餐，早晨七点来钟，就有食客来吃馄饨、牛肉面、豆浆、油条。吴芳安静地躺在晨光里，看着人来人往。她已渐渐退出生活，成为旁观者，旁观也是活着的标志。有时她在人们的轻声交谈、吃牛肉面喝豆浆的呼噜声、汤匙敲击瓷碗发出的清脆叮当声中再眯一觉。在人群中睡觉使她感到安心，她核桃般沟壑纵横的面容舒展了些。

十点钟，食客基本都走了。楚然提起父亲那个手提行李包，走到吴芳面前，蹲下。是该告别的时候了。

"奶奶，我走了。"

吴芳抓着楚然的手不放，楚然轻拍她的手背，表示已知道她的不舍，但的确该走了。可是奶奶的手越抓越紧，身子坐了起来，神情急切——她已经有两年没有这种想说话却说不出的紧迫感了。她看出孙女这一走，必是永生不得见了，那个秘密死而复活，在胸腔翻滚着，呐喊着，撞击着。气流冲击着她的喉管和口腔，让她发出断断续续的"啊啊"的声音。她做着口形，无论如何也吐不出完整的字。

楚然耐心地等着。

吴芳终于吐出两个字："你爸——"字没完全成形，只是两个短暂的气声，但能听清。楚然不动声色，雅妍、荣丽呆立一旁。吴芳抬眼看着荣丽，眼神中带着哀求。她再也说不出一个字了，但三个人全都听明白了。她是在说：我要荣丽走开，你们那罪孽只说给我一个人听，这还不够有诚意吗？你都要走了，就不给个交代吗？我活不了几天了。荣华再不好，那是我的儿子，那是一条命，我只想知道他的尸体在哪里，这样我就可以安心地死去了。现在这样，我死不瞑目啊！

荣丽默默走开，走到院门口的桌子处，收拾着筷筒里的筷子，又用抹布胡乱擦着已擦净的桌面。吴芳见她走远，放心了些，眼神依然固执地咬着楚然，又咬着雅妍。楚然沉默了许久，掰开奶奶的每一根手指头。她练过的手是那样有劲，故而不敢使太大力气，怕将奶奶如枯细枝般的手指掰断。她起身，提起行李袋，最后瞥了奶奶一眼，一句话也没说，但奶奶全听明白了。

她在说：死不瞑目，那就睁眼死吧。

楚然转身离去，奶奶看着她挺直的背影，一瞬间生出赞许和自豪，到底是荣华的孩子，够狠。可下一瞬间，悲怆涌上心头。此时太阳已越过饭馆对面那一排高大的槐树，升至东边高空。灼热的阳光如钢浆般倾泻，如无穷无尽的恨将她淹没，吞噬了整个小院。

第十六章

自助者天助

　　林远觉得楚然回老家一周再回来之后，变得有点不一样了。给学员拿完靶陪练完毕，靠在墙边喝水时，她的脸红扑扑的，流着汗，笑眯眯的，整个人好像打开了些，快乐了些。林远替她感到欣慰，回趟家是对的，自己的亲人嘛，当然要见一见，聊一聊，打开心结。亲人总归是亲人，有些陈年恩怨，聊开、聊透了，就好了。何况楚然才二十三岁，能有多大的恩怨？

　　可是下一次，楚然到拳台上，陈陈给她陪练，两人不戴护具实战时，林远又觉得自己错了。楚然浑身绷紧，咬牙切齿，呐喊着，汗珠颗颗砸在台上，每一次出拳踢腿都把陈陈当不共戴天的仇人般。可以看出，那些恩怨在她心中沉浮，有时恩占上风，有时怨反败为胜。那心结有多重？

　　楚然不是一个能跟别人聊心事的人，林远也不便细打听。她还是那样兢兢业业地工作，把场馆的每一个角落都打扫得干干净净，最后一个走，第一个来。任何时候她都守在馆内，任何琐碎的工作——比如去物业要发票，叫人来修空调，找人清洗饮水机，这些她都不声不响地做了。林远看出，她没有家了，彻底没有了，拳馆就是她的家，她比自己这个老板还要爱它。林远放弃追问的念头，那股对楚然的同情和怜悯更加深切了。她把楚然的工资涨到五千，楚然非常感激，却也并没有过多地表达。她本不善表露情感，习武之后更加寡言。

夜，楚然待在城中村的小屋里想，她没家了。从前她还有点盼头，盼着随着拳技的提高，她可以成为正式的搏击教练，参加那些有奖金的赛事，考裁判证，提高课时费，一步步发展。攒够钱之后，她可以付首付，买个五十平方米的房子。母亲五十岁可以提前退休，来省城生活，五十平方米的房足够母女俩住了。虽然梦想中途一时走了弯路，但最终也能到达目的地。她将带着母亲逃离，永远离开那落后、野蛮、残忍的小镇。一个位于繁华都市的高楼上小小的房子，是她为母女两人建立的堡垒，没有父亲。这个家，母亲就是灵魂。没有结婚的女儿，总是会把母亲当灵魂。她大概率是不婚的。

现在，这个梦想破灭了。这个家里母亲必要引进一个男人，再度将她的日子搅成一潭污浊的泥水。母亲精神上离不开男人，而她，畏惧母亲的男人。不是畏惧男人，是投鼠忌器。母亲以自己为人质，把自己交到男人手里要挟她，这样的生活她受不了。

可有个清晨醒来，楚然豁然开朗：这个家，并不需要母亲呀。母亲不来，她就不能给自己安个家吗？她自己才是这个家的灵魂。母亲不来，她买个四十平方米的房就够了。省城有好多五十年产权的商住公寓，装修得很漂亮的小户型，价格比正经住宅便宜一半还要多。虽然人人说公寓不能碰，因为产权比住宅少二十年，又不能落户，商水商电，没有学位，但在楚然看来，四五十年已是一生，人们甚至都无法预测自己五年后的生活，还管得到那么久以后？至于学位，她横竖不会结婚生育，更不需要。她一个人就是一支队伍，将建立起一座迷你堡垒。堡垒里左排是梨形沙袋、人形靶、立式速度球，右排是一排哑铃、杠铃、跑步机，这堡垒钢筋铁甲，刀枪不入。

四十平方米的公寓成了楚然的人生目标，她重新振作起来。虽然她并非专业出身，但在疯狂内驱力之下的高强度训练后，技能提升得很快，现在她已经可以和小何、小汪这两个专业院校出身的女搏击教练一较高低了。小何他们三人都参加过全国性的专业搏击赛事，虽然名次并不出众，但实力与经验都有。陈陈是独子，三年前在搏击比赛中被打伤了头部，呕吐不止，虽然没有大事，却也把父母吓坏了，从此不允许他上擂台真刀实枪地对打。小何早早发现自己不是打比赛的料。小汪则立了规划，毕业后去当体育老师，目前在这里是兼职当教练而已。林远看出，只有楚然，满腔勃发的炽烈暴戾亟待有序地疏解，很适合比赛。比赛第一能提升技术，第二能消解这种危险的攻击性，第三可以有一笔额外收入。

林远早就存了教出高徒之心，楚然就是一块待琢的璞玉。她的拳击感觉很好，攻防转换技术细腻。虽然身体条件不算出众，但心理素质好，胆大心细。她会耐心蛰伏等待时机，在可以制敌的关键时候爆发出极强的打击力，而且速度快，这一点在拳台上非常重要。

女性搏击太难了，从业人员少，而有强烈出人头地的欲望、盼着在赛场上一战成名的女拳手，更是少之又少。攻击性这东西非女性所属——本来天生都有，但绝大部分女孩的攻击性已被后天阉割得七零八落了。能找到楚然这样攻击性爆棚的女孩，简直太幸运了。而且这也是双赢，如果拳馆多一个楚然这样在实战中得奖的女性教练，对于招生也是有好处的。林远开始给楚然加课，并为之定下目标，参加下半年全省搏击馆联盟举行的一年一度的交流赛，试一下水。

楚然需要减体重，调整饮食，并加大训练力度。她现在都是步行上下班，上班前的步行是热身，下班后的步行则为一天高强度的上课与训练画上轻松的句号。上下班的这条路景色美得很，两旁绿化带里的各种藤蔓月季、鸢尾花、三色堇等高低错落，五彩缤纷，开得正旺。走在步行道洁净的红色小方格路上，早晨迎着灿烂的朝阳，晚上头顶满天星光而归，楚然觉得非常快乐。虽然那快乐的底层仍有个东西沉沉地坠着它，因而这快乐并不轻盈纯粹，但这世上又有几个成年人的快乐是百分百的呢？她已知足。

深夜的城中村，某些角落治安有点混乱，总有喝醉的男子，或者想趁黑捞点什么的亡命徒，但楚然不害怕。自那晚打跑猥琐的邻居之后，她再也没有遇到过危险。她深觉遗憾，自己这隆起的肌肉、满溢的武力值，咋就没有用武之地了呢？她不主动挑衅，但防身总是正当的吧？

这晚回到城中村，楚然轻跳着上楼，在二楼楼梯口看到一个五六岁模样、瘦瘦小小的女孩坐在靠墙的台阶上。楚然路过她时，她往里靠了靠让道。擦身而过的一瞬间，楚然借着路灯微弱的光，看到她神情悲伤中带着惊恐。这么晚了，这小女孩怎么会一个人坐在这里呢，是不是没带钥匙？

楚然上了两级台阶，心里很不忍。她发现小孩子总是能触动她心底最柔软的地方。她回头，走到小女孩身边，问道："小姑娘，你住哪个房间呀？是不是没带钥匙，在等爸妈回来？"

小女孩摇摇头，小声说："我住205，我妈在家。"

205就是楚然隔壁房间，那个猥琐男邻居搬走数月之后，这屋终于租出去了，租给一个在养老院打杂的女人，看来这就是她的女儿了。

"那你怎么不回家呀？"

小女孩噙着泪说："妈妈生我的气了。"

楚然坐到她身边问："你做什么惹妈妈生气了？"

小女孩道："我字写不好。"

楚然不知说什么，见小女孩一只手一直捂着自己的右脸。

楚然很心疼，柔声问："妈妈打你了？"

小女孩点头，小声哭着说："我写不好字，妈妈打我耳光。"

楚然拿下她的手，凑近仔细看她的脸，却又看不出有什么异样。她拉起孩子道："走，我带你找你妈去。"

小女孩惊恐道："我不敢，妈妈说让我……让我死在外边。"

楚然起身，噔噔噔登上台阶，走到205门口，敲着门。半晌，门被哗的一下打开，里面的女人怒骂着"敲你 x 的丧啊，不是说了让你死在外面吗"，她一抬头见是楚然，愣了下。楚然见这女人身材肥胖，三十岁左右模样，头发蓬乱，满脸阴沉的怒气。十几平方米的小屋里气味混浊，家具衣物等摆得满满当当，乱七八糟。

女人不客气地问："干吗？"

楚然道："你女儿一个人坐在台阶上，现在这么晚了，那儿又有点黑，你不担心她的安全吗？"

女人还没说话，就见楚然身后，小女孩探出头，怯生生地看着她。她一把将小女孩扯回屋，嘴里骂了声"给我死进来"。小女孩跌撞着进屋，女人砰的一声将门关上。楚然离门太近，猝不及防，如被抽了记耳光般，那句"你别打孩子"就这样无奈地咽进肚里去了。

这一晚，楚然睡得不踏实，辗转反侧，留神倾听着隔壁的动静，不过什么也没听到。早晨起来，路过隔壁房间，见房门紧闭，从窗户缝往里看，屋里已没人。想想也是，那女孩估计已经上学了，女人要上班，都是要早早走的。

一路阳光灿烂，道旁花儿怒放，天湛蓝，一切都很美好。到拳馆，打扫卫生，开始训练，可楚然始终有点心神不宁。十点多，林远来了，楚然和她聊起这个事。林远由于长期受赵宇明的熏陶，又比楚然更早介入救助中心的救助工作，对这些事情比较熟悉。

她道："我们可以报警。但这女人会说她是在辅导孩子的功课，一时气急了动手。一般来说，警察就是口头训诫，也做不了什么。"

楚然道："现在我们要不要报警？"

林远道："你没有看到她打孩子，如果孩子身上又没有明显的伤痕，报警会有点困难。你看到孩子身上带伤了吗？"

楚然摇摇头："光线太暗，我也没来得及带她到亮处看。"

两人沉默，一时有点迷茫。楚然道："师父，自从学了拳，又到救助中心当志愿者之后，我怎么突然间发现到处都是这种暴力事件呢？"

林远道："暴力事件一直那么多，不过之前它不在你的视线里而已。人就是这样，视线之外的世界不存在。"

楚然想，可能还是因为自己练拳了，体能和对抗技艺今时不同往日，所以映入眼帘的暴力事件她敢直视了。不但如此，还敢走上前去制止。她说不清为什么对这类事如此耿耿于怀，可能一切在暴力威胁下痛苦挣扎的灵魂，于她而言，都是同类。

中午吃饭的时候，林远说起郑燕宁的近况。她仍住在家暴庇护中心，救助中心帮她申请了一个公益机构的免费家政培训名额，她在考月嫂资格证。近年来月嫂市场需求量大，工资也可观，没学历又与职场断档许多年的全职主妇郑燕宁想重返社会，这是最好的岗位了。楚然替郑燕宁感到欣慰，深觉救助中心功德无量。

林远说："常医生最近在庇护中心值班，回来后告诉救助站的人，郑燕宁比较悲观，主要是因为想孩子，而且一直担心自己得不到抚养权。她不敢回去看孩子，蒋文博给她打电话，说要带孩子来庇护中心看她。郑燕宁很心动，但被工作人员严厉阻止了。为了避免施暴者对受害者造成二次伤害，甚至伤害工作人员，家暴庇护中心的地址是严禁曝光的。另外，施暴者与受害者之间经过长期磨合之后，往往已形成一套'伤害—道歉—原谅—再度伤害'模式，只要施暴者再与受害者接触，甜言蜜语、下跪哭泣一番，许多受害者还是会动摇，跟他回去，之前的努力全部白费。

"郑燕宁已同意救助中心的提议，起诉离婚，离开蒋文博。之前她反反复复，犹犹豫豫，这次终于痛下决心了。可是离婚是一件费力耗神的事，而且现在有离婚冷静期，第一次申请，不一定判离，这是一场漫长的拉锯战。救助中心建议郑燕宁先有收入，等工作稳定一段时间后再处理离婚的事。但郑燕宁却担心，第一次起诉离婚未遂的，要六个月以后才能再提。而且她当月嫂，上岗之初必要努力工作，立下口碑，怎能在那个时候分心？再说月嫂每天的工作时间极长，一天睡不到四五个小时，哪有时间和精力打官司呢？莫不如趁现在，一边培训，一边先把第一次诉讼离婚程序走一遍，反正第一次肯定不会判离的。"

林远道："我明白郑燕宁为什么着急打官司，她太想见到孩子了。"

两人替郑燕宁感到揪心，却又无能为力。是生育而非婚姻决定了女人的命运，如果没有孩子，女人大可潇洒离开。只因有了孩子，女人便被上了枷锁，举步维艰。孩子，是女人亲手交给世间的人质。楚然想，自己也曾是母亲的枷锁吗？

郑燕宁的月嫂证考下来了，林远两口子请她到商场五楼吃火锅，大家都来了。郑燕宁一直声明说这顿一定得自己请，大家对她太好了。林远拒绝，知道她几乎已身无分文。救助中心食宿全免，培训也不要钱，但一些零散的小钱，比如交通费、手机话费、购买卫生巾等还是要自己掏的。郑燕宁从家里逃出来时，身上只有几百块钱，哪儿来的钱呢？

郑燕宁说："我大姨给了我一千块钱。"她难为情地笑着，低下头喝着水，掩饰着自己的羞惭。蒋文博不但家暴她，还打她的父亲。父亲老实巴交，母亲早逝，大姨倒是脾气火暴，但身高一米五五，八十斤，打架哪是蒋文博的对手？弟弟在外省工作，已结婚生子，也断无把他叫回来助阵的道理。蒋文博这么暴力，万一再伤害到弟弟怎么办？她的婚姻难题这些年把娘家折磨得走投无路。此番大姨听说她终于要离婚了，很高兴，拿了一千块给她。

林远道："一千块钱够干吗的？收着。虽然庇护中心不收费，但平时需要用钱的地方太多了。"

她举起啤酒杯："来，祝贺你拿到月嫂资格证，这是新生的第一步。人生要从头开始，的确非常艰难。但你别回头看，也别想太远，只管盯着脚下的路，一步一步走，一定能走出一片新天地。"

　　大家举杯，郑燕宁下了决心般地举起杯。大家碰杯，她一仰头，一口喝干，接着一亮杯子，大家笑着，鼓励地点点头。

　　汤开了，翻滚着，带出氤氲水雾和轻快的气氛。片得薄薄的肉往里放，调料散发着蒜蓉、香油、麻酱的香味，人们往来取用料汁，轻声说笑着。郑燕宁已多年没有过这么放松的时候了，一贯愁苦的脸上绽放着喜悦的笑容。她一笑，楚然发现她其实长得挺年轻的，五官温婉秀气。是啊，她毕竟才三十四岁，只要人生重新开始，还有大把美好的时光。

　　正吃着，郑燕宁的手机突然响了，是蒋文博的微信来电。她打了个激灵，神色大变，瞪着在桌角嗡嗡鸣叫振动的手机，像瞪着青面獠牙的魔鬼一样。大家的呼吸一起屏了起来，楚然坐在她身边，见状问道："我帮你接？"

　　郑燕宁惊恐地摇摇头。电话响了许久，终于停了，但少顷手机屏幕上显示收到一条微信。郑燕宁打开一看，蒋文博说的是"儿子要和你视频"。郑燕宁神情渴切，却又踌躇着，看着大家。

　　常医生道："要不然就打过去吧，不是一直想见孩子吗？"

　　郑燕宁手指颤抖着，拨通了微信电话，那头接通，现出了儿子的脸。他和蒋文博在卧室的床上坐着。

　　郑燕宁大叫着："宝宝！"

　　儿子哭着喊："妈妈，你在哪里？"

　　郑燕宁神情慌乱，眼泪也流了下来，说不出话。视频那头换成了蒋文博的脸，他的脸瘦得脱了相，头发长而凌乱，显得很憔悴。

　　他举着离婚起诉书道："郑燕宁，我收到这个东西了。你真的要离婚吗？"

郑燕宁流着泪，抬眼看着大家，他们都坚定地点点头。郑燕宁道："对，我要和你离婚。"

蒋文博冷笑道："哟，你还有外援呢是吧？这是哪儿，火锅店？你和哪个野汉子在外头幽会呢？是不是他让你和我离婚的？还是救助中心那帮人继续拱火？"

郑燕宁道："是我自己要和你离婚的。"

蒋文博道："要和我离婚是吧？"

他顿了顿，镜头换了个角度，动了下，儿子的脸出现在屏幕上。郑燕宁还没来得及叫他，只见蒋文博扬手猛地扇了儿子一耳光，儿子号叫一声，捂着脸哭叫了起来。这一耳光像扇在郑燕宁脸上一样，她抖了一下，也痛苦地哭叫了起来。大家不知发生了什么，都围过来看。

镜头里蒋文博高高扬着手，噼里啪啦，接连扇了儿子无数个耳光。每打一次，都咬着后槽牙狠声问："还离吗……离吗……这是你生的儿子……你就这样丢下了……你配当妈妈吗……我叫你哭……我今天打死你……"视频里，小小的孩子被他扇得满床滚，惨叫着"爸爸别打了，别打了"，但蒋文博丝毫不为所动。

大家都惊呆了，气坏了。郑燕宁像只衰老得奄奄一息却又没有完全失去母性的凶猛的老兽一样，号叫着，眼泪纷飞，目眦尽裂，但完全没有任何战斗力，只是徒劳地发出悲惨的声音，手徒劳地在抠着桌子，像是想抠掉蒋文博的肉一样。楚然恨得把手中的一次性筷子折断了。食客们都听到了，纷纷往这边看，无不义愤填膺。赵宇明、林远等人早已不断怒喝着，要视频那头的蒋文博住手。但蒋文博哪把他们放在眼里，仍打骂个不休，最后更站到床中间，抓起蜷缩在脚下的儿子，狠狠把他摔到床下。儿子闷哼了一声，在地上挣扎着。

林远已拨通电话报了警，郑燕宁一边号啕大哭着，一边往外跑去，楚然、林远等人紧随其后。出了商场，大家打了两辆车，快速往郑燕宁家赶去，到了门口，见110警车已到。警察敲着门，屋里蒋文博警惕地问："谁呀？"

警察道："110。我们接到报警，说你虐待儿童，开门。"

蒋文博道："谁报的假警？没有的事，你们可以走了。"

郑燕宁拍着门，大哭着叫道："宝宝，妈妈来了，你别怕！"

警察喝令蒋文博开门，但他仍然拒绝。警察没办法，几个人一商量，同时抬腿，猛地一踹，门被踹开。蒋文博被警察制伏在地，铐上手铐。郑燕宁跑进屋，冲进卧室，抱起正缩在床角哭泣的儿子，紧紧搂在怀里，连声说着"对不起，对不起"。

孩子检查结果并无大碍，只是一点皮肉伤。大家回到派出所，此时蒋文博母亲冲进来，见蒋文博戴着手铐站在屋里，她冲了上去，猛地扇了他一耳光，口中怒骂着"畜生"。蒋文博想发作，见满屋无人挺自己，警察更鄙夷地瞪着自己，只好忍着怒气。

老太太流着泪，说自己刚出去办了点事，家里就出了这个状况。但凡她在家，儿子是绝对不会打孙子的。她唠里唠叨，不断解释儿子有多么疼爱孙子，此番不过是一时犯糊涂而已。但警察哪听她的，直接出示蒋文博的拘留十五天告知书给老太太，把她打发走了。临走时她哭哭啼啼，要把孙子带走，但孩子坚决要跟着母亲。大家又回到蒋文博家，帮着收拾孩子的衣物，带到家暴庇护中心。

郑燕宁和孩子暂时安全了，庇护中心的心理咨询室里，郑燕宁紧紧抱着孩子，低声抚慰着他，常医生给孩子做着心理疏导。楚然和林远、赵宇明见一切安排妥当，方放心离开。

一路上，三人仍是忧心忡忡。救助中心纵然食宿免费，郑燕宁要当月嫂，要上班，要为生计奔波，孩子没有人管，也不是个长久之计。郑燕宁心心念念要赢得孩子的抚养权，可真把抚养权给她了，她却又养不了孩子。没有地方住，也没有人手照顾孩子，除非把孩子送全托幼儿园。而这样的幼儿园收费高昂，她也负担不起，并且长期托管在幼儿园，对孩子也不好。

那就不能找娘家人帮忙吗？赵宇明说郑燕宁的父亲身体非常不好，住在一个四五十平方米的房子里，房子小得很，住着太挤。关键是，蒋文博曾经找到郑燕宁父亲家闹事，砸了家具，打了老人。因为害怕连累老人，郑燕宁当时没报警，后来有事也尽量不去麻烦父亲。如果孩子在父亲家，蒋文博势必不断去骚扰老人。

林远烦躁道："每次救助这类案例，我都特别绝望。对于郑燕宁这类女人来说，人生就不能走错一步。错一步，就会被活生生困死在陷阱里。可人生那么长，哪能每一步都走对？郑燕宁的确是弱者没错，没学历，没技能，头脑也糊涂，性格也不坚强，可是弱者难道就不配活着吗？"

赵宇明无言。楚然愤恨道："为什么家暴不能升级处理呢？比如说第一次家暴，拘留三天，第二次十五天，第三次直接入刑？否则永远是轻微伤，永远是拘留十五天顶格，一般就是三五天，放出来后继续打。女人和小孩又打不过男人，那活该一直受着家暴吗？难道真的要死一个，这种残酷的游戏才能终止吗？"

赵宇明道："现行法律，父母被刑事拘留，会影响子女未来考公务员、考军校或警校之类编制的政审，有一些比较大的单位也会在意求职者的原生家庭情况。"

楚然冷笑道："子女成年后，会不会考体制内的编制，这还两说呢。因为这极小的概率而对家暴狂网开一面，这根本说不过去。再说了，也可以修改立法，把家暴入刑和对子女政审分开处理呀。为什么要搞株连呢？"

大家沉默。

蒋文博放出来了，大家陪着郑燕宁去法院打离婚官司，赵宇明担任她的律师。楚然以为蒋文博因家暴被拘留，这算抓了个现行，怎么也该判离婚了，没想到蒋文博居然在法庭上厚颜无耻地说他和郑燕宁感情非常好，并没有破裂，坚决拒绝离婚。郑燕宁自然是一口否认，但蒋文博出示了令人震惊的证据，那就是他在网上购买避孕套的记录。掐指一算，这两年来，他与郑燕宁居然平均一周有三次性生活。

赵宇明道："我反对把这个东西作为夫妻感情没有破裂的证据。大家都知道，受害者由于恐惧家暴者的暴力行为，不得不配合性活动，这完全情有可原。而且也无法认定这些避孕套都是用于夫妻生活的。"

蒋文博道："郑燕宁，你敢否认咱俩夫妻生活很频繁，而你每次都非常享受吗？从结婚第一年起咱俩就吵吵闹闹，要不是因为这，你早就离开我了。"

郑燕宁没有想到蒋文博居然脸皮厚到敢把这种东西亮出来，震惊得一时失语，表情变化着，由羞耻到愤怒，由愤怒到茫然，张口结舌，答不出话来。

法官问道："郑燕宁，你否认你丈夫说的话吗？"

郑燕宁环视四周，碰见众人好奇、窥探的眼神。郑燕宁的父亲和大姨也在旁听席上，她看着他们惊愕的神情，更加羞愧难当。

她想起那些欢愉，那拳脚相加后疼痛与极致的欢乐交织在一起令人迷醉的混乱。好像疼痛之后更欢乐了，疼痛是催化剂，让欢乐加倍。她想辩解，想说那只是肉体的本能反应，肉体不能代表她的情感。可她随即又想起每次欢愉后蒋文博对她短暂的好，那一点好甚至让她觉得之前那狂暴的殴打非常值得。她微笑着，头枕着蒋文博的手臂，品味着从前恋爱的甜蜜与方才的销魂。这两者无缝衔接，中间那长长一段的家暴史被跳过，她看着丈夫周正的面容，觉得自己的生活还不赖。这百分百和肉体无关，就是感情啊！难怪老话说"一夜夫妻百日恩"，一次又一次这样的"一夜"，那恩怨早已混为一体，得失莫辨。她因为这个东西，而一再地迷失自己，这太可耻。她该为自己淫荡的情欲买单，的确是咎由自取，无话可说。丈夫的家暴，天经地义。丈夫的家暴必是调情，是前戏，否则腿长在身上，她干吗不跑呢？这段婚姻有这么多可取之处，干吗要离婚呢？

郑燕宁的表情由茫然渐渐转为灰心和绝望，人生怎么就这么难啊，就这一点点甜头，要她买大单，甚至连累孩子。她看向蒋文博，他似笑非笑，他的强势曾经是令她最心动的点啊！人就是这样，总在爱人身上找自己最缺的东西。她懦弱摇摆，所以分外喜爱刚强坚硬的男子。此刻郑燕宁意识到一个心碎的事实：她和丈夫之间的确有爱。她摇了摇头，低头认罪，束手就擒。众人哗然。

蒋文博大获全胜，斗志高昂："我们夫妻的感情一直很好，我去上班，燕宁在家带孩子，这些年都是这么过来的。夫妻过日子，吵吵架，动个手，在所难免。这样就说感情破裂，要离婚，我不同意。"

赵宇明见势不妙，见旁听席里常医生一直在举手，于是道："审判长，我们这里有专业的心理医生，她是市安定医院心理科退休心理医生常若梅，在救助中心长期当志愿者，对我们的救助对象郑燕宁比较了解，我申请让她上来详细说明一下关于家暴受害者比较特殊的心理特征。"

法官沉吟半晌，点头允许。常医生站到证人席上，道："通过痛感获得快感的性活动，是一种医学上可以解释的复杂心理现象，我们称之为'性虐恋'。根据我对郑燕宁的救助经验来看，她是有一些受虐倾向的。她身上有着比较典型的家暴受害者特征，性格比较温和，被动。因为丈夫蒋文博长期对她进行躯体暴力、性暴力、经济控制以及精神暴力，她无力挣脱，只好合理化这些暴力。这就是所谓的斯德哥尔摩综合征。

"家暴过程中，双方往往情绪都比平时激动，这会在接下来的性爱中更大限度地调动人全身的感官。这种现象在心理学上被称为'唤起转移'，它会让人得到非常极致的性爱体验。因为性爱本身就是一件会让人感到放松和快乐的事情，蒋文博长期在家暴之后向郑燕宁求欢，和颜悦色，甜言蜜语，会加倍地刺激本来就已产生斯德哥尔摩综合征的郑燕宁，激活她的生理反应，放大性生活中的欢愉。长此以往，她就会把家暴和性爱联系在一起。打得越厉害，后面的性爱越快乐；越快乐，她就越认为，他们的婚姻里还有爱，有希望，是可以修复的。所以她就会一次又一次地原谅蒋文博对她的家暴，民间所谓的'床头打架床尾和'说的就是这种现象。这是非常恶劣的精神操控，恶性循环。这反而说明郑燕宁在家暴中的受伤害程度之深，完全不能说明他们的感情没有破裂。"

常医生的专业解说弱化了这话题的香艳色彩，反而令它显得很沉重。众人也是头一次听到这么抽丝剥茧的性心理科普，听得非常入神。郑燕宁的羞耻神情稍缓，这些话像是面镜子，照出她从未见过的真相。原来那些不堪，也是可以被原谅的？蒋文博也听得入神，半晌反应过来，意识到自己可能会失去刚才的优势，冷笑了一声。

楚然听着，不禁想，母亲被父亲家暴了十八年，这里头会不会也有和郑燕宁同样的心路历程呢？她恍惚记起在父亲打母亲还没有打到丧心病狂的时候，某个深夜，她能听到父母卧室里传出一些奇怪的、会引发她莫名联想的声音。某个清晨，父母会站在厨房一起做早餐。光线从窗外照进来，半明半暗中他们互视，笑容带着默契的暧昧。母亲看到她起床，会过来掩饰性地抱着她，亲热而带了点娇羞。那温热而略带混浊的气息有时会让性意识萌芽的她似懂非懂，觉得不适，有一种淡淡的不洁感。他们一次次地实践着的，就是"床头打架床尾和"吗？她觉得不适的，可能恰恰就是他们婚姻里的那点子甜美。父母毕竟是自由恋爱结的婚，不可能一点爱也没有，也许那个东西，就是"爱"。

赵宇明见法官沉思不语，似被打动，赶紧趁热打铁："我的当事人郑燕宁是享有完整人格权的公民。退一万步来说，她真的在性生活中得到了快乐，那也是她人格权中的身体权的一种主张。换言之，她有权仅仅由于生理原因得到快乐，而无须解释这种快乐。举个例子来说，如果一个妇女被强奸，在强奸过程中她由于生理原因得到了高潮，难道这起强奸案就因此不成立吗？所以我主张，本案应该将注意力聚焦到'家暴'这一令人无法容忍的事实上，而不该讨论受害者特殊的生理反应。这是荡妇羞辱，是对女性的不公。"

所有人都没有想到，离婚诉讼这么轻松就赢了。法官当庭宣判离婚，孩子抚养权归郑燕宁，蒋文博一个月支付两千块钱抚养费。蒋文博面如死灰，他母亲的神色悲喜莫测。赵宇明一脸喜色，小声和林远、楚然说："可能还是蒋文博虐待儿子的视频起了大作用。"当时看到蒋文博在视频里狂殴儿子，楚然当机立断，掏出手机录屏，得以留下珍贵的资料。虽然派出所有蒋文博被拘留十五天的文书，但到底不如这活生生的视频更有感染力。哪个成年人见到一个幼童在亲生父亲的拳脚下惨叫的场景，会不拍案而起呢？蒋文博由于长期在妻子面前太猖狂，一时得意忘形，居然视频直播打孩子，给自己留下了致命证据。

庭审结束后，郑燕宁不见了。她的大姨找了半天，在厕所里听到了啜泣声，知道她在里面，叫着她的名字。郑燕宁道："你让我自己待一会儿。"大姨无奈，走出来，与众人会集。楚然很理解郑燕宁，那样私密的事情被当众翻来覆去晾晒着，任谁都会无地自容。

许久之后，郑燕宁才红着眼圈走了出来。大姨搂着她的儿子，父亲看着她，一时不知说什么。这是个面相极其老实的瘦弱老头，衣着寒酸朴素，满头银发，头和手一直在轻微地颤抖着。楚然听林远说他有高血压、心脏病，还有帕金森，退休收入微薄。郑燕宁没有坚实的后盾，这也是她只能忍受家暴的原因。

众人聚在走廊，此时蒋文博向这边走过来。楚然见郑燕宁父亲看到他，原本只是轻微颤抖的身体居然开始大幅度地发抖，可见他有多害怕这个前女婿。蒋文博面色阴沉，大步流星走向郑燕宁父女。林远迅速往前一步，挡在父女俩面前。

蒋文博止步，看着郑燕宁，点头冷笑道："你人多势众，现在我不能把你怎么样。但你总有落单的时候吧？小心点。"

他横了众人一眼，恨恨转身走开。这时郑燕宁叫了声他的名字，蒋文博转身。郑燕宁道："我和你结婚十年，你打了我十年。十年来，我没出息，一次次忍耐，但最后发现，受伤害的不止我、我的家人，更重要的是孩子。我想清楚了，当妈的太软弱，最后一定会害了孩子。兔子急了还咬人呢，从现在开始，我再也不怕你了。你威胁我一次，我报警一次；你打我一次，我报警一次。我不相信你永远只是被拘留，迟早有一天送你坐牢。"

这是第一次，郑燕宁对丈夫硬气。她浑身发抖，坚持着一口气说完这番话。说完她喘着气，胸膛起伏着，目光直视丈夫，不复从前的回避畏缩。

赵宇明大声赞道："对，不要怕他威胁。法治社会，法律会收拾他。留好全部的证据，随时报警。再有下一次，我会帮你申请人身保护令。他有这么多前科，一定不会有好下场。"

蒋文博的气势已微妙地颓丧下去，楚然感觉到，不是因为有众人助阵，而是因为一贯匍匐在他脚底下的郑燕宁突然间抬起头，直起腰，站起来平视他了。这一站，不亚于猿人直立行走，惊天动地。

蒋文博转头而去。郑燕宁父亲含泪道："燕宁，你和孩子回家住吧，我这把老骨头也豁出去了。"

大姨道："接送孩子我可以帮忙，我也不怕他了。"

三人和孩子搂在一起，哭成一团。大家看着，又心酸，又喜悦，又不是滋味。他们所求的只是一份简单的生活，为何这么难？

众人走出法院，阳光灿烂，蓝天白云。虽然蒋文博的威胁犹在耳畔，未来仍有隐忧，但毕竟此事终于有了个相对圆满的结局。一时众人面色舒展，神清气爽。众人说笑着，一扭头却见楚然神色凄然，常医生关切地问："怎么了？"

楚然道："我就是觉得……如果我那个亲戚，当年能遇到你们，该有多好。"

郑燕宁有这么多人帮她，心理调解，法律援助，家暴庇护中心免费食宿，公益机构免费技能培训，还有拳馆的武力护航，家人的支持，所以才能从泥潭里走出来。而母亲呢？家暴就像一只有无数触手的怪物趴在沼泽地里，拼命把受害者往黑不见底的泥潭里拖。各种外界的救助就是许多只手，把受害者往外拉。这是一场拔河赛，少一只手的力量，受害者都有可能被拖进沼泽里，彻底被吃掉。

楚然望着天上悠悠流动的云，涌起深深的不甘和遗憾。她们母女终是在这场拔河赛里输了。那样的赢，就是输。

第十七章

懦弱是原罪

二〇一九年八月三十一日，这天是周六，本该是拳馆大班课和私教课最密集的一天，但此时，整个拳馆里无人打拳。所有人都站在高高的电视屏幕下方，看着中国女拳手对战UFC女子草量级冠军、巴西女拳手。

八角笼中，中国女拳手梳着短而紧贴头皮的小辫，浑身肌肉精壮，像个武神般气势逼人。这是中国女拳手首次挑战UFC冠军头衔，大家都非常紧张。开场巴西女拳手攻势凶猛，第一次挑战冠军的中国女拳手一开始以防守为主，比较谨慎。但很快，她便反守为攻，一连串箍颈顶膝令对方晕头转向，接着拳腿组合如暴风骤雨般密集狂砸向对方，气贯长虹，直接将对方击倒在地。仅用了四十二秒，她便KO了巴西女拳手，夺得UFC草量级世界冠军金腰带，成为中国首位、也是亚洲首位UFC世界冠军。顿时，拳馆内爆发出一阵阵欢呼，和电视里的欢呼声内外呼应着，气氛极为热烈。

来学拳的女学员们其实几乎没有人会从事专业搏击，都是本着强身健体的目的而来的，然而一场顶级赛事的确会激发她们学习和坚持的热情，一个世界级冠军女拳手的存在提醒着她们，女性可以突破传统的定义。女性，也可以是充满力量和攻击性的，而且靠着这力量，女性可以走得很远，很远。

练拳和学习任何技艺一样，都需要毅力。因为基础训练非常枯燥，没有手臂、腿部、核心力量以及协调能力的各种训练，想一上来就能戴上拳套，酷炫地对打，往往动作不标准，力量不到位，打不了几拳就气喘吁吁，无法继续。而在这大量训练的过程中，学员们会渐渐感觉到，自己体能变好了，动作灵活性强了，对于身体冲突也不那么害怕了——这才是意义所在。毕竟光靠一周一两次、每次一个小时泛泛的训练，不可能像爽文里写的那样，在危急时刻，一个女人能一拳 KO 歹徒。但去掉对正面冲突的胆怯心理，对于因体能弱于男性而处处显得畏缩胆小、人格和精神不够舒展的女性而言，影响重大。

看完比赛，热火朝天地讨论完，林远拍拍手，让大家继续上课。楚然有点沮丧，她的实力和专业拳手相差实在太大了。林远安慰她："你毕竟从零起步，而且才学习了四年，时间还短。你要参加的只是省内的交流赛，相对来说，比赛的压力没有那么大，放轻松。比赛只是让你清楚自己与高手之间的差距，增强实战经验，尤其是历练实战中的心理素质而已，不用背负太大的压力。"

林远温言开导，楚然便放松不少，只是每日埋头苦练。每晚回家她都累得瘫倒在床上，连洗澡都没有力气，恨不得直接睡过去。可是，隔壁屋晚上总不消停，时不时传来那个女人呵斥女儿的声音，偶尔还能听到小女孩极细的、压抑的嘤嘤哭泣声。楚然不胜其扰，想要管，觉得自己没有权利；不想管，又觉得良心上过不去。她已经极度疲惫了，睡意浓浓，可是耳朵不听使唤，仍本能地警觉地竖着，捕捉着隔壁的声音，只待听到更大的声响后便一跃起来，去干涉。不过往往随着夜越来越深，声音会渐渐小下去。也许母女俩都睡了，也许那母亲只是脾气暴躁，只是骂孩子，并没有动手，楚然便放下悬着的一颗心，昏昏然睡去。

偶尔会在走廊上遇到母女俩，母亲永远是一脸阴沉，马尾扎得不利索，头发松垮散乱。小女孩看上去身上倒是没有伤，不过表情一直是怯生生的，受惊小兔一样。每次看到小女孩的表情，楚然都会一阵心疼。只要两人眼神对视，她便会对小女孩绽放出最灿烂和友好的笑容。几次下来，小女孩领会到了楚然的善意，有了初步的判断：这是个可信赖的阿姨。于是下次再碰面时，小女孩也会对楚然笑一笑。

有天凌晨，楚然照例在隔壁传来的微不可闻的哭泣声中睡着了。半梦半醒间，她突然打了个激灵，一下子惊醒：母亲当年被父亲关在卧室里打的时候，年幼的她也是这样站在门外，侧着耳朵听着。屋里那压抑、苦楚的哭泣声如果不细听，也是听不到的。每次被打过之后的第二天早晨，母亲走出屋，外人看上去，她也是一宿甜梦、岁月静好的。只有她这个女儿才知道，母亲衣服下的身体，伤痕累累。

小女孩看上去没有伤，不代表她没有被母亲暴力虐待。就冲那晚台阶上她的自述，这个女人虐待女儿是肯定的。只不过，无凭无据，要怎样才能帮到小女孩呢？楚然心潮起伏，再也难以入眠。

母女俩搬来这里一段时间了，楚然已大致掌握了她们的作息规律：她们六点四十出门，母亲送女儿去上学，然后去上班，晚上七点多钟到家。因为有天楚然头疼，早回家，在走廊上正巧遇到母女俩在用钥匙开门。想来想去，楚然设了个六点半的闹钟，准备一早起来再仔细看看小女孩是否有异样。

一夜睡得不踏实，早晨闹钟大作，楚然醒来，穿好衣服鞋子，侧耳听着隔壁的动静。听到咔嗒一声开门的声音后，她迅速打开门，见母女俩果然正好也走出门。楚然装作不经意的样子走出门，看着背着书包的小女孩，笑着点点头。小女孩也绽放笑容，当妈的则面无表情。楚然的眼神在小女孩的全身巡视着，见小女孩头面倒无恙，脖子处也没有伤痕，但是右手的手背红肿，不知是用什么东西打的。楚然怔住了，小女孩看到楚然这样，手往后缩了一下。这时走在前头的母亲喝了一声"快点"，小女孩低头快跑两步，跟上母亲，两人匆匆离开。

这件事楚然没有再和林远讲，讲也没用，除了让林远一起难受之外，无济于事。一个人身上带了点伤，施暴者——可能是父母或配偶——完全可以说是因为一时在气头上，打了一下。这种事情报了案，只是点软组织挫伤，警察根据规定，也只能批评教育，无计可施。何况这点伤，有时还讲不清楚是不是施暴者所为。

　　要怎么样才能将这天地间的邪恶、暴力与不公一脚踢飞、一拳砸烂啊？拳馆擂台上，楚然挥汗如雨，一拳又一拳向拿靶的林远激烈进攻，力道之大、冲势之猛令林远也有点招架不住。她叫停。

　　"楚然，控制你的力量，用力过猛是很糟糕的。这段时间，你好像有点忘记积蓄力量等待时机，只是一味地猛冲猛打，这不行。牢牢记住我的话，百分之七十的体力进攻，百分之三十防守。"

　　两人站到墙角，喝着水休息。林远揉着楚然的肩，说她不放松，整个肩头硬邦邦的，问她最近是不是遇到什么事了，是不是家里的事。楚然说没有，只是自己情绪上有点波动。林远审视着她的神情，说："不管发生什么，制怒是非常重要的。无论在拳台上，还是在生活中，不要让愤怒冲昏你的头脑，这是为了你好。"

　　楚然的情绪已平复许多，心悦诚服地点点头。两人正说着，拳馆门被推开，许久不见的蓓蓓站在门口张望着，见到楚然，她紧张的神色一松，如见到救兵。楚然忙走过去，让她进来。蓓蓓满脸愁容，说最近秦子轩又开始跟踪她了。

　　楚然一惊，本以为这件事翻篇了，怎么这个秦子轩阴魂不散，又出现了？

　　原来蓓蓓好不容易找到了份新工作，换了个地方租房，本来班上得好好的，但上周下班的时候突然在公司门外见到了秦子轩，当即吓得脸都白了。秦子轩还是一脸无赖模样，说"终于找到你了"。蓓蓓严厉训斥他，但他笑嘻嘻，丝毫不以为意。蓓蓓心神不宁，秦子轩一路跟着她。蓓蓓怕被他知道她住哪里，故意拐到家附近的超市去，没想到秦子轩居然跟了过去。蓓蓓吓得跑出超市，并立刻去报警。

警察登记了她的报案后，让她回去。蓓蓓愕然，问警察："为什么不立刻传唤秦子轩，不是应该拘留吗？"

警察道："他只是跟着你走，没有对你造成实际的伤害，而且也没有口头威胁、偷拍、侵犯隐私等行为，不属于犯罪，抓他于法无据啊。"

蓓蓓道："上次他和我发生过一次冲突，是在另一个派出所报的案，当时也受理了。"

"我们查了，他是和另一个女孩发生的肢体冲突，虽然说是因你们二位的纠纷而起，但并未和你直接发生冲突，而且你们最后也都接受了调解，所以这不能证明他对你有犯罪事实啊。"

蓓蓓焦虑道："那他下次再跟着我怎么办？"

"你可以继续报警，但我建议你最好取证。"

蓓蓓满腹郁闷加不安，离开派出所回家。走到那家超市门口时，见秦子轩居然等在那里。

秦子轩见到她，迎上去笑嘻嘻道："没必要这么绝情吧？一起吃个饭呗？"

蓓蓓强忍惊慌，问他想怎么样。秦子轩道："你也看出来了，我是真的喜欢你。和我好吧，我这个人很痴情的，现在连工作都没有了，可以专心追求爱情了。"他挤挤眼睛，笑着。

蓓蓓带着哭腔道："你再跟着我一次，我就报警了。"

秦子轩耸耸肩："你已经报过两次警了，结果呢？这是法治社会，我又没把你怎么样。"

他突然往前一大步，脸几乎贴着蓓蓓的脸。蓓蓓吓一大跳，忙不迭往后退了几步。秦子轩笑着，很显然蓓蓓的惊慌失措让他非常享受。蓓蓓大叫了一声，路人往这边看了一眼，漠然扭过头去。秦子轩仍不以为意，笑嘻嘻看着蓓蓓。蓓蓓真恨世人这一点啊：适龄男女只要走在一起，他们立刻默认是情侣，那么两人之间发生点什么纠纷，也都是"清官难断家务事"了。

蓓蓓眼泪流了下来："你走不走？你再不走我还报警。"

秦子轩连忙道："行行行，我走还不行吗？你这小脾气，我真服了你了。过两天我再来找你。"他潇洒地向蓓蓓摆摆手告别，转身走了。她感到天都要塌下来的愤怒和恐惧，在他那里，像是幼童发脾气一般不足为道，甚至可笑，这让蓓蓓感到深深的挫败。

接下来的日子里，蓓蓓提心吊胆。严格说起来，秦子轩对蓓蓓没有过暴力行为，除了一年前拍过她一次屁股之外，一直就只是言语骚扰，以及像狗皮膏药一样紧贴着她。但那次他拍她屁股，她并没有立刻报警，也没有证据，时过境迁，要再翻起旧账，这维权都不知道该从何维起。

对于一个女孩来说，不知何时会冒出来的骚扰对象等同于不定时炸弹，带来的精神恐慌是巨大的。蓓蓓实在无法，只好请了下午的假，来找楚然求助。

楚然听着生气，却又无可奈何。林远叫她带蓓蓓上救助中心，那里有赵宇明律所的法律顾问值班，社工和志愿者们的救助经验也很丰富，可以听听他们怎么说。

两人走在去往公交车站的路上，蓓蓓情绪非常低落。楚然见状不忍，安慰她说："凡事最终都能解决，不要害怕。"

蓓蓓抬头问："楚然，我做错什么了吗？"

楚然一愣。

"出了这个事之后，我一直在检讨，到底哪里错了。从小到大，父母一直在教我与人为善，凡事让三分。可秦子轩这个事一出来，公司反而把我给开除了。我从头到尾没给过秦子轩希望，不存在什么先勾引后翻脸的事，为什么公司这样对我？为什么秦子轩盯着我不放？为什么我一个守法公民要遇到这种事？"

蓓蓓看着楚然，眼神渐渐愤怒，泪珠在眼眶里聚得越来越大。她刚到这家公司两个多月，如果没有意外，她会安然度过三个月的试用期，转正。她是可着公司的办公地点租的房，公司到家走路只要二十分钟，骑单车十分钟。住所虽在繁华商业区，却是闹中取静，在街道背后、小区里最靠里的一幢楼。她租了一个三十平方米的公寓，把它布置成温馨的小窝。如果秦子轩再闹下去，公司知道她从前公司离职是因为所谓的桃色事件，转正可能会泡汤——大概率泡汤，她说不清为什么，但几乎可以这么断定。现在找工作难，大把的人随便挑，老板为何要招这样一个有隐患的人？她费尽心血才建立起来的稳定生活将一夜坍塌。此前她已经塌过一次了，还有多少钱、精力和耐心一次次重建？而看秦子轩这架势，他也必不可能放过她。

楚然想，这件事如果被她遇到，她会怎么做？

秦子轩如果在公司言语挑逗，第一次他说"我敢保证你还是处女"时，楚然不会装没听见，会立刻掏出手机，对着他拍，一边拍一边说"你敢把刚才说的话再说一遍吗"，保管这王八蛋吓一跳，从此不敢再开黄腔，还会有以后吗？

如果他跟踪的是楚然，被她发现之后，她根本不会惊慌地逃走，而是会转身，大踏步迎向秦子轩，逼问他："你到底有什么毛病？"

她可能不会动手，但会一步步逼近他、逼近他，令他自动往后退。不错，秦子轩身材高大，所以他可以降维打击蓓蓓这般柔弱的女孩。仅仅因为体能胜出，他就可以和蓓蓓玩猫捉老鼠的游戏，要的就是享受她的惊慌逃窜。如果她反客为主，反逃为攻，这件事就不好玩了。秦子轩要么终止这个恶作剧，要么拿出更大的精力来对付蓓蓓。事件性质变了，他必须掂量一下。

好，假设他决定让事情由游戏变成战争，他不退，那么她会推他。

他能忍住？那她就一次次推他，直到令他知晓她反抗的决心。

他动手？那再好不过了。楚然这样的可以打过他，可蓓蓓打不过，但他动手，这事就闹大了。宁可用一次被打得头破血流，换来以后的安宁。

头破血流也换不来安宁？那你就该想想对抗升级后怎么办了。因为这意味着对方是极其难缠的魔鬼，这不是你忍忍就可以过去的。这是生存之战，你还想轻描淡写地解决？好比国家被侵略，人民不奋起抗争，胜利会从天而降？

秦子轩这类变态，最喜欢看到的就是被害者从忍耐到惊慌的渐变。忍耐与惊慌就是喂食他变态欲望的养料，她越害怕，他越变态。就像露阴癖一样，他们掏出生殖器，只想看到女人们尖叫着四下逃窜的惊恐，她们怕了，他们就高潮了。

见过两个男人打架吗？他们撸胳膊挽袖子，瞪着两只眼，咆哮着，冲上去，使出浑身的力气打对方，誓要分出个胜负来。人类社会，存在着大量法律管不着的灰色地带，那里奉行的其实就是丛林法则。比如家庭，夫妻之间、父母与子女之间，每时每刻都存在着强者对弱者构不成犯法但又十分激烈而残酷的践踏，稍不留神，强者灵魂深处的那点兽性就会跑出来作祟。人类的雄性较雌性而言，就是保留了更多丛林的野性和攻击性。蓓蓓被秦子轩盯上，相当于被魔鬼盯上了。小号魔鬼，用初步的震慑就可以赶走；大号魔鬼，除了当事人付出惨痛代价，别无选择。无论遇到的是小号还是大号魔鬼，都需要硬碰硬博弈，所以野性和攻击性非常重要。可惜，蓓蓓这样的女孩子，野性和攻击性早就被阉割得七零八落，不敢正面对抗。而阉割她们的第一人，就是父母。

这些话在楚然心头滚了又滚，终是没有说出口。这些话听上去像受害者有罪论，无异于在本已非常难过的蓓蓓心头再扎一刀。她想起赵宇明说的话，"龙生九子，各有不同，不是所有人都有反抗的勇气和能力"，一时间觉得蓓蓓非常可怜。她毕竟真的从体能到精神都十分柔弱，比不得自己专练搏击术四年，从体能到精神都淬炼得十分坚硬。

两人走到公交站，正好公交车来了，两人上了车。车上人不少，只剩一个座了，两人谦让着，楚然道："算啦，我看你穿着高跟鞋，脚怪累的，你坐吧。"

蓓蓓羞惭一笑，她的脚在那双七厘米的浅口鱼嘴马卡龙色高跟鞋里受半天罪了，脚跟和脚趾都很疼。上班的时候，她都是坐在椅子上的，较少走动，并且也会偷偷把鞋脱下来，把脚伸进早早放在办公桌下的毛毛拖鞋里，让可怜的脚暂时得以休息。但这半天，她来回奔走，脚一直不得休息，脚部和小腿早已隐隐作痛。

她道："那我就不客气了，谢谢你。"说着坐下了，把脚下的鞋松了松，让受苦受难的脚稍微解放一点。楚然低头，只见她脚部的边缘已被窄小的鞋口勒出了深深的红印。

楚然好奇："蓓蓓，你为什么一直穿高跟鞋呢？我感觉现在女孩子穿高跟鞋的越来越少了。"

蓓蓓道："因为我一直在行政部工作，是属于服务性质的部门。前两家公司都要求上班必须着正装穿高跟鞋，现在这家公司倒是没有明面上的要求，但整个部门都穿得特别正式，经理每天都穿套装和高跟鞋，我也不好太散漫。"

楚然道："高跟鞋特别伤脚，对健康不好。再说了，也不一定不穿高跟鞋就散漫，你穿坡跟鞋也是可以的。不过我觉得，还是旅游鞋最舒服。"

蓓蓓支吾道："我太矮了，穿高跟鞋能显得挺拔一点。"

楚然听出来了，高跟鞋是一整套体系，一种蓓蓓沉溺于其中的审美标准，长期践行的生活方式。它与修身的西裤、能勾勒出曲线的长裙、纤细的小腿、好女不过百、优雅的气质等词紧紧联系在一起。要她不穿高跟鞋，就是颠覆她的生活方式甚至是价值观，这相当有难度。

两人正说着话，车到站，一些人下去，一些人上来。有个六十来岁模样、体格健壮的老头巡视着全车厢找座，却没有发现空座。他的目光闪烁，如猎手寻找较弱的猎物下手般，最后眼神落到蓓蓓身上，走到她身边，示意她让座。蓓蓓好不容易有个座位休息，自然不情愿，于是挪开视线，不与之对视。楚然见这老头眼光无礼，便瞪视着他。老头本能地感觉到了楚然的敌意，也意识到蓓蓓身边的这个女伴不好惹，于是他换了个更理想的对象。那是蓓蓓左边四个穿着蓝白色校服的高中女生，两个人坐在一排两个座位上，另外两个人站着。她们正说着学校的趣事，忽而小声低语，忽而笑了起来。叽叽喳喳，充满了少女的天真烂漫。

老头挤过去，对外面座位上的女生口气蛮横地说："起来，让我坐。"

四人一愣，互视了一眼。女孩想起身，却觉得既没面子，又没道理，于是坐定不动，而且白了老头一眼。

老头怒了："我叫你起来，你不懂得尊重老年人吗？"

女孩说："我上了一天课，我也很累。"

大家都往这边看，老头见女孩不就范，竟一屁股坐到女孩腿上。女孩吓了一大跳，大家都愣了。她的三个女同学面面相觑，一时不知该怎么反应。愤怒、羞耻、惊恐在女孩脸上变幻着，很明显她不知道自己该反抗还是顺从。她的双手被窝在老头的背与自己的胸之间，如果奋力一推，加上三个同伴的力量，肯定能把老头推开。但她的手握成拳，蜷缩在那中间，竟一动也不敢动。而那三个女生也没有动手的意识，只是怒视着老头。

站着的一个女生笑骂道："大家快来看老流氓啊，不要脸。"

同伴附和："不要脸，坐女生腿上，这是性骚扰。"

坐在这女孩身边的女孩也开骂，三个女孩一起怒骂着，并掏出手机拍老头。但老头不为所动，抱着双臂，一副稳坐泰山的模样，他道："你们骂吧，我就坐这儿不动了。你不给老年人让座，就是没道理。"他说着，还把肥大的屁股往里挪了挪，把女孩挤得身子和头往座椅后仰。

女孩的脸色渐渐由愤怒变成委屈，骂声也带上了哭腔："大家评评理，他这样对吗？"

女孩期待地环视着周围，众乘客有的默不作声，有的看不惯，跟着骂了起来，但无一人上前干涉。不远处的女售票员也只是跟着骂了几句，没有来管。女孩要的"理"，完全落空了。那些书上读过的、老师教过的道理浮在车厢上方，光明正大，大而无当。女孩们面面相觑，被坐腿的女孩期待的神色带上了一丝茫然，甚至有点心虚了起来：也许真的就该把座位让给这个身强力壮的老头呢？

老头见没有人帮女孩出头，更加得意了，抱着臂，一脸自得。此时他为自己的年岁增长感到很愉快，活到了这个岁数，就获得了某种耍无赖的特权，于他而言，这是老去这件事里仅有的荣耀了。

蓓蓓看着，小声和楚然道："这也太过分了吧！"

楚然快气炸了，这气不止对老头。她本不想管，但耳畔终于传来女孩嘤嘤的哭声，她忍无可忍地叹了口气，对蓓蓓道："给我全程录像。"蓓蓓知道她要出手了，又激动又不安，赶紧起身，打开手机摄像头，跟着楚然走到老头面前。

"起来！"楚然对老头喝道。

所有人一愣，老头更一愣，上下打量了楚然一番，见她身材瘦小，掂量了下，觉得妥妥打得过她，于是说："你是谁呀？关你什么事啊？"

楚然道："你这是在猥亵小姑娘，现在站起来，我可以不管。你不起来，我就要出手了。我这是见义勇为，大家都在录像，有视频为证。"

老头一抬头，见许多人都在录像，他更怒了，瞪着楚然道："我就不起来，你能把我怎么样？"

被坐腿的女生早已憋不住了，见终于有人主持公道，哭声更大了。楚然突然出手抓住老头的衣领，狠狠一用力，把他提起来，整个人摁在玻璃窗上，跟着用结实有力的手臂紧紧勒制住老头的喉部。老头猝不及防，大惊失色，双手乱抓乱挥。楚然不敢太用力，怕伤到他，脸上硬生生吃了他几下。老头被压得喘不过气来，渐渐失去反抗能力。

楚然凑近他的脸，吼道："还来劲吗？你个老畜生！你怎么不敢去坐在男人的腿上啊？一整个车厢，有男有女，有老有少，你专挑小姑娘下手，就是吃定了小姑娘脸皮薄力气小好欺负。有力气就可以为所欲为，那我现在是不是可以狠狠地揍你？"她右臂越压越紧，左手举起拳头猛地砸向老头，老头吓得眼一闭。拳头快碰到他脸时，楚然硬生生止住了。

老头已被勒得满脸通红，这时车到站，司机停车，走过来喝止两人。楚然起身，老头摇摇晃晃站起来，靠在窗边，喘着粗气，指着楚然，上气不接下气地号叫："我要报警，我要验伤！"

楚然指着自己脸上被老头指甲挠出来的两道正在流血的伤痕，比他更大声地号了起来："我也要报警，我也要验伤！"

被坐腿的女生起身，四个女生站在一起，聚在楚然身边，大声叫道："我们也要报警，告你性骚扰！"

司机喝道："到底怎么回事？"

乘客们一见有人主持大局，顿时积极起来，和女孩们七嘴八舌，把过程说了一遍。老头在所有人的指责声中，偏过头去，气焰已消，尴尬四顾，竟一个箭步蹿下了车。众人一时没有反应过来，眼见老头快步往前跑着，女生们和楚然赶紧下车，一边追在后头，一边大叫着别跑。可那老头速度很快地横穿马路，穿过车流，差点被车撞到。被坐腿的那个女孩气喘吁吁停下来道："算了，别追了，要是给追出个好歹来，或者被车撞了，咱们还麻烦呢。"

大家停下来，看着老头渐渐跑远。被坐腿的女生敬佩地看着楚然道："谢谢你啊姐姐。"

楚然却一脸怒气："你们刚才为什么不敢反抗？"

四人愣了。

楚然继续："你们四个人打不过他一个人吗？"

四人沉默片刻，一个女孩小声道："这种老年人特别难缠，怕被他讹诈。"

楚然冷笑："那老王八蛋壮得像头牛，能讹诈什么？你们都录着像呢，他能讹什么？坏人敢犯法，好人不敢正当防卫？你们为什么不敢承认，其实就是自己胆小无能？年纪轻轻，一点血性也没有！哭管个屁用啊？"

四人脸色已由刚才的敬佩感激变成了不快，被坐腿的女孩说："我们可以下了车去报警。"

楚然道："所以在车上，你就这样被他坐在腿上，要一直忍到下车？幸好他只是坐你腿上，要是摸你胸，抠你下身，扒你衣服，你怎么办？我没叫你拼死反抗，打不过，又没地方跑，你忍着，我还算你情有可原，可你们有四个人哪，四个人，都不敢一起上吗？"

四人无言以对，真到那一步，她们会四个人一起上吗？会吗？

楚然指着她们："知道吗？在坏人眼里，你们就是待宰的羔羊，一块死肉。世道就是在你们这种胆小鬼的手里，一天天坏下去的。我看不起你们！"

四人看着楚然脸上被老头的指甲抓出来的两道血痕，无言以对。楚然大步流星往前走，蓓蓓紧跟在后面，即使穿着高跟鞋的脚已疼痛不已，行走不便，也不敢言语，只是一溜小跑跟着她。走着走着，楚然的气渐渐消了，神色缓和了不少，脚步慢了下来。

就是这样，她身上淌着父亲的血，遗传了他的脾气，怒气来得快，但只要被发泄出去，情绪很快就平复下来。她有时非常讨厌自己这种愣头青的脾气，有时又想，她长得瘦小，如果连这一腔热血都不敢凭着冲动发泄，可能真的就会活成世上所有轻飘的死魂灵一样了。

楚然看见身边的蓓蓓小心翼翼的模样，道："你是不是也觉得我刚才的话过分？"

蓓蓓摇摇头："我觉得你说得有一定道理。其实刚才在车上，我的手攥得紧紧的，也真想冲上去，把那个老头从小姑娘的腿上一把抓下来，狠狠揍他一顿啊！可是我太尿了，整车人都尿，没人敢出头，就只有你这样一个小个儿冲上去。"她不无羞惭地一笑。

楚然叹口气，事实上，绝大部分女人遇到这类侵害时，都是不敢反抗的。可是人对自己是有责任的，只有自己对自己有百分百的责任，别人对你没有责任，甚至有时法律都无法及时保护到你。遇到事，自己不敢维权，总盼着别人替你出头，这真是妄想。

自助者天助。你都不帮自己，别人为什么要帮你？

第十八章

虐童者该死

到了救助中心，蓓蓓说明了情况。果不其然，赵宇明律所在此值班的律师和社工都说这种事特别难办，只能蓓蓓自己多加防范，及时留下秦子轩跟踪的证据。

律师道："从你描述的情况来看，按照《治安管理处罚法》第四十二条规定，派出所肯定会受理你的报案，但也只能登记。针对这类跟踪狂，国外一些国家有相应的法律，比如美国有'跟踪缠扰罪'，德国有《反暴力缠扰法》，日本有《跟踪狂规制法》。要按日本的规定，这个男的在你的居住地、工作地点等场所进行纠缠，而且提出见面、谈恋爱等你根本没有义务满足他的要求，就已经构成犯罪了，但我们国家目前还没有针对性的法律出台，所以无法阻止他的行为。"

有个社工道："我们前年救助过的一个案例，当事人在遭遇对方一年的跟踪后，最终被他强奸了。强奸之前，这个男的也没有特别过分的举动，也像这个秦子轩一样，有一些跟踪、送花送礼物、要求谈恋爱约会之类的举动，所以这种事一定要提高警惕。"

蓓蓓吓得快要哭出来了。律师道："确实，国外的数据显示，有百分之二十五到百分之三十五的跟踪缠扰行为最终会发展为暴力行为。所以这种事情就是要防患于未然。"

楚然道："要怎么样防患于未然呢？听上去，在他伤害蓓蓓之前，法律什么都干不了。可是他伤害了她之后，法律再来惩戒他，那蓓蓓受到的伤害谁来买单？"

律师耐心道："你看，逻辑是这样的，我们不能在犯罪事件发生之前，就因为它有发生的概率，而将对方抓起来。何况按她的描述，对方的确没有口头威胁要殴打、抢劫、强奸，更没有偷拍和散播她的隐私，甚至连电话都没给她打，微信也没有给她发，那要怎么抓他呢？"

蓓蓓困惑道："那为什么国外的法律认为只要在我的居住地、工作地点等经常在的场所对我反复进行纠缠，而且提出见面、谈恋爱要求的，就是犯罪呢？"

大家面面相觑。律师道："嗐，国情不一样嘛。"

蓓蓓绝望："按你们的意思，我只能原地等待他不知什么时候突然对我下手？"

大家沉默。

楚然把蓓蓓送回家，两人走到楼下，此时已是晚上六点多，天色已黑。蓓蓓看着楼洞，迟疑着，要楚然陪着她上楼。两人走进楼洞里，站在电梯间等电梯，蓓蓓心神不宁，环视左右，道："秦子轩既然跟着我到超市，说不定也知道我的房号，我真担心，他万一跑到我家来骚扰我怎么办？"

楚然道："赶紧下单买个监控摄像头安在门上，这不就可以取证了吗。到时他就是自投罗网了。"

两人商量着，电梯到了，门打开，秦子轩赫然在里面。三人打了一个照面，蓓蓓吓得勃然变色，秦子轩则露出笑容，可马上他又看到了楚然，笑容顿失，飞快地跑出电梯，往楼外跑。楚然大喝一声"站住"，跟着追了上去，却在此时撞到一个抱着婴儿的女人。女人踉跄了两步，楚然吓一跳，赶紧上前把她扶住。女人破口大骂，楚然忙不迭道歉，这么一错时间，再抬头一看，秦子轩早跑没影了。

蓓蓓仍等在电梯间，见她回来，知道她没追上，又急又气，道："他刚才肯定是上我家堵我去了，怎么办？"

楚然却怒喝道："刚才为什么是我追上去，而不是你自己？你在这儿杵着干吗呢？"

蓓蓓愣住了。

"这是你的事还是我的事？你自己不敢维权，凭什么我这么上心？你在这儿等着我冲锋陷阵，替你送死是吗？"

蓓蓓张口结舌，半晌讷讷道："我没有反应过来……"她无力地住了嘴。

楚然道："周蓓蓓，一个人的命运掌握在自己的手里。你一直等着别人来救你，只会死得很惨，懂吗？"

蓓蓓羞愧万状，小声道："我知道了，只是一下子没有改过来这个想法，下回我试着改变。你别生气了。"她上前拉着楚然的衣服，强笑着。楚然只能消了气。

两人再次去报警，警察依然只是登记了她们的报案。楚然问为什么，警察为难道："你们并不是在自己的住所外见到他，而是在电梯里。电梯是公共场所，他完全可以说自己不是来找她的，而是来见其他的人或者办别的什么事，不是吗？"

蓓蓓灰心丧气，拉着楚然走了。

到了楼下，她说不敢一个人住这里了，求楚然搬来陪她住。她可怜兮兮的，楚然的同情之心油然而生，慨然同意，可一转念，却又迟疑了，说不行。蓓蓓问缘故，楚然说她家隔壁住了一对母女，她怀疑当妈的虐待孩子，但没有证据。她现在每晚听着，等着，如果有一天被她抓个现行，就可以立刻报警抓人了。

楚然道："我也说不清楚为什么，感觉对这个孩子有责任似的。不然，你搬来和我一起住吧。先声明，条件和你这里不能比，房子在城中村，床是单人床，你只能打地铺。"

蓓蓓犹豫了下，楚然转身就走，蓓蓓忙不迭叫住她，说自己愿意。两人回到蓓蓓的出租屋，蓓蓓收拾了些衣物和一床薄薄的夏凉被，拖着行李箱和楚然一起去城中村。

到了楚然租住的房内，蓓蓓见这十平方米的小房间果然非常简陋。一张窄窄的单人床，一张带柜子的三合板方桌，一张折叠小圆凳，一个简易衣柜，靠墙放着几片蓝色塑料地垫板，地上放着两组哑铃，此外别无他物，却已把房间挤得满满当当。楚然把地垫板拼接在一起，说这是她平时练平板支撑、俯卧撑等用的，拼起来正好可以当个地铺。幸好现在是初秋，天气仍热，小凉被足矣。

在城中村的小馆子吃完晚餐，楚然说耽误了半天的训练，必须补回来。两人到了公园，楚然做完自重训练，又开始跑步，练得不亦乐乎。蓓蓓在公园散着步，看着楚然挥汗如雨，心中着实佩服。楚然锻炼完，两人回到出租屋，洗过澡，一人躺在床上，一人躺在地上，闲聊着。虽然地铺不那么舒服，然而带来的安心足以令蓓蓓感到值得。两人闲聊了几句，楚然突然"嘘"了一下，让蓓蓓别说话。她侧耳听着隔壁的动静，蓓蓓也听着，果然听到小女孩压抑的嘤嘤哭声，跟着又是当妈的怒吼声。

楚然从床上坐起来，打开台灯，把耳朵贴到墙上，仔细听着，那头的声音像是女人在用什么东西抽小女孩，小女孩压抑地、断续地一声声惨叫着。女人把什么东西往地上一扔，啪嗒一声，随即没有声音了。楚然眉头蹙了起来，蓓蓓小声问怎么了，楚然说听不太清了。

蓓蓓道："管不了那么多了，你也没什么资格管。算了，睡觉吧。"

楚然仍专注地听着，却已捕捉不到任何声音，她的耳朵毕竟不是雷达。一会儿，她放弃继续监听，把头移开，叹了口气，关了灯，倒在床上，把手机闹钟调到六点四十。然而她仍无睡意，在黑暗中睁大眼睛，想着心事。一会儿，听到了蓓蓓轻轻的呼噜声。原来她这几天都没睡好，搬到这里后，一下子放松了神经，很快就睡着了。楚然无声地笑了笑，自己为什么一直是个保护者的角色呢？

第二天，蓓蓓被闹钟吵醒，见楚然迅速起床穿衣，侧耳听着隔壁的动静。一会儿，隔壁传来门打开的声音，楚然也开门走出去，一抬头，正见母女俩走出来。小女孩神色郁郁寡欢，见到楚然也没有笑，而是低下头。楚然心想不能再错过这次机会了，她拉住小女孩，撸起她的袖子，见手臂上没伤。小女孩母亲反应过来，一推楚然，骂道："你神经病啊？干吗？"

楚然不顾她的推搡，问小女孩："你妈昨天晚上有没有打你？"

小女孩瑟缩着，抬头看着母亲，不敢说话。

小女孩母亲往楚然面前逼近，举起粗壮的手臂再度推搡着她。楚然一把抓住她的手，使劲往回一推，小女孩母亲连连退后。她呆了下，意识到楚然虽然体形小，却非常有力气。她不敢再上前，只是怒骂："你是不是变态啊，大清早的掀我女儿衣服？"

她说着，拉着小女孩，怒气冲冲往楼下走。楚然快步走到她面前，堵住她："我警告你，打小孩犯法。从今天起，不许你打孩子。我随时盯着你，准备报警。"

楚然举拳逼到女人的鼻前晃了晃。女人本能地往后一仰，意识到这个动作非常卑微之后恼羞成怒，想发作却又不敢，只好绕过楚然，拉着女儿匆匆离去。

蓓蓓站在门口，探着头好奇地看着这一幕。

楚然回屋，蓓蓓问："怎么样，看到什么没有？"

楚然摇摇头，困惑道："小姑娘身上没伤，不知道昨天晚上她是用什么打的，打在哪里。"

她蓦然一抬头，难道是打在身上和屁股上？她想起父亲虐打母亲时，也往往是挑肩部、躯干、臀部、大腿部打，因为这些地方衣物遮蔽得最严实。她暗恨昨晚没有及时踢开门，闯进屋去当场抓个现行，可万一那女人并不是在虐待孩子，而是发生了别的什么她不知道的事情，到时又该怎么办呢？她知道房东对她这个租客早已不满，合同到期之后就不会再租给她了，可最终还是决定，不管了，再听到小女孩的惨叫声，就一定要立刻闯进去。

　　蓓蓓买了猫眼监控装到自家出租屋门上，把监控连上手机，不过秦子轩却再没出现在家门口过。也许他看到楚然陪同她那一幕之后就明白了，救助中心和拳馆这些人已成蓓蓓援军，他知难而退。蓓蓓松了口气，暗想也许在楚然处再住个一周就可以搬回自己温馨的小屋了，楚然的住处再安心，毕竟睡地板也不太好受。

　　然而只放松了一周，第二周的周一中午，蓓蓓和同事出来吃饭，秦子轩又等在公司楼下了，手里捧着一束鲜红的玫瑰。蓓蓓见到他，心里一沉，身子定在原地。同事见状，知有异，秦子轩含糊笑着对几个女孩点点头说："我找蓓蓓有点私事。"

　　女孩们做出恍然大悟的模样，笑着对蓓蓓挤挤眼，离开了。男人给女人送玫瑰，多么美好的事情呀，她们该知趣地离开。蓓蓓刚要喊，秦子轩小声道："你应该不想让同事知道你是被辞退的吧？"

　　蓓蓓哑然，她来这家公司面试，被问及为何离开上一家公司时，说的是被调岗，自己无法接受。她上一家不是什么大公司，这一家也只是个五十多人的小公司，所以入职时没有人会去费心做什么背调。

　　蓓蓓有个妹妹，还在上大学。父亲英年早逝，母亲开个小门面儿卖蔬菜水果，一人拉扯大姐妹俩且供着上大学，早已心力交瘁，蓓蓓不能再让母亲忧心。她毕业的院校只是个普通的一本，学的是万金油专业人力资源管理，能力也一直不出众。她虽长得好看，但从未想过要靠容貌捞点什么，而是打算当个普通人，自食其力，过普通生活。普普通通地淹没在人群中，不起眼地过完这一生，这样就很好。普通固然乏味，但安全。她下周就转正了，工资不高，但能让她在省城自给自足，还可以给妹妹寄钱，减轻母亲的负担。可这点普通的要求，眼看就要被秦子轩再次毁掉了。

蓓蓓胸膛起伏着，秦子轩以为她还在害怕，走上前去，把手中的玫瑰递上去，郑重道："蓓蓓，我是真的喜欢你，以前在公司，咱俩有点误会，算我错了。现在我们从头开始好吗？和我交往吧。"

秦子轩跪下，脸上堆满了诚恳的一厢情愿。旁边走过更多去吃午饭的同事，大家一边起哄着，一边笑闹着，有人喊着"蓓蓓，答应他吧"，更多的人一边大喊着"答应，答应"，一边录着视频。

蓓蓓烦躁地让他们别录了，小声而愤怒地对秦子轩说："我不喜欢你。"

秦子轩不以为意："不喜欢，你也给个机会，试一下总归可以吧。"

蓓蓓快步跑离秦子轩。秦子轩起身，叫着蓓蓓，跟了上去。同事们仍在起哄，蓓蓓跑得更快了，但是她的高跟鞋实在太碍事了，她自以为的快，其实只是笨拙的小碎步，秦子轩几步就追上了。两人已跑到公司楼外的小道上，秦子轩抓着蓓蓓的手，固执地要让她把花收下，仿佛只要她收下花，他就得到了她的承诺，只要她同意交往，建立恋爱关系，她就是他的人了。

蓓蓓恐惧厌憎到了极点，感觉自己就像掉进了一个满是蜘蛛网的洞里，头脸、身上被裹上了一片片蛛网，刺痒不堪。她万分抓狂，拼命挣扎撕扯着。但蛛网越来越多，越裹越紧，甚至都入侵到口腔中了。眼看秦子轩就像只大蜘蛛一样凑近，她高声尖叫了起来："抓流氓啊，快来人啊，救命啊，救救我！"

几个人往这边看，秦子轩无奈，放开她的手。蓓蓓已被他逼得背靠绿化带的冬青丛，眼泪流了下来，脸拼命地扭过去，以免碰到秦子轩的脸。

秦子轩恼火地道："周蓓蓓，我也不是鬼，长得也不难看，家庭条件比你好，本地人，有房有车，你也不至于对我反感成这样吧？我们就交往看看不行吗？"

蓓蓓抹着泪，愤恨道："我那么讨厌你，怎么可能和你交往？我是人吧？我是人，那我有没有讨厌你的权利？你喜欢我，是不是该尊重我？"

秦子轩冷笑道："你没有讨厌我的权利，因为你把我的工作搞丢了，你得补偿我。"

蓓蓓道："是你自己把工作搞丢的，你还害我也丢了工作。我都没有找你算账，你还敢来找我？"

秦子轩道："你听好了，只要你不答应我，我就会一直来找你。你在哪家公司上班，我都会找到你。你自己掂量掂量。"

他转身，把花扔进路边的垃圾桶，离开。他的背看着很厚，肩膀很宽，看着很强壮，像极了这冷酷的现实。她是较量不过这样一个男人的，本地人，有人际圈，比她经济条件好，比她有精力，有作恶的资本。这一瞬间，蓓蓓突然改变了心意，想跑上去告诉他：好吧，交往吧，就试一下吧。反正，这只是权宜之计，到时她必定会装出恶劣的脾气，几天就把他吓跑。这样，此事不也得到圆满解决了吗？她不是楚然，没有苦练四年的搏击术，没有一身强健的肌肉，更重要的是，没有战斗的心力。

太累了，太辛苦了。

而且秦子轩这样执着，没准儿真的喜欢她。他下作的举动里，可能有一点儿真心，没准儿这点真心会像颗种子一样，在腐臭的土壤里开出美丽的花来。她并非无所依凭，男人需要女人，这就是她的砝码。

蓓蓓上前快走了几步，想叫住秦子轩，想说她答应交往了，不要再折磨她了。可又止住脚步——她刚才想象了一下和秦子轩交往，立刻觉得难过。她讨厌他，讨厌他的自大、他油腻的笑容、色眯眯的眼神、优越感满满的调戏、看待世事的观点。她讨厌蓝色衬衫，只因秦子轩喜欢穿蓝色衬衫。她讨厌他的一切，事情发展到现在，她甚至讨厌他待过的空间，只因那里有他吞吐过的空气。难道她真的要自投于那腥臭刺痒的蛛网里吗？一股深深的屈辱伴着怒火升上心头，她是个堂堂正正的人哪，自由意志为何要屈从于他人？且看这亮堂堂的天地，难道真的没有公理可言？

蓓蓓擦干眼泪，转身走向常去吃午饭的小馆子。快走到门口时又迟疑了，同事们都在里面，她一进去，就会收到聒噪的起哄，千篇一律的挤眉弄眼，善恶难辨的祝福。她转身，走向便利店，还是买点三角冷饭团胡乱凑合一顿算了。

晚上回到楚然住处，楚然问她为何没报警，蓓蓓疲乏一笑。她累了，报警又如何？警方也只能登记，并不能把秦子轩抓起来。

"错了，每一次被纠缠，你都要报警，报警记录可以作为证据，如果下次事态严重的话，这些证据非常有用。"楚然拉着蓓蓓出门，直奔派出所，再一次报警。警察依然只是登记。楚然叮嘱蓓蓓，要把同事们录下的秦子轩下跪求爱的视频搞到手，这也是证据。蓓蓓答应了。

回到家已是十一点多，两人上楼，路过隔壁屋时，楚然停下脚步，让蓓蓓不要出声，她把耳朵贴到门上听着屋里的动静。突然门打开，小女孩母亲刚要走出来，见状一愣，楚然和蓓蓓也吓了一大跳。

蓓蓓掩饰道："楚然，回屋睡觉吧。"她拉着楚然要走，楚然往屋里一探头，见小女孩只穿着一件小背心，光着屁股跪在地上，正在无助地小声哭泣。楚然甩开蓓蓓的手，走进屋。小女孩仰着头，满脸泪水地看着楚然。楚然见她光着的臀部、大腿、小腿上全是一道道纵横交织的细细的红色伤痕，触目惊心，不知是用什么东西打出来的。楚然心里一沉，一把拉起小女孩，把她护在自己的臂弯里，另一只手做出防卫姿势，怒视着小女孩的母亲，喝道："你用什么打的孩子？"

小女孩母亲已知楚然绝非善茬，但她平素也泼辣惯了，岂能一下子认输？也大声回道："我教育我的孩子，关你什么事？你凭什么闯进我的家里？"

楚然四处找着，见床头堆着一大堆衣服，从中挑出一件小女孩的裤子，让她穿上，身子仍挡在她与她母亲的中间，又探头对门外的蓓蓓道："蓓蓓，立刻打110，就说这里有人虐童。"

这女人蛮横地瞪了蓓蓓一眼，蓓蓓瑟缩了一下，却又立刻勇敢起来，退后几步，拨着手机。这女人伸手一打，把蓓蓓的手机打掉在地，啪的一声，屏裂了。蓓蓓吃了一惊，捡起手机，见已被摔得关机了。她又气又怒，哭丧着脸看着楚然。楚然无法，把孩子护在身后，掏出手机拨着110，这女人又伸手一打，楚然身子一闪，把手机放进口袋里。女人已怒喊着扑向她，楚然敏捷地在狭小的屋里腾挪着，嘴里说着："你给我停下来……别逼我动手……"

女人始终打不到楚然，火冒三丈，见女儿呆立在一旁，顺手挥手一巴掌，重重地打在了她的脸上。小女孩跌跌撞撞，头磕到桌角，摔倒在地。楚然大惊，忙过去把她抱起来。女人又一巴掌，这回打偏，直接打在楚然头上。楚然回头，狠狠一记直拳击在女人脸上，女人应声倒地。

楚然一个箭步上前，揪起女人的衣领，咬牙切齿。此时蓓蓓在她身后大叫着："楚然，别打了！算啦，别为这种事把自己搭进去。"楚然想起林远反复叮嘱要制怒，强忍着怒火，一推女人，女人摔倒在地上。楚然掏出手机报了110，警车赶到，房东和其他租客都被吵醒了，跑出来看热闹。警察把四个人带回了派出所。

在派出所，小女孩母亲抢着说话，说她们母女刚要睡觉，她准备出门去公共厕所撒最后一泡尿，楚然突然闯进来，不由分说就打她，还要抢走孩子。她说着，指着自己被打肿的脸，跟着放声大哭。警察皱眉，楚然立刻反驳，说自己是因为听到她多次殴打孩子，打她是为了阻止她打孩子。警察没表态，又问孩子到底怎么回事。小女孩惊恐地看着所有人，额头的伤仍在流着血，楚然此前扯了纸摁在伤口上，此刻那团纸已被鲜血渗得通红。警察让她把纸拿开，见这伤口并不算严重，只是小小一个口子，于是找了个创可贴给小女孩贴上，接着问小女孩。

小女孩母亲对她说："玲宝，你可不能乱说话。"

楚然这才知道小女孩叫玲宝，她鼓励地看着小女孩，道："玲宝，你别怕，你妈是怎么打你的，你都告诉警察。"

玲宝紧紧抿着嘴，眼神畏缩地躲闪着母亲的视线，半晌才小声说："我拉裤兜了，妈妈用衣架子抽我。"

楚然温柔道："阿姨帮你把裤子脱下来给警察叔叔看一下，一下就好，你不要害羞，行吗？"

玲宝点点头，楚然让她翻过身来，趴在自己的腿上。她褪下玲宝的裤子，在场的两个值班的警察看到玲宝下半身那些交错的伤痕，都吸了口凉气。

"其实我怀疑她的上身也有，要不要一起看看？"

楚然把玲宝的裤子提上，卷起她的上衣，只见她的背上、腹部、肩上，果然也有一些浅浅细细的伤痕。楚然问孩子，孩子说这也是妈妈用衣架抽的。原来，这当妈的只要一不顺心，就会抄起手边的铁丝衣架打孩子，用手抽孩子耳光，用脚踩孩子的手。

两个值班警察面色沉重，楚然看着这伤痕累累的瘦小身体，难过得眼泪一颗颗滴落下来，蓓蓓也哭了。女人深深低下头。

玲宝撇撇嘴，抽噎道："妈妈，我不是故意要拉裤兜的，也不是故意考不好。你以后能不能别总用衣架子抽我，也别踩我手了？"孩子说着，哇的一声大哭了起来。她从未被允许大声哭，即使在最痛的时候，母亲也勒令她不能哭，否则打得更凶。

女人手捂着脸，肩膀一耸一耸地哭着，一会儿放下手，满脸泪水地控诉："我离婚了，一个人带孩子，娘家没有一个人愿意帮我的。我一个月在养老院就挣三千块钱，又要上班又要带她，日子实在是过不下去了。这些天她一直拉肚子，直接就拉在裤子里了。我累了一天，回来要盯她功课，还要给她洗澡、洗裤子，我……我真的撑不下去了。"

她想起自己破碎的婚姻，她强要了女儿的抚养权，认为自己可以当自强自立的母亲。没想到生活远比想象的艰难百倍，她挣扎着，渐渐对女儿生出怨恨，希望幼小的她可以分担生活的忧愁。没想到女儿只是仰着一张小小的天真的脸，向她要爱，要温暖，要理解，要供养。女儿什么都要，却给不出一点点帮助。太后悔了，为什么要生下她呢？

女人号啕大哭，大家互视，脸上都现出了同情之色。楚然的泪已干，她睨着这些明显缓和了厌憎神色的人，心中冷笑不止。举凡当父母的，尤其母亲，人们都默认她们天然站在了道德制高点。母亲必然天生爱孩子，如果有哪些地方做得不够好，那也必是情非得已。其实这纯属是误区，一个人对另一个人不好，那就是不好。不好就是不好，暴力就是暴力，痛就是痛，犯法就是犯法，哪来那么多剧情？

比如这个母亲，她说自己生活不易，所以打孩子出气。可生活不易，怎么没见她打警察、打养老院院长、打房东，而偏偏打六岁的女儿呢？因为孩子体格弱小，完全处于食物链的末端，无力反抗，而且她认为打了也没有代价，仅此而已。

生活不易，善良的母亲会与女儿相依为命，会因自己没能提供给孩子好的条件内疚，从而加倍疼爱她。而不是像这个心肠冷硬的母亲一样，把人生的不如意全部发泄在孩子身上。关起门来，那小屋就是小型屠宰场，她可以一遍又一遍、一夜又一夜地屠宰女儿。太过弱小的生命，落在了邪恶之人的手里，会加倍刺激他们的邪恶。那些虐猫狗的行径，甚至包括幼童撕碎蜻蜓身体的举动，都是人性里邪恶本能的表现，饱含摧毁生命的快感。只要逮着机会，这些邪恶本能保留得极好的人形兽也是很想试一试摧毁一条真正的人命的。但人们不相信父母会这样对待孩子，他们认为一个人，一旦当了父母，就会摒弃人性的劣根性，自动庄严神圣起来。这真是天大的误解，生活中到处充满了这样的误解。许多人形兽躲在世人误解的背后，大行其恶，真该死！

女人哭着，警察又问楚然是什么人，楚然说自己就住在母女俩隔壁，并且一直在市妇女儿童救助中心当志愿者，所以对这类案例一直比较关注，也比较了解。一个警察开了伤情鉴定委托书，说指定的鉴定机构只有白天可以拍片子，只能第二天一早带着孩子去验伤，等伤情鉴定结果出来之后再处理。楚然问："现在呢？"警察说母亲必须留下，孩子浑身是伤，而且涉及未成年人，他们更加重视。母亲至少要被拘留七天，后续具体怎么处理还要看明天的伤情鉴定结果。至于孩子怎么办，如果楚然这边能帮着联系救助中心，再好不过了，毕竟现在孩子不适合和母亲单独待着。

楚然打了救助中心电话，一会儿，值班的社工赶过来，要把孩子带去家暴庇护中心。临走时孩子眼泪汪汪地看着母亲，而当妈的一直垂着头，眼神未曾与孩子对视。孩子总是对母亲有最深切的依恋，即使母亲虐待她，在她心中，那也是最可靠的亲人。楚然不忍，柔声说自己可以陪着去。在这些人里，楚然已是孩子最为熟悉的人了，虽然接触不多，但孩子也明白，眼前这个阿姨是真心爱护她、可以拯救她于痛苦之中的人，于是她的神色放松了些，答应去家暴庇护中心。

到了家暴庇护中心，楚然和社工帮着玲宝擦洗。玲宝已经六岁了，但看上去最多四岁。长期不稳定的生活环境与暴力殴打，使她的身体发育相对滞后，骨瘦如柴，小猫似的，两股之间仍残留着一些拉稀后没有处理干净的黄黄的污渍。温热的毛巾触碰到身体上的伤痕时，玲宝忍不住瑟缩。楚然见她总捂着肚子，明显是拉完肚子后身体还不舒服，便将双掌搓热，然后耐心地、一下又一下地轻揉她的肚脐眼四周。那股一直在腹部翻滚的寒凉之气渐消，孩子感到舒服，昏昏睡去。

社工眼圈红红："虽然在救助中心见了不少父母虐待孩子的案例，但每次见了，还是觉得不可思议。为什么有人会这样对待一条生命，而且是自己生下来的生命呢？"

楚然道："因为他们不是人，你这么理解就行了。"

社工道："告诉你一个不幸的消息——以我的经验，这孩子就是软组织挫伤，这母亲最多拘留十五天，被训诫完之后，还是会和孩子生活在一起的。"

楚然不说话，这结果她也大概能想到。以现行法律来看，这母亲的监护权不会被剥夺。她躺下，把玲宝揽在自己的怀里。玲宝偶尔在梦中会打一个激灵，楚然赶紧轻拍她的手，低声说"不怕不怕"。孩子眉头渐渐舒展，放松睡去。楚然伤感地想，她只能为孩子做到这个程度了，希望自己温暖的怀抱能让孩子一夜甜梦。

第二天，赵宇明和常医生赶过来，大家一起给孩子做了伤情鉴定。果不其然，孩子就是软组织挫伤，拍片子也没验出伤来，被母亲踩过的手早已消肿，也没事了。所有人都愤愤不平，却无能为力。真奇怪，孩子一夜夜在黑暗中惊恐万状，精神高度紧张煎熬，因被母亲打，对于世界的认知全部混乱，光着屁股被打导致自尊心被摧残的痛苦以及身体被殴打的疼痛，居然不能算"伤"。只因为看不见，就不是被伤害，这样的认知，真是太反人性了。

鉴于孩子自诉长期拉肚子，大家又带她去医院看儿科的消化内科。到了消化内科，医生详细给玲宝做了检查，又柔声询问了她的作息饮食等，沉吟着。

常医生道："有没有可能是心理因素导致长期拉肚子？因为孩子说在学校不拉，一见到母亲就拉。"

医生若有所思："完全有可能。长期遭受家暴，精神高度紧张，无法调节心理，直接传导到生理上，就是消化紊乱。别说孩子还这么小，就是成年人处于这种极致的环境里，也难免失控。"

医生开了一些保胃健脾的药，众人拿了药和伤情鉴定报告，回到派出所。警察看了报告，向玲宝母亲出示拘留十五天的通知书，将她关了起来。楚然帮着玲宝向学校请假，依然把孩子送到家暴庇护中心，让她先休息两天，第三天再去上学。孩子现在需要的不是上学，是让受伤的身体和精神得到修复。楚然答应玲宝，每晚过来陪她睡。

晚上，楚然、常医生和社工陪着玲宝在家暴庇护中心的餐厅吃饭，楚然特地给孩子点了蛋挞和奥尔良烤翅。玲宝自出生以来，何曾有过这样被温柔以待的日子？她大口大口吃着蛋挞，脸上的笑容天真灿烂。

三个人看着孩子吃得那样香甜，一边跟着欣慰地笑着，一边心情沉重：十五天之后，母亲放了出来，她该怎么办？是继续回到母亲身边一起生活，等待着母亲不知何时故态复萌，还是能被安排到更为妥帖的去处？

第十九章

这是一场生存之战

　　回到城中村的出租屋，楚然发现门开着，房东在里面正和蓓蓓说话。见她来了，房东道："你来得正好，正找你呢。"

　　房东的意思是和楚然的租约下周就到期了，不打算再和她续约了。楚然问为什么，房东支吾说有人要租，出的价格很高。楚然不动声色，问多少，房东说一千。楚然冷哼了一声，这种房要涨价，撑死了一月六百。房东分明就是不想租给她。她不想纠缠，爽快答应，只是要求等找到房才搬。他们的合同上约定，租约到期后房东是可以拒绝续租的，但要提前一个月通知。房东同意了她的要求。

　　两人睡在床上，均无睡意。蓓蓓问为什么房东不想再租给她了，楚然哈哈两声。

　　"嫌我不安分呗，头一次我把性骚扰我的色邻居打了一顿，这次又因为玲宝的事把警察招来，大家看不惯我了。"

　　蓓蓓非常理解，这城中村鱼龙混杂，鱼龙混杂的意思就是生死有命，悄悄地解决，声张是大忌。其实何止城中村，哪里不一样？比如蓓蓓，在公司被秦子轩性骚扰了，她就该默不作声。而她居然先报警，后向公司举报，这让老板觉得她很危险。有人的地方就有江湖，江湖嘛，自然宜暗流涌动，你非要搞得惊涛拍岸，卷起千堆雪，那么大阵仗，把陈年淤泥都带出来了，难保哪天牵连到别人。总之，大肆维权的人就是叫人莫名不安。大家都静默地活着，怎么就你那么爱出风头呢？矫情，炒作，表演型人格，可疑终至于可恨起来。

蓓蓓忽然眼前一亮："你还找什么房啊，搬去和我住吧。我的房租两千五，我收你一千就好。你和我住，我再也不怕秦子轩了，这是双赢啊。"

事情就这么解决了，蓓蓓都等不到楚然的租约到期，就催着她赶紧搬家。其实也没有什么东西可搬的，简单的家具是房东的，衣物和哑铃打完包，三个行李包就放下了。下了班，蓓蓓兴兴头头地帮着楚然把东西搬下楼，打了个车，到了自己的出租屋。

楚然坚持出一半的房租，买了个单人床，放在卧室里。两个女孩下了班后把屋里的家具重新布置了一下，收拾停当后，舒舒服服地住下了。楚然头一次住上了有厨房、干湿分离的独立卫浴和阳台的体面公寓，感觉很新鲜。她对生活没有要求，所以虽然工资涨了，却一直想不起来换个舒服一点的房住。但最高兴的是蓓蓓，只要一想到楚然在家，她心里就无比踏实。晚上两人睡觉，蓓蓓叉着腰站在自己床上，对着阳台大喝着："秦子轩，你来呀！现在我有保镖，可不怕你啦！来呀，信不信我的保镖把你打得满地找牙？"

楚然被她逗得哈哈大笑，蓓蓓在床上直蹦，开心不已。不过躺下之后，她又安静下来了，半晌叹了口气。

楚然道："怎么了？"

"你又不能跟着我去上班，要是秦子轩又找到公司来怎么办呀？"

"报警呀。"

"如果让公司知道我和他的事怎么办？"

"你又没做错，实话实说呗。"

蓓蓓仍然愁得直叹气，楚然想起自己生活中曾有的延绵十几年的心病，而它最终得以解决的办法又是什么，不由得嘴角微翘，带上了丝嘲讽。

因为玲宝的事耽误了两天的训练，回到拳馆，楚然更加争分夺秒。林远在商场地下一层的健身房有卡，她三个月前就让楚然到健身房撸铁。拳馆有一些基本的健身器材，但与健身房比条件还是简陋了些。楚然白天打完拳，晚上还要到地下健身房进行负重抗阻训练。

截止到现在，楚然已经练拳四年有余。拳台上的她像只豹子，目露精光，肌肉结实，蓄势待发。这类兽从来不以体形见长，而以速度和爆发力闻名。她和小何、小汪两个女教练在拳台上打过几次了，次次都在一分钟之内就 KO 她们，陈陈等三人说她在拳馆待的这四年足以媲美他们在体院正经本科上四年。林远惊喜，她看出来，要不是因为是同事，楚然早就释放百分之百的攻击性，更短的时间内就能打倒她们。这正是楚然最厉害的地方，在千钧一发之际，她经常会爆发出超强的毁灭性，这个东西，是林远很早就在她身上捕捉到的。对于普通人来说，这极度危险；对于拳击手而言，却是珍贵的禀赋。

林远觉得经由她的修剪栽培，现在的楚然已经有点像美国著名女拳王、UFC 草量级世界冠军罗斯·娜玛尤纳斯了。那位被称为"暴徒玫瑰"的女拳王出身于贫民窟，幼年时经常被霸凌，甚至多次被性侵，生活里充斥着毒品、犯罪、暴力以及精神分裂症父亲的家暴。更为不幸的是，她也遗传了父亲的精神分裂症，成日沉浸在惊慌、恐惧和暴怒的情绪里，不得不靠吃药控制。这种性格特质在拳台上非常好地转化为了战斗力，她会冷静地面对对手的挑衅而不失控，而在机会来临时又能狂暴得像要打败命运一样打击对方。

拳台上的楚然，现在就像"暴徒玫瑰"罗斯一样，耐心又机敏，不浪费过多的情绪，只在值得进攻的紧要关头爆发。她的冲动渐渐少了，控制力增强，站立非常稳，拳速很快。刻苦的练习、技术的提高带来的信心，反过来使她精神内核越来越稳定，形成良性循环。

蓓蓓自己一个人不敢回家，下了班之后便来拳馆待着。在工作日，晚上是拳馆一天最热闹的时候，热火朝天的训练景象让蓓蓓渐渐心动。陈陈说她可以跟着大班课感受一下，但她仍是拒绝。她不想练得一身臭汗，腰酸背痛的。不过她会在馆内试着举一下哑铃，或者拉一下弹力带。但光是尝试几下，就会累得气喘吁吁。她更确定了，自己与体能训练、对抗技能无缘。

玲宝母亲放出来了，玲宝依然和她生活在一起。学校接到了派出所的通知，老师对玲宝格外关照，会随时观察她的情况。一旦看到她身上带伤，老师会立刻上报给派出所。楚然因为搬走了，心中非常不安，仿佛自己对玲宝失职了一样，也会每隔一阵子就去学校看她。老师知道楚然是救助中心的志愿者，玲宝被虐待一事也是她揭露出来的，故也愿意让她见孩子。中午吃完饭，玲宝和同学们在操场上玩，老师会让她来传达室与楚然见个面，聊几句。玲宝很喜欢楚然，和她无话不谈，告诉她，母亲已经不打她了。楚然于是放心了些。

蓓蓓说楚然将来一定是个好妈妈，楚然摇头笑。就是因为看到这人间有太多无助的孩子，她才不想生孩子的。生育之事责任重大，她没有信心可以保证孩子不受伤害。所以，她永远不会是个妈妈。

世人胆子真大啊，居然敢一个接一个地生孩子！

周五开完例会，部门负责人让蓓蓓单独留下，说她可以转正了，周一就可以办手续，蓓蓓一颗悬着的心放下了。中午，她请整个部门的人聚餐，庆祝自己成为正式员工。大家说笑着走下楼时，赫然又看到秦子轩站在楼下。蓓蓓感觉这一瞬间，天地都黯然无光了。同事们已从上次的情形中感觉到两人的关系并非他们想象中那样，都慢下脚步。

秦子轩手插在兜里，一脸云淡风轻，笑着对大家说："你们好呀，和我家蓓蓓吃中午饭去？"

大家看着蓓蓓，蓓蓓勉强道："你又来干什么？"

　　秦子轩扬眉："不干什么，找你来了。上次说的事儿你想得怎么样了？"

　　蓓蓓看着同事们疑惑的神情，道："你们先去吧，先把菜点上，我一会儿就来。"

　　同事们走了，蓓蓓压低声音道："你上一次来，我已经报警了。这次你难道还想逼我报警吗？"

　　秦子轩道："周蓓蓓，现在整个局面控制在你手里。进一步，我俩就是男女朋友；退一步，你就是搞丢我工作的敌人。你自己选。是男女朋友，你就带我去和你同事吃饭，公开恋爱关系；是敌人，你现在就可以去报警，但我会给你们公司发邮件，说你给我玩仙人跳，让我丢了工作，让他们小心你这走到哪儿祸害到哪儿的骚货。"

　　蓓蓓被他颠倒黑白、信口开河的能力惊呆了，秦子轩见她发愣，以为被吓住了，温言道："和我试一试吧，也许你很快就会发现我的优点。"

　　他凑近，去揽蓓蓓的腰。蓓蓓如避秽物一般，忙不迭闪开，接着快步往前跑。秦子轩大笑，这笑因为太笃定而带了一抹蔑色。他一边笑，一边追上去，喊道："蓓蓓，等等我！"

　　还像上次一样，蓓蓓跑出写字楼下的小广场，跑到外面的路上。秦子轩根本不用跑，因为蓓蓓穿着高跟鞋，步态凌乱，速度迟缓。高跟鞋的细跟一下下敲打着路面的方块砖，苗条的腰肢一扭一扭，一切都别有情趣。他只是手插兜，笑吟吟地快走着，偶尔三步并成两步，便能跟上蓓蓓。

　　两人跑着，路过蓓蓓同事们所在的餐馆。他们坐在靠窗的地方，看向外面。秦子轩一脸轻松地向他们摆摆手。他们见一个跑，一个追，都不明就里，疑惑地张望着。

　　蓓蓓往前飞快地跑着，也不知道要跑到什么地方，只是想躲开秦子轩，只要甩开他就好了。她想打车去派出所，但必须停下来在道旁等着，又怕被秦子轩追上。现在在她心目中，秦子轩就像瘟疫一样，哪怕他靠近，她都觉得他带着不祥的阴影。他给她造成了极大的心理恐惧，这恐惧驱使着她没命地往前跑。她的眼泪纷落，偶尔泪水会模糊视线，她便一抹眼睛，继续跑。

跑着跑着，蓓蓓突然想起楚然，赶紧掏出手机，拨通楚然的电话，那头接通。蓓蓓哭道："楚然，你现在能来一趟吗？"

楚然那头估计是刚下课，喘息道："怎么了？"

"秦子轩又来找我了。"

"报警啊。"

蓓蓓号啕大哭："报警，警察也只能登记，下回他还是会纠缠，怎么办呀？你快来呀！"

那头声音冰冷："自己解决这件事，好吧？没有人能永远陪在你身边保护你。"

手机无情挂断，蓓蓓泪水纷落，此时脚下突然一崴，高跟鞋陷入路面的缝隙里。她大惊，努力挣着，鞋却一时挣不出来。此时面前的光线暗了下来，抬头一看，秦子轩已经追到她跟前，像一片乌云一样笼罩过来。

正是九月，正午的太阳炽烈，蓓蓓浑身是汗，衣服贴在身上，非常难受。秦子轩已走到她面前，居高临下看着她的狼狈样。蓓蓓仰望着他高大的身材，因为逆光，一时看不清他的表情。

秦子轩蹲下，露出他所认为的宠溺表情，亲昵道："瞧你笨的，我帮你把鞋弄出来吧。"他靠近，蓓蓓一阵作呕，往后退了几步，拉开距离。秦子轩晃着那只鞋，蓓蓓光着一只脚，只把脚尖踮在地上，浑身一阵冷一阵热，一时不知该怎么办。视线无意中落到了路边餐馆门外摆着的一箱箱绿色空啤酒瓶上，顿时，一股热血涌上头，速度太快，温度太高，让脑子里嗡嗡的：活不成了，死了算了。死吧，毁灭吧，就是现在！

她甩开另一只脚上的高跟鞋，大步走过去。秦子轩不明白她要干什么，还在笑着看着。蓓蓓已从箱子里拎出一只空酒瓶，迎面走了回来，手一抢，酒瓶狠狠甩在秦子轩头上。秦子轩猝不及防，头被打了个正着，他痛得一捂头。蓓蓓手滑，啤酒瓶脱了手飞出去，摔个粉碎。她已失去理智，接着又回身拎出另一只啤酒瓶，双手高举，使出浑身力气，再次狠狠打在秦子轩头上。她什么都顾不上了，脑子里只有一个念头：杀了他，杀了他！杀了这只大蜘蛛！同归于尽吧！

秦子轩"啊"的一声，痛得脸都皱了起来，本能地伸手一抓，抓住蓓蓓的长发，把她甩倒在地。蓓蓓拼命挣扎，秦子轩觉得视线被什么东西遮住了，伸手一抹，发现是血，原来刚才头上被打的地方已裂开长长的口子，血正汩汩往下流。他这一分神，蓓蓓得了个空，挣脱出他的掌控，跟着整个人往前一扑，歇斯底里地咆哮着，像只发疯的母兽一样扑到他身上，张口就咬。秦子轩感觉脸被狠狠咬了一口，他大叫了一声，一甩，一翻身，轻易就把蓓蓓摁倒在地上。

这一瞬间，两人四目正对，她见他满头满脸全是血，左脸已被自己咬掉一小块肉；他则见她狠狠地从嘴里啐出那一小块肉，脸上不再有从前的畏缩与惊恐，而是带着扭曲的杀气腾腾。他们从彼此眼底看清了那个真相：这根本不是求偶游戏，这就是意志和意志的决斗，是生存之战。他要用武力使她屈服，而她誓用生命捍卫尊严。

秦子轩一拳又一拳地猛击蓓蓓的头和脸。他真恨她啊，男人追逐，女人接受，几千年来这不是美谈吗？为什么要把一桩甜蜜的事搞得这么难堪？为什么要撕下那层粉色的面纱？

蓓蓓无力反抗，手徒劳地挥舞着，拼尽全力地号叫着。餐馆员工闻声赶出门，路人止步，先前觉得疑惑的同事们也已赶过来。他们一起把秦子轩制住，报了警。110赶到，把两人和几个做证的同事带到派出所。

秦子轩的左脸被蓓蓓咬掉一块肉，左边额头被打肿，右边额头被打裂了个口子。而蓓蓓，被他扯掉一大把头发，眼角乌青，眼底出血，脸全肿了，嘴角破损带血，既有她自己的，也有秦子轩的。总之，两人看起来都相当惨烈。

蓓蓓已说不出话来，只是一直在发抖，瘫软在椅子上，要靠同事们扶着才坐得住。此时救助中心的社工、赵宇明和楚然突然来了，原来楚然一怒之下挂断了蓓蓓的电话，事后想想又不忍，给她回拨。可蓓蓓已接不了手机，同事帮着接通，说明情况，楚然才知道发生了这么大的事，她大惊，赶紧叫上救助中心的人赶来。

楚然向警方说明情况，警察调取了此前蓓蓓的数次报警记录。秦子轩大叫着，说自己根本没有把她怎么样，是她突然发疯一样拿酒瓶砸自己的头，自己才是正当防卫。

秦子轩因为头部受重击，恶心欲吐，脸上的伤口露出鲜红的创面。他强忍着，恶狠狠地盯着蓓蓓："我要请律师，我要和你打官司。"

蓓蓓嘴唇颤抖，既因为痛，也因为受的刺激太大。警察见状，只得让她先上鉴定机构验伤。检查结果，蓓蓓的伤并无大碍，全是软组织挫伤。不过她进入了应激状态，浑身抖个不停，连哭都哭不出来。楚然带她上医院，医生给她打了一针安定，让她住院观察。

病床上，蓓蓓昏昏睡去。楚然看着她青肿的脸，问身边的赵宇明，这次秦子轩会有什么下场。赵宇明说有前几次跟踪骚扰的报案，有蓓蓓上救助中心求助的接待记录，再加这次动手，秦子轩可能涉嫌寻衅滋事罪。但也不一定，也许只会是行拘，具体还要看后续的调查情况。

他叹了口气，略带忧愁道："可是蓓蓓把秦子轩的脸咬伤，头打破，对方也去验伤了，如果伤口太大，后续愈合情况不好，秦子轩还是会起诉她防卫过当，她可能也难逃刑责。"

他看了一眼睡着了的蓓蓓，低声道："谁先动的手，你知道吗？"

楚然摇摇头："秦子轩有前科，难道蓓蓓就不能先动手保护自己吗？"

赵宇明叹道："如果是蓓蓓先动手的，那这个官司可有的打了，具体还要结合伤情。"

楚然压低声音，愤恨道："也就是说，蓓蓓一定要等到秦子轩真的对她有实际的伤害行为，才能自卫？可是你想，一个女孩被这样长期骚扰，精神已到了崩溃边缘，即使先动手，不也情有可原吗？不想被打，秦子轩就不要这么贱，不停地来挑衅呀！"

赵宇明苦笑，摇头不语。

蓓蓓出院了，她这件事公司是这样认为的：前男同事纠缠不休，蓓蓓英勇反击。因此虽然她刚转正就闹出这么大纠纷，公司反而很佩服她。蓓蓓的工作没有受到影响，老板还特批她一周假去处理和秦子轩的后续纠纷。

秦子轩的脸上永远地留下了蓓蓓牙咬的一弯小小的瘢痕，额头缝了十针，中度脑震荡。但双方都没有起诉，而是达成了和解。鉴于两人都动手了，谁也不赔谁钱，恩怨一笔勾销。这是赵宇明和蓓蓓商量后的结果，秦子轩固然多次尾随骚扰，并把蓓蓓打得很惨，但是蓓蓓先动手，而且他被她打得更惨。双方打起官司来，只会两败俱伤。秦子轩思来想去，终归自己理亏在先，而且蓓蓓这一番同归于尽的壮烈操作，彻底打击了他的嚣张气焰。这件事情变得不好玩了，他的斗志全无，只求迅速结束这场纠纷，因此也同意调解。

调解结束当天，秦子轩和蓓蓓走出派出所。看着身边的蓓蓓，秦子轩一再纳闷事情的性质为什么突然变了。她还是一如既往地温柔婉约，白色上衣很合身，蓝色牛仔裤勾勒出浑圆起伏的臀部和笔直纤瘦的双腿，乌黑的长发披散着。但看在秦子轩眼里，这一切不再性感挑逗。

蓓蓓也正好看过来，两人视线相对之际，秦子轩脸上的那弯瘢痕一阵抽痛。蓓蓓在他脸上永远烙下了"流氓"的标签，让他"老实人"的嘴脸从此消失，余生行走人间时显得可疑。这真是不划算，不划算啊！

蓓蓓漠然转过头，与赵宇明、楚然快步离开。秦子轩看着她穿着运动鞋因而显得轻快利落的脚步，讪讪地摸了一下脸上的伤，觉得整桩事情里，自己像个小丑。

赵宇明先回律所，楚然、蓓蓓两人走在繁华的街道上。见蓓蓓眼神一时茫然，楚然知道她此刻恍若隔世。楚然和小媛、阿超等人打完那一架之后，也经常会有这种感觉。世界突然变得不一样了，好像自己是只刚刚破茧的蝴蝶，看着身下蜕下的残破旧躯壳，疑惑前世居然那样丑陋不堪。两侧翅膀尚带了点湿意，新生的面庞因太过鲜嫩而连最轻微的风拂过都觉得隐隐刺痛，但更多的是喜悦。

会为当时没有赶过去帮蓓蓓，反而骂了她一通感到后悔吗？楚然想了想，得出结论：当然不！蓓蓓二十六岁了，是个成年人，又不是六岁的玲宝。

路过一家美发店，蓓蓓止步，对楚然说："陪我去剪头发吧。"

第二十章

对不起，我没能救出那个小孩

　　这阵子忙着训练，又为蓓蓓的事奔波，楚然已经有十几天没有去学校看玲宝了。这天抽了个空，中午跑去学校找她，可老师却说，玲宝昨天转学回老家了，本来她在这里就是借读的。楚然大惊，此前为何没有听孩子讲过呢？老师说，是她的母亲突然提出来的。因为被拘留了半个月，养老院把她开除了，出来后她找工作四处碰壁，不得已只能回老家。这阵子她对玲宝的态度又变差了，因为被警告过，没敢动手打，但吼骂是少不了的，所以孩子的情绪又开始低落，上课老走神儿。

　　老师说着，也非常难过。一个这么小的孩子，跟着性子暴虐又无能的母亲四处漂泊，命运实在是太悲惨了。

　　楚然到城中村的出租屋一看，玲宝母女租住的那个房子已经空出来了。房东说："是昨天晚上走的，据说是晚上的火车。那孩子可怜啊，当妈的提着两个大行李袋，孩子背着一个大包，走路都有点走不动，跌跌撞撞的。当妈的只顾往前走，孩子在后头喊着'妈妈等等我，等等我'，可当妈的头都不回。"房东说着，唏嘘不已，好像已经忘了因为楚然报警把玲宝妈抓起来，他把她赶走。最后他压低嗓音说："我见那女人的架势，把孩子扔了都有可能呢。"

　　楚然进屋，见东西已搬空，地上扔了些杂物纸片，其中一张是玲宝画的画：阳光下，鲜花盛开的院子里，一个小人儿在跳舞。玲宝爱画画，小人儿像尤其画得惟妙惟肖。可是母亲讨厌她画画，恨她语文数学全班倒数。母亲没有想过，绝大部分的孩子，家长都会给做学前启蒙，早早读书认字，但玲宝什么都没学，回到家还要受她虐待，根本没有精神上课。

楚然蹲在地上，抓着那张画。玲宝母亲曾说过，娘家没有人愿意帮她，那母女俩回到老家，日子该怎么过下去呢？她们是回到老家，还是四处流浪呢？这样一对母女在茫茫人海中浮沉，当妈的都自身难保，幼小的女儿又该怎么办？离开了本地派出所和救助站的威慑，母亲的暴虐会不会加倍？

楚然想起那晚搂着玲宝睡觉时的感觉，怀中那样小小的一团肉里，灵魂正在地狱的烈火中翻滚呼号，所以不时轻微地战栗着。可人们认为弱者的痛苦不重要，不然，怎么没有人管这孩子后续的事情呢？怎么仍然让她和这样的母亲继续生活在一起呢？有没有人来管一管呀？救救她！

楚然深深地低下头，双臂搂住自己，像抱住玲宝，也像抱住童年的自己。她对这个世界失望透顶。

全省搏击馆联盟举行的搏击赛在本市最大的搏击馆举行，楚然参加的是女子五十公斤级的比赛。她在预赛中淘汰了三名拳手，才能站在这里，与面前这位女教练同台对垒。

楚然满怀郁愤迈上了决赛擂台。面前这个拳手二十七岁，一米六五，腿很长，是隔壁市最著名的搏击馆的当家教练。上台前林远详细地与楚然解说了这个拳手的情况：她是省女子散打队的退役运动员，身体条件优越，腿功极强。腿法是散打中最具威力的技术之一，也极具实战价值，一定要重点防范她的腿。

跨过擂台的红色围栏，即宣告进入了你死我活的战场。不过脸上挨一拳，腿上挨一脚，只会激发楚然更加蓬勃的斗志。这人世间谆谆叮嘱女人要远离这种残酷的、赤裸裸的体力对决，动机是什么？与这样血肉横飞的搏斗相比，那种包裹在蜜糖里的慢吞吞的折磨不是更可怕？要么死，要么活，不死不活、半死不活是个什么状态？也许人们早知道，如果女人们洞悉了这真相，她们将爆发出极强的力量，而这正是世人所害怕的。

开场两局，楚然打得很艰难。对手的腿果然厉害，总能找到最精准的空当，一腿踢到楚然面门或者脖颈，让楚然疼痛眩晕不止，倒地喘息，但她总能很快在裁判读到三秒前爬起来。

楚然两局全输，不过对方意识到楚然虽然是个崭新的新人，但意志非常顽强，而且拳法也不容小觑，于是也并没有放松的迹象。第三回合楚然赢了，在对手一记高扫的千钧一刻之际完美躲过，最终以两记摆拳令对方倒地。这一回合结束后，双方各坐在拳台一角休息，楚然看到对方的脸上，那点警觉已加上了点微妙的气急败坏，眼睛压得很低，在浓眉下射出升级的凶猛眼神。

第四回合，楚然在对方的腿扫来之际，微一闪身，伸手将她的腿夹于手臂中，顺势一拉，对方倒地，带倒楚然，两人高高摔倒。对方试图立刻起身，但楚然找到空当，用右手手臂缠住对手的咽喉处，左手手臂用力抵在对手的脑后进行绞杀。对方脸憋得通红，因使劲挣扎而使头部剧烈地抖动着，却仍没能挣脱楚然铁钳一样的胳膊，最终无奈地拍地认输。

对方上台前，的确对楚然怀了点轻视。她听说楚然从前是个保洁员，一点也没有接触过搏击，是从蹭拳馆大班课起步的，可以说是林远平地起高楼培养出来的一个奇葩。但四个回合下来，她彻底意识到楚然是个难缠的对手。楚然实战经验生疏，破绽百出，但带了初生牛犊不怕虎的生猛气势。明知道自己一腿的威力有多大，可楚然就是能一次次倒地之后，一次次再起身。并且，哪怕这一回合输得很惨，她回到休息区稍微休息后，也能立刻回血，拼力再战。这证明她意志极其顽强，不血战到底决不罢休。

第五回合，双方都已经非常疲惫了，却仍使出浑身解数缠斗。对方意识到楚然的手臂力量极大，一定不能与她陷入裸绞的泥潭，不让她有施展地面技的机会，于是轻易不出击。两人周旋颇久，楚然有点沉不住气了，迫切想让对方倒地，重施裸绞绝技。她往前欺身，却正中对方一记爆肝腿，立刻倒地。对方上前，刹那间密集的拳头朝楚然袭来，楚然拼尽全力，用手臂将对方箍倒。然而此时她被踢中的腹部剧烈作痛，手没有力气，对方挣了几下，一个侧翻，将她挣脱。两人双双起身，怒视着对方。

对方的拳头太猛，楚然浑身无一处不痛，耳朵嘴唇鼻子被打破，下巴和脖颈处被腿踢中无数次，即使戴了保护牙套，牙齿也因中了几拳而阵阵作痛，隐约觉得有两颗牙松动了。她已累极，一瞬间看到满地鲜血，不禁恍惚。自己为何站在这里，莫名开始这场苦役？她本该顺利高考，考上个好大学，现在或者在读研，或者已参加工作，长发飘飘，穿着漂亮的衣服穿梭在写字楼的格子间，或者是某国企、某学校稍显老旧却仍气派的办公楼里，不紧不慢地按部就班工作。为什么在这里，理了个与男人无异的平头，面部狰狞，浑身青紫，与另一个女人在血泊中滚来滚去，殊死搏斗？她走了怎样长长的一条路，七弯八拐，居然拐到了这样的一个地方？

楚然回过神的一瞬间，对方一记高扫，踢中她的头。楚然眼前一黑，口中飞出一抹血，重重摔倒在地上大片大片的血污中。这些血是从两人身上流下来的，又经由几番打斗，被大片大片抹开在白色的防滑革上，散发着腥味。

这腥味如此熟悉，电光石火之际，楚然脑海里闪过母亲被父亲殴打倒在血泊中的景象，这景象又与她童年在菜市场看人杀鸡时的惨烈景象叠加在一起。所有任人宰割的弱小生命，都是这样，枕着自己的鲜血，闻着血特有的铁锈味，一再确认死亡正在步步接近这一残酷事实。见证自己的死亡，这是天底下最恐怖的事情。而她从来不甘接受这种命运，正因为不接受，她才会站在这里。如果她又接受了，那证明这一程的逃亡毫无意义。

她不该就这样认命！她不会就这样认命！

对方已扑了上来，正在一拳一拳地击打着楚然。楚然原本软塌塌的手臂举起，一把揽住对方的脖子，将其带倒。接着一个侧翻，将对方的头再度钳在自己的右手臂里，左手拼命挥拳，击打对方的头部。不知击了多少拳，对方已几近昏厥，无力拍地，裁判见势不妙，赶紧叫停。但楚然已陷入亢奋，只是挥拳不休。直到裁判大喊着去拖她的手，她才清醒过来，停下动作，瘫倒在地。

站在领奖台上，看着已经站立不稳、只能靠在墙角休息的对手，楚然感到深深的抱歉。这女教练挨的这些拳，是替她的父亲荣华、霸凌她的阿超、小媛、董师傅、色邻居、公交车无礼老头、秦子轩、蒋文博、玲宝母亲挨的。这么多人，楚然都要一一痛殴，所以拳头打得重了些，密集了些。

楚然成为搏击圈的新星，大家纷纷打听这个小个子搏击助教到底是何方神圣。林远趁机在行业内做了波推广，并宣布楚然成为正式教练，课时费和陈陈一样高，私教课一节三百五。

倒也没什么胜利可言，只是一次交流赛，又不是 UFC 那样的世界赛事。楚然是有了课时费提成，手头宽裕了些，可也没有到立刻够买房买车的地步。生活不可能像爽剧那样，一夜之间天翻地覆，走上人生巅峰。楚然还是照常上班下班，打拳教课，一如既往地把拳馆当家，第一个来，最晚走。每晚她下班时已十点多，回到与蓓蓓合租房的楼下，她总能看到灯亮着。这个城市，终于也有一盏灯为她而留了。蓓蓓开玩笑说现在两个人是相依为命模式，搂着她撒娇，说姐妹过一辈子得了，要什么臭男人。

有时，蓓蓓下了班会去拳馆找楚然玩，一起吃晚饭。陈陈早意识到楚然对他不感兴趣，很快就把注意力转向了蓓蓓。两人熟悉起来，陈陈会指点蓓蓓做点热身，打打沙袋，练习点拳击基本动作，就当玩了。偶尔楚然看到两人的神情，陈陈喜悦，蓓蓓娇羞，便意识到，这两人迟早会谈上恋爱。谈了恋爱的女伴儿，就不再会和她"相依为命"了。这世界上绝大多数的女人，最终都是会和"臭男人"结婚的。能理解，不然呢？

蓓蓓晚饭和陈陈吃的次数多了起来，楚然并不失落。她对爱情没有期待，对友情同样不曾指望过。孤独还有层意思，就是清净。她的心底清清净净，毫无挂碍。她经常站在拳馆窗口眺望，天空明净高远，她的心也空灵一片，无悲无喜。

这天是周末，上课高峰。楚然正在上人生的第一节私教课，学员是个二十岁的大二女生，特地来报楚然的课，就是因为从拳馆的公众号上看到了她的宣传文章。"从保洁员到专业搏击教练"这样的噱头足足的，一下子涌来不少女学员专报楚然的课。人们喜欢故事，林远新招的助理把楚然这个故事写得足够吸人眼球。

楚然正认真上着课，助理的手机响了。她接通电话，那边是个女声。

"请问这里是尚武综合格斗馆吗？"

"是，您是哪位？"

"请问张楚然在这里上班吗？"

助理嘀咕，又是一个要报楚然私教课的准学员？她的课如今从周一到周日都有，排得很满。

"对，不过张教练的课基本排满了。您如果要报名上课，可以选择我们馆内其他教练的课。"

"我是张楚然的母亲王雅妍，之前一直联系不上她，是通过网络搜索，看到拳馆的推广文章，才找到这里的。您可以让她接电话吗？"

助理愕然，看着正在上课的楚然，嘀咕了下，告诉了林远。林远也觉得奇怪，但联系楚然平时的表现，很快又理解了。楚然的母亲连她的手机号都没有，这证明楚然根本不想让家人找到，看来自己为了推广拳馆业务，暴露了楚然的下落。

她接过手机，道："有什么事可以和我说吗？她在给学员上课。"

那头沉默了下，道："你告诉她，老家要通高铁了，从镇子上穿过，许多人家的房都要拆迁，包括张家小楼和胡家老宅。你这么和她说，她就明白了。"

那头电话挂了，林远看着正认真指点学员学习抱架的楚然，心中有不祥的预感。楚然下了课，林远思来想去，还是把那通电话的内容告诉了楚然。一瞬间，她看到楚然脸色惨白，定在原地，眼睛直勾勾地一动不动。

林远有点被吓到了："楚然，你家里要不要紧？"

楚然并不回答，一股巨大的恐惧在心头激烈翻腾着，双肩像压了上万吨铁块一样，简直无法再支撑下去，整个人马上就要瘫软在地了。但不知为什么，这恐惧在到达顶点的时候突然渐渐减弱，散去，一股悠远的宁静从心灵深处慢慢升了起来，甚至有隐隐的喜悦。世界上一切的悬而未决，终究都是要解决的。是的，就是现在，终于可以结束这场苦役了。从前，她无论多快乐，心底都沉沉地坠着那个东西。确定了，她踏实了。她历来是个向死而生的人，那么就正面迎向恐惧吧，它并没有什么了不起的。

她挺了挺背，用手机拨通母亲的电话。电话通了，楚然和雅妍都不说话，半晌雅妍道："我没有别的意思，就是想告诉你，你什么都不知道，事情是我一人做下的，明白了吗？你得咬死了这么说。"

楚然眼泪簌簌而下，嘴角讽刺地挑着，笑道："怎么可能？是你你信吗？"

雅妍道："你奶奶上个月死了，不信的人死了，所以大家会信。"

楚然不答，挂断电话。馆内的人见状，都觉得异样。陈陈等几人围了过来，关切地问怎么回事。楚然只是微笑，无限依恋地看着这群人，环视着这个拳馆。这里真好啊，这些人真好啊。她就像一个在汪洋冰海里拼命游泳的落水之人，哆哆嗦嗦，筋疲力尽，游啊游，突然登陆到这个青草繁茂、大树参天、鸟语花香的阳光小岛上，岛民们待她如此亲切温暖。可是，这不过是暂时歇脚之处，终究还是得走，得继续跳入那冰冷刺骨的海里去。所以这就是她从来不和人深交的原因，无论友情还是爱情。因为她是一个没有未来的人，偷来的岁月不长久，终究是要还回去的。

楚然擦擦泪，对林远道："师父，我该走了。"

林远深切地看着她："好的，你回去吧。给你一周的假够不够？"

林远清楚地看到楚然的脸色黯淡下去，像薄暮时分的天色一点一点暗下来。楚然上前紧紧地抱了抱林远，在她耳边悄声道："我不会再回来了。"

尾 声

楚然和雅妍戴着手铐，站在胡家院子里，指认着埋尸点。院子被镇上的人围了个水泄不通。那把木躺椅被挪开，警方调来的挖掘机大铲斗挖着下面的水泥地。那个雨夜，雅妍母女不知刨了多久才刨了那个大坑，雅妍把一个指甲盖都刨掉了，而挖掘机只挖了几斗，就把荣华的尸体挖了出来。他已变成一具白骨，浸润了血迹、泥浆的衬衫和西裤早已腐烂。

那个夜晚，大暴雨将下未下的时候，楚然母女正抱在一起，坐在客厅瑟瑟发抖，久久未听到任何动静。楚然不放心，跑到门口从铁门门缝里往外看，却见荣华已赫然倒在门口。她走到他身边，见他后脑勺被擀面杖击打的地方以及耳朵、鼻孔和嘴角都流着血，用手一试他鼻息，发现他已经断气了。

母女俩在哗哗的雨声中，于客厅呆坐了许久，手脚冰冷，浑身抖得坐不稳。楚然在手机上查，一个人脑部受重击，的确会导致耳鼻口流血，引发闭合性颅脑损伤而死。她盛怒之下的这两棍子，威力真的太大了。

雅妍突然站起来，说刨个坑埋了吧，趁现在雨大，路上没人。楚然没有反对。她杀人了！杀人偿命，不想偿命就要把尸体藏起来。她还只是个孩子，母亲再怎么懦弱无能，也是个大人，比她懂得多，这一刻她无比信赖母亲。

雅妍拿起婆婆放在杂物间种菜用的小锄头和小铁铲，两人把尸体拖到胡家老宅院子里，找了块土块最松软的地方，拼命刨。雨水太大，刨出的深坑成了大水坑，把荣华丢进去时，水漫了出来。她们往里填泥浆，雨水眯了双眼，看不太清眼前的一切，只是凭着一腔恐惧，本能地挥动着锄头和铁铲。她们母女运气真好，这荒僻一隅平时都少有人来，现在大雨如注，所有人都待在家里，更不会有人来了，而雨水的冲刷会使新翻的泥土显得没那么可疑。

母女俩刚刚离开胡家老宅，就听哗啦啦一阵响，后山的山土混着杂枝和小树，滑向胡家老宅，把院子淹没了大半。这也许是天意，山体滑坡抹平了埋尸点地面仅存的一点点异样：四处都长着杂草，独它没有。

洗澡时楚然呕吐不止，怎么吐也止不住腹中那翻江倒海的气息。她恨不得把自己从内向外翻过来，在热水下烫洗一遍，把那沉重的罪恶清洗干净。雅妍看上去倒很平静，只是默默地白了满头乌发。

极度的恐惧与罪恶感裹挟着她们，两人在接下来的二十四小时内开始争论不休，念头此起彼伏，颠三倒四，相互矛盾。楚然说投案，雅妍反对；雅妍说投案，楚然反对。两人推演了无数人们知道荣华失踪后的反应，预测了母女俩最有可能的命运，说得口干舌燥，耗得精疲力竭，推翻对方后又推翻了自己，最后终于决定，去派出所报荣华失踪，剩下来的事情，交给命运，爱咋的就咋的吧。

一片嘈杂的议论声中，楚然环视着，看到了围观人群中的范文良。他的眼神带着震惊，更有深切的怜悯。楚然微微一笑，范文良曾告诉她，打架解决不了大问题，这个世界终究还是认道理，不认拳头。可是，在道理赶来之前，没有拳头，她和母亲便只能安静地躺在地上承接道理纷坠的热泪。

真不公平啊，她只不过用了拳头自保，道理就要收拾她。

范文良大声喊了起来："楚然，不要怕，我会为你做证……不要怕……大家都知道你爸爸长期家暴你妈妈和你，对不对？"

范文良喊着，急切地看向周围的人，寻求认同。有人不胜唏嘘地点头。荣丽坐在木躺椅上，呆若木鸡。正所谓"最危险的地方就是最安全的地方"，雅妍母女真是胆大包天，让母亲坐在哥哥的尸体上，茫然寻找，日夜思念，徒洒热泪。何其狠毒啊，荣华的孩子。

法医对荣华的遗骸进行鉴定，综合楚然的供述，最终推断，荣华是因被楚然在头部猛击了两棍，引发闭合性颅脑损伤而死。他一开始还能在外行走，买酒喝，与别人正常对话，那是因为根据脑部伤受力点的不同，有一部分人头部刚受重击时并不会当场倒地，还能保持短暂的清醒。但随着脑内迅速大量出血，他们很快会在几分钟到几个小时内昏迷甚至死亡，有的案例更特殊，甚至会在几天之后才发作。

楚然母女被提起公诉，赵宇明带着律所的刑辩律师同事和林远赶了过来。范文良和校长联合了学校和镇上的人，为母女俩出具了两百人签名的请愿书；派出所有雅妍的多次报警记录，县医院有她的就医记录；诗妍两口子和雅妍父母作为证人，出席为母女做证；最重要的是荣丽作为荣华的亲人，不但出示了对楚然母女的谅解书，还出示了母亲吴芳死前写下的一张字条，上面写着"如果我儿子荣华是我儿媳妇和孙女杀的，我愿意原谅她们"。吴芳最后想通了，因果报应是可以讲清楚的，错真的在她，她是母亲，她养出了家暴狂，就该买单。这一单她计较了很久，终于在临终前一笔结清。

法庭辩论终结后，审判长示意被告人楚然和雅妍可以做最后陈述。雅妍摇摇头，表示自己无话可说。楚然根本不配合她之前的想法，如实向法庭招供自己那两棍子，这让雅妍心灰意冷。她连赎罪的机会也没有了，她知道楚然看不起她，从她开始挨丈夫揍的时候就知道了。她是一个保护不了女儿的母亲，一个保护不了女儿的母亲，注定只能连累女儿反过来保护她。所以楚然不信任她，因为她就没有让她信任的资本。

楚然表示自己有话要说，审判长示意她可以开始陈述了。楚然看着旁听席上的林远、范文良、校长、几个相熟的老师、小姨两口子、姑姑荣丽，最后视线落到了赵宇明身上，不胜感慨。

"'家暴'这个词一直让我觉得奇怪，暴力就是暴力，和它在哪里发生有什么关系吗？有家暴，难道还有街道暴、公司暴、餐厅暴、商场暴吗？难道在家里，被拳头打，被脚踢，就是在做按摩？刀砍在身上，流出来的是葡萄酒而不是血吗？一个人打了个陌生人，法律会惩戒他；打了自己的亲人和孩子，却成了家庭情感纠纷，内部矛盾，不但大家都劝受害者原谅，司法也往往从轻处理。可是家难道不是最应该让每个人都感到安心和温暖的地方吗？在家里被打，不是反而应该重判吗？因为挨打的人没有防备，家门又紧关着，外人不知道，这相当于偷袭和暗算，难道不是更卑鄙无耻吗？一个人长期遭受家暴，她会对整个世界和人生都失去信心，危害更大，为什么你们反而认为一个人在家庭内部施暴，危害会比较小呢？家人难道不是人吗？

"你们都是专业人士，真的，思考一下我的问题吧，为什么这个世界上会有'家暴'这个词？发明这个词的人，到底是出于什么目的？"

楚然见所有人听得专注，知道她的话打动了所有人，她也知道这种打动没有什么用，但她还是想说。一次次说，一次次反抗，说的人多了，反抗的人多了，也许慢慢会有一点点用吧！

雅妍犯包庇罪、毁灭证据罪，判了一年；楚然被判过失致人死亡罪，判了五年。赵宇明颇感意外，私底下和范文良聊。照理，楚然是为了救母亲才失手杀了有长达十八年家暴史、臭名昭著的父亲，并无主观杀人意愿，再加上有两百人联名的请愿书，有荣丽和奶奶的谅解书，不知为何判这么重。他原以为最多就是三年，或者是两年。

赵宇明要楚然上诉。二审改判三年，判决下来后，楚然摇着头，嘲笑着自己和母亲的愚蠢。当年如果发现父亲尸体后第一时间去报警，母亲一天牢也不用坐，自己也不用惶惶不可终日地逃亡。原来她想象中严酷的刑责，到头来也不过三年而已。

楚然和雅妍被送到女子监狱服刑。楚然并不觉得坐牢有多难熬，她早习惯了规律而枯燥的生活。再说了，这三年牢她该坐，那毕竟是一条命，奶奶最爱的一条命。因果循环，这是她们的报应。

这天放风的时候，楚然在放风场的角落里靠着，望着天上悠悠游动的几丝云。天气很好，微风拂动着场边的野草。她暂时不向往自由，那个沉沉地坠着她的快乐的东西，是该用更长一点的时间去消化它。

这时，一个人走到她身边，是雅妍。母亲已经好几次在上工、上操、放风的时候找她，楚然假装没看到她闪烁着希冀的眼神，不过这次她终于找到机会和楚然说话了。雅妍优雅的沙宣发型早已消失不见，变成土气的女犯人的齐耳短发。监狱不能染发，所以她头发上的栗色渐渐褪去，成为一种奇怪的黄色，夹杂着丝丝的白发，使她看上去至少老了十岁。这才是真相啊，母亲就是该这么老，如果她一早承认自己人生的寒酸、失败，可能母女俩的人生会成功一些。

雅妍小声而急切地说："楚然，进来之前，你姑姑和我说了，拆迁款你和她一人一半。妈这些年也攒了些钱，等妈先出去之后，会再去努力挣钱，都给你攒着。你不是一直想在省城买个房吗？等你出来，咱娘儿俩一起去那里安家，啊？"

她哀求地看着楚然，期待着回应。

楚然沉默。风轻轻拂过，脚边的一株野草摇曳着。是的，这一切不怪母亲，不是她的错，但楚然还是扭头看着母亲，说："出去后，我不想再见到你。"

图书在版编目（ＣＩＰ）数据

消失的父亲 / 纪静蓉著. —— 贵阳：贵州人民出版
社，2024.7. —— ISBN 978-7-221-18450-4

Ⅰ. I247.5

中国国家版本馆 CIP 数据核字第 20248YQ320 号

Xiaoshi de Fuqin

消失的父亲

纪静蓉　著

出 版 人　朱文迅
策划编辑　王晓坤
责任编辑　张　睆
装帧设计　王照远
责任印制　蔡继磊

出版发行　贵州出版集团　贵州人民出版社
地　　址　贵阳市观山湖区中天会展城会展东路 SOHO 公寓 A 座
印　　刷　北京联兴盛业印刷股份有限公司
版　　次　2024 年 7 月第 1 版
印　　次　2024 年 7 月第 1 次印刷
开　　本　880 毫米 ×1230 毫米　1/32
印　　张　8.5
字　　数　226 千字
书　　号　ISBN 978-7-221-18450-4
定　　价　49.80 元